차례

늙은 여자를 만났다

은 거지."

그런데도 공갈낚시를 하는 건 물고기를 잡지 않고 자기 자리로 돌아가 해야 할 일이 싫은 거고. 아무것도 안 할 수는 없고 그렇다고 무엇을 할 수는 더더욱 없는 상태에서 낚싯대를 물에 드리운 동안에도 시간은 간다. 그 시간만큼 그는 세상에서 더 멀어진다. 무엇을 하는 것도 아무 일도 안 하는 것도 그에게는 똑같이 힘들었다.

노파는 내 단골 식당을 흘끗 들여다보더니 그냥 지나쳤다. 노파와의 대화는 끊어졌다가 이어지기를 반복하며 물고기에서 공갈낚시 하듯 빈둥거리는 여행자, 그들을 즐겁게 속이는 요령으로까지 나아갔다. 칠십 년도 넘게 산 노파가 나한테 자꾸 뭘 묻는다. 너는 왜 그렇게 하는데? 아무것도 본 적도 들은 적도 없는 사람처럼 새로이 알고 싶어 했다.

"당신의 젊은 시절이 궁금해요."

그녀는 멈춰 서서 내게 손을 내밀었다. 내 손을 가져다 손톱을 만졌다. 나는 남에게 손을 보여주기 싫어한다. 대부분의 요리사들이 그럴 것이다. 손과 팔에 화상 흉터가 많고 거칠다.

"나도 젊었을 때는 손톱이 이렇게 붉고 매끄러웠지. 나는 사랑을 너무 많이 했어. 열 명도 넘게 사랑했거든. 평생 동안 한 번도 사랑을 쉬지 않았고 내 몸은 바스러져버렸어. 네가 먹는다는 새처럼."

노파의 작지만 또렷한 눈동자에 누군가 담겼다면 그녀는 눈을 질끈 감고 가두어버렸을 것 같다. 저 길고 깡마른 손가락으로 누군가의 손을 잡았다면 죽을 때까지 놓지 않았을 것이다. 둘 다 불길에 휩싸여 여기까지만 살자 하며 사랑했을 것이다. 내가 한 번도 해보지 못한 습기가 많고 끈덕진 사랑.

　　"너는 누구를 사랑하고 있지?"

　　노파가 물었다. 사랑? 그럴 만한 여유도 시간도 마음도 없었다. 나는 평생 한 사람의 자장 안에서 벗어나지 못했다.

　　"사랑 같은 건 해본 적 없어요. 당신은 역시 남의 불행으로 먹고 사는 엉터리군요."

　　그녀의 눈빛이 금 간 얼음장처럼 날카롭다. 깨진 유리 이미지는 반복해서 나타난다. 노파는 내 손을 꽉 쥐었다. 구두를 닦았던 소녀처럼 완력이 셌다. 모든 가난한 여자들은 서로 닮았다. 거친 살결이 손끝에 까칠하게 닿았다. 따뜻하다. 방금 삶은 계란을 손에 쥔 것 같다. 노파는 내 손을 놓더니 밥은 나중에 먹겠다며 뒤돌아섰다. 길 저쪽에 지나가는 새로운 먹잇감을 향해 걸어갔다. 손을 높이 쳐들고 흔들며 멀어졌다. 문득 그녀에게 밥을 해주고 싶었다. 오첩반상쯤 차려서 맘껏 맛나게 먹는 걸 보고 싶었다. 요리사가 누군가에게 따뜻한 밥을 해 먹이는 직업이라는 걸 이제야 발견한다. 나는 눈을 감았다. 노파의 뒷모습을 눈 안에 가두었다. 질끈 묶은 흰 머리칼, 질질 끄는 더러운 옷, 비틀거리는 걸음걸이, 그리만 주목뿌리가 뼛조각을 친친 감고 멀리 뻗어 나갈 것이다. 노파 닮은 목소리로 중얼거리며 화분을 도로 의자 위에 올려놓았다. 으억. 큰 철문이 삐걱거리며 열리는 소리를 내며 울음이 터져 나왔다.

　나는 필사적으로 입을 막았다. 소용없었다. 울음소리는 목이나 입이 아니라 몸통에서 나왔다. 이렇게 울어본 적은 처음이었다. 남이 우는 걸 본 적도 없었다. 누가 우는 모습을 한사코 보지 않으려고 했다. 그러나 나는 지금 높고 크고 길게 운다. 내가 평생 울었던 울음을 다 합친 것보다 더 오래 울었다. 한 번은 무언가를 위해 눈물을 흘려야 했다. 나를 달래지 않았다. 말리지도 않았다. 근육과 뼈 마디마디가 풀어지며 들썩거리던 어깨가 새처럼 가벼워졌다. 다리를 쭉 뻗고 머리를 벽에 기댔다가 스르르 무너지며 방바닥에 누웠다. 얼마 후 눈을 떴을 때는 방안이 깜깜했다. 잠들었었구나. 몸을 도로 바닥에 눕힌 채 아직도 귀에서 웅웅대는 울음소리를 가만히 손바닥으로 문질렀다. 하아, 큰 숨을 내쉬었다. 눈을 감으며 왼손에 낀 반지를 돌렸다. 한 번, 두 번, 세 번.

분명한 이웃

어디서 봤더라. 놀란 짐승의 눈처럼 뻥 뚫려 있는 창문과 금이 간 벽은 분명 눈에 익었다. 나는 아파트 입구까지 걸어갔다. 복도에 박아놓은 빨간 쇠기둥이 무너지기 직전의 건물을 지탱하고 있었다. 난간 귀퉁이는 부서졌고 페인트가 벗겨진 건물 외벽은 얼룩이 졌다. 벽에 스프레이로 '붕괴 위험이 있어 사용이 금지된 건물'이라는 경고문을 휘갈겨 써놓았다. 계량기에 붙은 이삿짐센터 광고지는 찢어져서 숫자를 알아보기 어려웠다. 산비탈에 판자촌이 집단으로 형성되던 60년대 말에는 판잣집 사이로 우뚝 솟은 사 층짜리 아파트가 근방 어디에서도 눈에 띄는 랜드마크였다고 했다. 하늘과 가깝다고 이름도 스카이로 지었을 것이다. 외벽의 시멘트가 떨어져나가 철근이 드러난 건물에서 대단했던 옛날의 위용은 찾아볼 수 없었다.

집들은 대부분 비어 있었다. 전부 빈 것은 아니라는 듯 우편함에 청구서가 꽂혀 있고 환기구에서 연기가 뿜어져 나왔다. 계단을 조심조심 디디며 옥상으로 올라갔다. 사람 소리는 들리지 않았다. 계단 모서리가 등산화 바닥에 걸려 부서지는 소리만 허공을 울렸다. 옥상 빨랫줄에 널어놓은 빨래는 세탁을 했어도 더러웠다. 건물 곳곳에 늘어져 있는 전선과 배관은 뇌사에 빠진 환자의 생명을 연장하기 위해 끼워놓은 고무호스 같았다.

나는 숨을 몰아쉬며 사방을 둘러보았다. 어느 쪽으로 고개를 돌려도 북한산이 눈에 들어왔다. 계곡 양쪽에 판자촌과 주택가와 고급아파트 단지가 부챗살 모양으로 산동네를 형성했다. 우리나라의 거의 모든 주거형태가 전시돼 있어 주택의 발전과정을 한눈에 볼 수 있었다. 어디를 봐도 집, 집, 집, 사람, 사람, 사람이었다. 그가 왜 옥상에 꼭 올라가 보라고 했는지는 알 수 없었다. 겨울바람이 빨래를 흔들고 지나갔다. 땅보다 훨씬 더 추웠다. 나는 어깨를 움츠리고 옥상에서 내려왔다.

벽을 손바닥으로 디디며 계단을 살살 걸었다. 계단 벽에는 생존권을 보상하라는 붉은 글씨가 삐뚤삐뚤 적혀 있었다. 이 층에서 잠시 허리를 펴고 숨을 돌렸다. 오른쪽 복도 두 번째 집은 문이 두어 뼘쯤 열려 있었다. 나는 다가가서 문 안을 들여다보았다. 방바닥에 먼지가 자욱했고 인기척은 없었다. 안으로 들어가 실내를 기웃거렸다. 걸을 때마다 먼지 위에 발자국이 찍혔다. 깨진 유리창의 절반은 떨어져 나갔다. 방 두 개에 작은 화장실이 딸린, 지금 내가 살고 있는 빌라와 비슷한 크기였다. 화장실 맞은편 방의 벽에는 크레파스로 그린 그림과 낙서가 가득했다. 방바닥에 떨어져 있던 블록 조각이 신발에 밟혔다.

"영숙이네 왔는가?"

나는 소스라치게 놀라 뒤를 돌아보았다. 허리가 기역자로 굽은 노파가 문 앞에 서서 눈동자를 굴리며 나를 위아래로 훑었다. 기대와 반가움의 눈빛은 경계와 의심의 눈초리로 바뀌었다. 넌 이 집 주인이 아닌데 왜 여기서 어정거리냐고 묻고 있었다. 나는 할퀴듯 노려보는 노파를 비집고 문밖으로 빠져나왔다. 길고양이보다 더 빠른 동작이었다. 복도에 키 높이까지 쌓아올린 연탄 옆의 김치통 뚜껑이 바닥으로 떨어졌다. 나는 거의 뛰다시피 걸었다. 금방이라도 노파가 쫓아와 손목을 붙잡을 것 같았다.

그는 사십 년 넘은 이 아파트도 가끔 북적거릴 때가 있다고 했다. 스릴러나 괴기영화의 배경으로 쓰기 위해 배우와 스태프를 거느리고 나타난 감독 덕분에 시골 장날 같다고.

"하루 빌려서 찍는 데 삼십만 원 준다지. 영화를 한번 봐봐. 사람이 아니라 아파트가 주연 같더라니까."

그는 눈을 가느스름하게 뜨고 말했다. 대체 어디로 간 거지? 그는 일주일째 식당에 나타나지 않았다. 나는 아파트에서 한참 멀어졌을 때 뒤를 돌아보았다. 사 층짜리 스카이아파트는 눈에 들어오지 않고 겹겹이 들어선 신축 고층아파트만 보였다. 고작 한 시간 걸었는데 완전히 지쳐버렸다. 집으로 돌아와 이불을 뒤집어쓰고 누워 있다 깜빡 잠이 들었다. 아내 꿈을 꾸었다. 나를 몹시 나무라는 아내의 얼굴이 창문이 숭숭 뚫린 아파트와 오버랩되었다.

"열정이 없는 게 무슨 트렌드라도 돼? 다들 입만 열면 죽는 소리야."

아내 말은 언제나 옳았다. 누군가의 지적이나 비난이 대개 그렇듯이 빠져나갈 구멍 하나 없이 맞는 말이다. 근래 들어 아내는 자주 나의 게으름을 나무랐다. 나는 변한 게 없었다. 예전에도 게을렀고 평생 한 번도 부지런한 적이 없었다. 아내가 변한 것이다. 그럴 수 있다고 생각했다. 우리 관계에서는 아내가 '갑'이었다. 아내는 돈을 벌고 돈을 내는 사람이니까 무슨 말을 해도 정당하다. 나는 그녀를 만족시키지 못했다. 생활에도 도움이 안 됐고 그녀가 원하는 열정, 더 정확히 말하면 욕정도 없었다. 나는 미지근한 사람이었다. 내가 하고 싶은 말은 그녀가 듣고 싶어 하는 말이 아니었다. 서로 하고 싶은 말을 참는 시간이 길어지면서 우리 관계의 균열은 점점 깊어졌다. 완전히 붕괴하는 데 오년이 걸렸다. 미안하지는 않았다. 하고 싶은 걸 해!,와 하고 싶은 말을 해, 사이의 거리에 대해 생각했다.

우리는 캠퍼스커플이었다. 문학동아리에서 만나 함께 어울려

다녔다. 그녀는 글 솜씨도 없고 특별히 예쁘지도 않았다. 나는 재능도 있고 여자들한테 인기도 많았다. 그녀는 내가 만나는 여자들 중 하나였다. 평범한 문학소녀였던 그녀의 정체성은 졸업과 동시에 달라졌다. 공무원시험 준비를 했고 어렵다는 시험에 일 년 만에 합격했다. 나 역시 몇 년 고생했지만 서른 살에 등단을 해서 모두의 기대를 만족시켰다. 그날 그녀는 나에게 청혼했다.

"너는 하고 싶은 거 하면서 살아. 나머지는 내가 알아서 할게."

나는 소설을 쓰고 싶긴 했지만 전업작가가 되겠다는 결심은 못한 상태였다. 그녀는 내 재능을 실재보다 높게 평가했다. 불안했지만 청혼을 받아들였다. 졸업하고 나서 내 주위에 있던 여자들이 차례로 나를 떠나던 시기였다. 나는 재능 있는 문학도가 아니라 밥벌이도 못하는 고급룸펜일 뿐이었다. 아내만 몰랐다. 아내가 그걸 아는 데 오 년이 걸린 셈이다. 오 년을 한 달 앞두고 아내는 이혼을 통보했다. 아내는 결혼기념일을 한 번 더 맞이하는 게 두려웠던 걸까. 결혼하자고 할 때는 많은 이유와 절차가 필요하지만 이혼할 때는 아무것도 필요하지 않았다. 이혼 절차는 깜짝 놀랄 만큼 간단했다. 복잡하게 만들고 싶으면 합의를 하지 않으면 된다. 나는 복잡한 것을 싫어한다. 그조차 열정이 필요한 일이다. 마음속으로는 너무 겁이 나서 치맛자락이라도 잡고 매달리고 싶었지만 그러지 못했다. 아내 판단대로 나는 모든 것에서 의욕을 잃었다. 투지도 없었다.

두 달 전 이 동네로 이사 왔다. 바로 뒤에 북한산이 있어서 내 집 뒷마당이나 마찬가지라고 부동산중개업자는 몇 번이나 강조했다. 낯선 동네에서 사는 것도, 살림을 직접 하는 것도, 혼자 밥을 먹는 것도 짐작보다 힘들지 않았다. 거기에는 희미한 평화 같은 게 있었다. 긴장도 없고 스트레스도 적었다. 건강이 몰라보게 좋아졌을 정도였다. 만성적이었던 두통도 위통도 사라졌다. 누군가 강탈해 갔던 내 인생을 제자리에 돌려놓기라도 한 듯 지금의 생활이 자연스러웠다.

저녁은 주로 식당에서 해결했다. 가만히 있다가도 날이 저물고 일곱 시쯤 되면 허기가 몰려왔다. 집으로 들어오는 골목 입구의 백반집이 내 단골식당이다. 깔끔한 가정식과 간단하면서도 술안주가 될 만한 메뉴 덕분에 중년의 술꾼들이 득시글댔다. 가진 거라곤 음식솜씨 밖에 없는 혼자 사는 여자가 밥벌이 수단으로 차렸을 것 같은 옛날식 식당이다. 시끄럽지도 번잡스럽지도 않아 제 집처럼 느긋하게 밥을 먹을 수 있다. 옆 테이블에 관심을 보이거나 말을 거는 일은 드물지만 그렇다고 배척하거나 귀찮아하지도 않는다.

한 달쯤 지나자 남자 하나가 내 눈에 들어왔다. 그는 나랑 거의 같은 시간에 와서 늘 앉는, 주방을 등진 자리로 가서 식사를 주문했다. 누구한테도 말을 걸지 않고 핸드폰을 들여다보지도 않고 그림자처럼 앉아 혼자 밥을 먹었다. 빼놓지 않고 소주 한 병을 반주로 곁들였다. 술잔과 술잔 사이에 반찬을 먹고 조금 시간을 지체한 다음 다시 소주 한잔을 먹는 식이었다. 양복도 등산복도 아닌 편안한 옷차림에 체격은 당당했다. 직업을 예상할 수 없는 외모였다. 혼자 먹는 사람은 자신도 모르게 등을 구부려서 몸을 최소화하는 버릇이 있는데 그는 달랐다. 벽을 마치 대화 상대처럼 마주 보고 허리를 꼿꼿이 편 채 소주를 마셨다. 느린 속도로 소주 한 병을 다 마신 다음 밥을 먹었고 언제나 반 공기쯤 남겼다. 그의 저녁 식사에는 종교의식 같은 경건함이 깃들어 있었다.

그는 식사를 마친 뒤에도 바로 자리에서 일어나지 않았다. 물을 마시면서 벽을 보고 가끔 고개를 돌려 바깥을 내다보았다. 맞은편 세탁소에는 그 시간에 늘 불이 켜져 있다. 밤에 그 앞을 지나다 목 없는 시체처럼 죽 걸려 있는 옷들을 보면 기분이 오싹해진다. 매일 주인남자가 김을 뿜어대며 열심히 다림질하는 똑같은 풍경을 그는 마치 처음 본다는 듯 호기심 어린 표정으로 관찰했다. 벤젠 냄새에 절어 코가 상했을 게 틀림없는 남자를 바라보는 시선은 피붙이처럼 애틋했다. 세탁소 주인이 정성스레 만지는 양복이나 스커트를 부러워하고 있는 듯 보이기도 했다. 그럴 때면 그도 한때 충만한 시절이 있었던가, 상상해보곤 했다. 상실의 표정은 충만의 경험이 만든다. 그 순간도 잠깐, 그는 곧 덤덤한 평화를 되찾았다.

며칠 뒤 그와 말을 나눌 기회가 생겼다. 안쪽 구석에 앉아 밥을 먹던 한 남자가 갑자기 쿵 소리를 내며 바닥에 쓰러졌다. 패대기

쳐진 개구리처럼 눈을 허옇고 뜬 채 두 팔을 버르적거렸다. 벌어진 입가에 침이 흘렀고 동공은 풀려 있었다. 식당 안에 있던 사람들이 모두 놀라 일어났다. 무슨 일이냐며 허둥대는 사람들을 밀치고 그가 앞으로 나섰다. 남자의 입을 벌리고 손수건을 접어서 어금니 사이에 물렸다.

"간질인 것 같습니다. 잠깐이면 됩니다."

진찰하는 의사의 말투로 주인 여자를 진정시키고 남자 주변의 의자를 좀 멀찍이 치웠다. 나도 옆에서 같이 거들었다. 그의 태도가 어찌나 침착한지 119대원이 출동해서 응급조치를 하고 있다고 착각할 정도였다. 삼 분쯤 지났을까. 남자가 바닥에서 일어나더니 옷자락을 털고 도로 제자리에 앉아서 태연히 밥을 먹었다. 남자의 태도는 단호하고 군더더기가 없었다. 사람들은 마땅히 그래야 한다는 듯이 말을 걸지 않고 자기 자리로 돌아갔다. 남자를 두어 번 흘긋 보았을 뿐 남은 밥을 먹는 데 열중했다. 바닥에 떨어진 손수건은 아줌마가 주워서 그에게 갖다 주었다.

나는 그때 처음으로 그의 얼굴을 자세히 보았다. 나보다 한두 살 많을까. 어쨌거나 마흔 살이 넘었을 것 같지는 않아 보였다. 그외엔 어떤 정보도 알 수 없었다. 사람을 구분 짓기 위해 필요한 요소들이 그의 표정에는 없었다. 한 가지 표정만 오래 지어서 다른 얼굴 근육은 고유의 탄력을 잃고 굳어버린 것 같았다. 주인여자가 그에게 계란을 두 개 부쳐서 갖다 주었다. 소동을 무리 없이 처리

해준 데 대한 고마움의 표시였다. 그 옆에서 의자 두 개를 치워준 수고로 나도 계란부침을 얻어먹을 수 있었다. 남자는 처음으로 소주 한 병을 더 시켰다. 그리고 뒤를 돌아 정확히 나를 겨냥하고 말했다.

"한잔 드려도 되겠습니까?"

정확한 한국어 발음과 안정된 톤, 평균 이상의 지성을 갖춘 목소리였다. 그가 어떤 사람인지 범위가 좁혀졌다. 나는 그의 옆자리로 옮겨 앉았다. 우리는 소주 한 병을 사이좋게 나눠마셨다. 그는 하루쯤 면도를 거른 듯 수염이 거뭇했다. 셔츠는 단추를 맨 위까지 채워 입었다. 그는 정릉이 유네스코 문화유산으로 지정되던 2009년에 이사 왔다는 다소 뜬금없는 이야기로 대화를 시작했다. 직장이 근처라 잠깐 살려던 게 어느새 그렇게 됐다는 말을 하고는 한참 가만히 있었다. 그의 침묵을 비집고 나는 산동네라 그런지 기온이 2도는 낮은 것 같다고 불평했다. 보일러를 틀고 이불을 어깨까지 둘러써도 손이 시렸다. 그렇게 덜덜 떨고 사는데도 난방비가 다른 공공요금을 다 합친 것보다 많이 나왔다. 나만 추운 건 아니니까. 부엌 창문 너머로 비탈에 선 집들을 내다보며 애써 위안했다.

"이놈의 긴 겨울 지겹네요."

나 역시 겨울 추위와 난방에 대해 상투적인 대꾸를 몇 마디 건넸다.

"혹시 저 아래 스카이아파트 가보셨어요? 무너지기 직전이라 갈 데 없는 노인들만 몇 남아서 살고 있죠. 봄이 되면 떠났던 사람들이 하나둘 돌아와요."

"동네를 돌아다니지 않아 잘 모릅니다. 새로 이사 온 지 얼마 안 돼서요. 근데 빨리 새로 짓든지 부수든지 하지 왜 그냥 놔둔답니까?"

"여기가 자연경관지구라 사 층까지밖에 건물을 못 올리거든요. 채산성이 안 맞아서 덤비는 업체가 없다나 재개발 협상이 난항 중이라네요. 저는 딱 거기까지 갔다가 돌아와요."

스카이아파트가 산책코스의 반환점이라면서 그는 웃었다. 얼굴근육을 움직여 웃음처럼 보이는 표정을 만들었다. 그 또한 어색했다. 생각에 빠져 있을 때는 갑자기 뺨이라도 얻어맞은 사람처럼 눈이 커지면서 겁먹은 표정을 지었다.

"이 동네 주민이 되셨으니까 그 아파트 옥상에서 동네를 한번 내려다보세요."

"뭐 재밌는 게 있습니까?"

"가보시면 알 겁니다."

그는 남은 소주를 입에 털어넣고 자리에서 일어났다. 나도 그를 따라 일어섰다. 그가 먼저 식당을 나갔고 나는 뒤따라 나와서 반대 방향으로 걸어가는 그의 뒷모습을 바라보았다. 그의 머리 위로 연기가 피어올랐다. 그가 담배 피우는 모습은 처음 보았다. 식당을 나와 담배 한 개비를 피우는 것도 그가 매일 똑같이 반복하는 일상일 것이다. 사소한 일도 규칙적으로 반복하다 보면 거기에 의식의 옷이 입혀진다.

다음 날은 남자가 식당에 오지 않았다. 전날의 소동 때문인지 주인여자는 전보다 친근하게 아는 체를 했다. 나는 남자가 왔다 갔는지 물었다. 오늘은 어쩐 일인지 아직 안 오시네요. 아줌마가 갖다 준 제육볶음을 먹으며 나는 그가 무슨 일을 하는 사람이냐고 물었다. 근처 대학에서 학생을 가르친다고 했다.

"교수님이신가 봐요."

"몰라요. 그냥 학생을 가르친다고 하더라구요."

나는 풋 웃었다. 그 말이 그 말이지 뭐. 하긴 교수라는 호칭 아래 실제 직함은 여러 개가 있다. 정교수에서부터 겸임교수, 시간강사, 정규직과 계약직이라는 하늘과 땅 차이의 계급이 존재한다. 밥을 먹고 인스턴트커피 한잔을 다 마실 때까지 그는 오지 않았다. 어디 출장이라도 갔다가 내일은 돌아오겠지. 가능성이 낮은 상상을 하며 그가 했던 것처럼 세탁소 남자를 관찰했다. 그가 없으니까 세탁소 풍경도 활기가 없고 남자는 몹시 피곤해 보였다. 나는 이상한 서운함을 안고 식당을 나섰다.

그는 다음날도 그 다음날도 오지 않았다. 무슨 일이 있는 걸까? 설마 그새 이사 간 건 아니겠지. 알 수 없는 불안감 속에서 그가 오기를 기다렸다. 기다림이라니. 오랜만에 떠올린 단어요, 감정이다.

누구를 기다리는 것만큼 생활에 변화를 가져오는 일도 없다는 쓸데없는 생각을 하며 집으로 돌아왔다. 그를 각별하게 생각하는 이 감정이 과도하다는 걸 안다. 일주일쯤 지나 열리는 문에 고개를 돌리며 더 이상 그를 기다리지 않게 되었을 때 나는 그가 얘기했던 아파트에 가본 것이다.

요즘 내 생활은 기본적인 것, 하지 않으면 안 되는 것들로만 이루어져 있다. 미술시간에 철사로 몸통을 만들고 찰흙으로 살을 붙이듯이, 생존이라는 뼈에 필요라는 살을 붙이는 것이 이즈음의 내 삶이다. 실용적인 부분부터 간소화하기. 이를테면 이런 식이다. 접시에 밥을 담고 그 옆에 반찬을 놓으면 따로 공기가 필요 없다. 프라이팬 하나에 계란프라이도 하고 생선도 굽고 어묵도 볶는다. 한 끼에 한 가지 요리만 해서 먹고 바로 씻어놓는다. 그 일을 잘 해내면 내가 쓸모 있는 인간이 된 것 같고 성취감마저 느낀다. 시간이 그렇게 흘러갔다.

원전사고가 나고 비행기가 추락하고 연쇄살인이 일어난다. 뉴스는 그것들을 현란하게 전달했다. 나는 그런 일에는 놀라지 않는다. 반찬을 죽어도 만들기 싫을 때 반찬 없이 밥만 먹어도 먹을 만하고 심지어 맛있기까지 하다는 사실이 신기했다. 한 공기의 물을 넣었을 때와 한 컵의 물을 넣었을 때의 밥맛이 전혀 다르다는 것을 알게 되었다. 나는 이런 일에 놀란다. 이곳에서 보낸 두 달 동안 지난 오 년보다 더 많이 놀랐고 더 많이 웃었다.

한 가지만 해결하면 된다. 내가 가진 돈은 최소한으로 계산해도 일 년치, 조금 숨을 쉴 수 있을 정도로 계산하면 반년치다. 돈을 벌어야 한다. 어쩌면 돈이 똑 떨어질 때까지는 그런 생각을 하지 않아도 될지 모른다. 이것은 필요의 문제는 될지언정 생존의 문제는 아니다. 편히 지낼 수 있을 때 마음껏 편히 지내기로 마음먹었다. 나는 실제로 그럴 수 있다. 당장 육 개월 후 거지가 된다는 것이 확실하다 해도 육 개월 동안 마음 편히 지낼 수 있는 인간이 나였다. 그 점 때문에 아내에게 버림받았다. 을인 나의 역할은 갑인 아내의 요구에 부응하는 것이다. 그래야 공평하다고 아내는 생각했을 것이다. 주는 것은 어떤 점에선 빼앗는 것이다. 내가 원치 않는 것을 주고 소중한 것을 잃게 만들었다. 그 모든 것을 향해 그까짓 것! 이라고 말할 날이 오기만 바란다.

사실을 털어놓자면 그게 다는 아니다. 나는 오래전에 맛보았던 희열을 다시 느꼈다는 것을 고백해야만 한다. 막 스무 살이 되던 해 일월, 고등학교 교과서를 몽땅 노끈으로 묶어 대문 앞에 내놓았다. 아, 지긋지긋한 시간이 끝났다! 그러나 새로운 시작이 또 기다리고 있었다. 대학생활이 아무리 나빠도 지금보단 나을 거야! 나는 두 팔을 높이 쳐들고 탄성을 질렀다. 그때 건너편 아파트가 눈에 들어왔다. 한밤중에 본 깜깜한 고층아파트는 흡사 거대한 짐승 같았다. 거실 유리창으로 왔다 갔다 하는 한 남자가 보였다. 그 안에 사는 사람의 삶이 거짓말처럼 고스란히 내게 전해졌다. 결혼하고 직장 다니고 아이 키우는 한 남자와 여자가 저 속에서 어른의 삶을 살고 있구나. 뭔가를 엿본 것 같은 꺼림칙함과 희미한 공포감 속에서 나는 아파트 창문을 오래 올려다보았다. 스카이아파트에 갔을 때 언젠가 본 적이 있다는 기시감의 정체가 바로 그거였다. 스무 살의 그날 밤 나는 아득하게 멀지만 언젠가는 내 손아귀에 잡힐, 아니 내 목을 움켜쥘 것들의 기미를 직관으로 감지했던 것이다.

나는 이불을 빠져나와 식당으로 갔다. 일곱 시가 되자 어김없이 배가 고팠다. 아내가 꿈에 나타나 나를 원망하든 비난하든 이제는 신경 쓰지 않는다. 그는 오늘도 안 오려나. 그가 앉는 자리가 비어 있었다. 밥을 먹다 식당 문이 열리는 소리가 들리면 반사적으로 고개를 돌렸다. 대학생 한 명과 노인 두 명이 오고 밥을 절반쯤 먹을 때까지 손님이 없었다. 그러다 또 문 여는 소리가 들렸다. 고개가 저절로 돌아갔다. 그였다. 그가 왔다. 나도 모르게 큰 소리로 인사를 했다.

"안녕하세요?"

그는 아 예, 대답하고 나에게 눈길을 주는가 싶더니 그의 지정석으로 갔다. 그의 널따란 등판을 바라보며 시금치나물을 먹는데 내 심장이 뛰는 게 느껴졌다. 그가 저 자리에 앉아서 밥을 먹는데 왜 이렇게 안심이 되는 걸까. 규칙적인 것의 문제점이 바로 이런 거다. 늘 하던 대로 하면 지겨워할 거라고 생각할지 몰라도 사실은 반대다. 늘 하던 대로 하지 않을 경우 오히려 뇌나 심장이 적응하지 못하고 쩔쩔맨다. 나는 밥 먹는 속도가 느려졌다. 남자가 소주 한 병을 다 마실 때까지 기다릴 참이었다. 딱히 뭘 하려는 생각은 없다. 그냥 오랜만에 온 남자를 기다려주고 싶었다. 그가 원하건 말건. 식사를 마친 그가 언제나처럼 물을 마시며 맞은편 벽을 보고 있을 때 내가 물었다.

"커피 한잔 드릴까요?"

그가 나를 돌아보았다. 그의 표정을 보는 순간 나는 목구멍 아래로 뜨거운 침을 삼켰다. 그는 내 말을 듣고 있지 않았다. 아니면 전혀 알아듣지 못했거나. 수족관 안을 들여다보는 시선으로 나를 보고는 다시 벽으로 고개를 돌렸다. 아는 척하거나 말을 걸지 말았어야 했다. 고요한 평화, 누구의 공격도 관심도 받지 않는 상태의 소중함을 잘 아는 내가 그에게서 그것을 빼앗았다. 그의 표정에는 그 상실감이 드러나 있었다. 나는 작은 일을 너무 크게 생각하는 나쁜 버릇을 아직도 고치지 못했음을 통탄했다. 자리에서 일어나려고 재킷을 걸쳤다. 그때 그가 다시 나를 돌아보며 말했다.

"혹시 괜찮으시면 나가서 술 한 잔 하시겠습니까?"

아무것도 그려지지 않는 하얀 도화지 같은 얼굴이었다. 그의 목소리는 너무도 차분하고 낮아서 침울하게 들렸다. 부음 소식을 전하는 사람 같았다. 나는 자동인형처럼 고개를 끄덕였다. 반가우면서도 두려웠다. 너는 뜨거운 물에 제 발로 기어들어가는 인간이라는 아내의 말이 생각났다.

그가 앞장서서 들어간 곳은 일본식 선술집이었다. 버스로 한 정
거장쯤 걸었다. 대학교 근처 술집이 밀집한 골목에 있었다. 처마
밑에 노란 지등을 켜둔 술집의 미닫이문을 열고 들어가 그는 안쪽
구석자리에 앉았다. 열 개 남짓한 테이블에 손님이 거의 다 찼다.
대개 대학생 또래의 젊은 층이었다. 우리가 가장 나이가 많았다.
각자 조그만 술병을 앞에 두고 코가 닿을 듯 가까이에서 소곤거리
며 술을 마셨다. 누군가와 마주앉아 술을 마셔본 게 언젠지 까마
득하다. 잘 알지 못하는 그와 앉아 있는데도 마음이 푸근했다. 노
란 조명 탓인가. 누가 뭐래도 나는 사람을 좋아하고 사람을 내 인
생에 끌어들이고자 하는 유형의 인간이었다.

"이 동네 마음에 드세요?"

중저음의 목소리로 그가 물었다. 이 여자 마음에 드세요? 그 직
장 마음에 드세요? 이런 질문에는 선뜻 대답을 할 수 있어도 이 동
네 마음에 드느냐 같은 질문에는 할 말이 없었다. 나는 애초에 이
동네에 큰 기대를 하지 않았다. 아내가 위자료 명목으로 보증금과
일년치 생활비라고 준 돈으로는 변두리로 갈 수밖에 없었다. 교통
이 불편한 동네지만 출근하는 직업을 가진 것도 아니라 불만은 없
다. 글을 쓰든 안 쓰든 종일 집에 박혀 있는 게 내 일인데 소음은
좀 문제였다. 빌라에 어린 아이를 둔 부부가 두 집이나 살아서 보
통 시끄러운 게 아니다. 가끔 화장실 홈통으로 윗집 노인의 가래

끓는 소리, 앓는 소리가 들린다. 짜증이 나긴 해도 못 참을 수준은 아니었다.

"그럭저럭, 좋습니다."

그러시군요, 그는 자기가 메뉴를 골라서 주문했다. 배도 부르고 뭐 특별히 주문할 메뉴랄 게 없었다. 소주와 오뎅이 나오자 그가 내 술잔을 먼저 채워주었다.

"출근은 안 하시죠?"

"네, 집에서 일합니다. 반은 백수나 다름없지만."

"요즘 안 그런 사람 얼마나 있습니까?"

그의 술 마시는 속도는 느리지도 빠르지도 않았다. 그는 자신에 대해 얘기하기를 즐기지 않았다. 줄곧 동네 얘기를 이어갔다. 그는 식당에 오기 전에 정릉에 들러서 산책을 하고 왔다고 했다. 조선의 건국과 태조와 정도전, 그리고 태조가 그토록 사랑했다는 계비 신덕왕후 얘기를 조리 있게 했다. 학생을 가르치는 직업을 가졌다는 말은 맞는 것 같았다. 여자를 얼마나 사랑하면 궁궐 가까운 곳에 화려한 무덤을 만들고 그 옆에 절까지 지어서 그녀의 명복을 빌어주는지 나로선 상상조차 할 수 없는 한 사나이의 능력에 고개를 갸웃했다. 그의 이야기를 들으면서도 나는 낮에 보았던 아파트가 머리에서 떠나지 않았다.

얘기를 듣고 있는데 이상한 느낌이 들었다. 그의 목소리가 달라졌다. 침울하고 무거운 중저음에서 활기찬 중간 톤으로 바뀌어 있었다. 무엇이 그에게 생기를 불어넣은 걸까. 중년의 명랑함이라고 말해도 좋을 밝은 목소리로 동네 이야기를 구성지게 풀어냈다. 그의 메마르고 침울한 분위기도 좋았지만 활력이 느껴지는 밝은 느낌도 괜찮았다. 술기운 탓일까? 아니면 오랜만에 상대를 두고 술을 마셔서 흥분한 걸까? 술은 거의 다 마셨다. 이제 그만 마셔야지, 생각하다가 이런 생각을 하는 날마다 사고를 쳤던 기억이 났다. 작용반작용의 법칙이랄까. 그만 마시겠다는 의지는 더 마시고 싶다는 의욕으로 바뀌고 그런 의욕이라는 것은 브레이크가 없게 마련이다. 자제하려는 마음이 오히려 가속도로 작용한다.

"한 병만 더 마십시다."

내 마음을 읽기라도 한 듯 그가 먼저 말하고 직원을 불러 주문을 했다. 아직 둘 다 안주는 손도 대지 않았다. 나는 어묵을 하나 집어서 우물우물 씹었다. 들큰한 맛의 일본오뎅이다. 일본에 갔을 때 먹었던 맛이었다. 그땐 여자와 동행했었다. 물론 아내는 아니었다. 그 여자가 제안한 여행이었고 여자와 가는 첫 번째 해외여행이었음에도 별다른 감흥이 없었다. 나는 이미 그녀와 헤어질 생각을 하고 있던 차였다. 이박삼일의 도쿄여행 내내 우리는 신혼부부나 연애 초기의 청춘들처럼 들떠서 돌아다녔다. 메이지 신궁에 갔을 때의 일이다. 견우와 직녀가 일 년에 한 번 만난다는 칠석이라 절이나 신사는 소원을 빌려는 사람들로 붐볐다. 흰 종이에 소원을 적어 나무에 매달면 이루어진다는 타나바타 마쯔리 풍습은 일본

만화에서 본 적이 있었다. 나무마다 흰 꽃이 가득 핀 것 같았다. 그녀는 소원나무 앞에 서서 종이쪽지 밖으로 비치는 일본어 몇 글자를 유심히 쳐다보았다. 나는 소원을 적으라며 그녀에게 나무 앞에 놓인 탁자에서 종이 한 장을 집어주었다. 그녀는 종이를 물끄러미 바라보더니 도로 탁자 위에 내려놓았다.

"뭘 빌어야 할지 모르겠어."

그녀는 신궁 안을 대충 둘러보는가 싶더니 그만 가자고 했다. 하루 남은 일정은 그녀가 피곤하다며 나가기 싫다기에 호텔에서 맥주를 마시며 보냈다. 돌아올 때 공항 면세점에서 서로에게 좀 과하다 싶은 선물을 하나씩 사주었다. 그때 그녀가 사준 시계는 아직도 가지고 있다. 돌아와 각자의 집으로 돌아간 뒤 우리는 다시 연락하지 않았다. 나 역시 연락하려는 마음이 안 생겼고 그녀한테도 연락이 오지 않았다. 거의 매일 전화를 했고 일주일에 한 번 이상 만나던 사이였는데 거짓말처럼 연락이 끊어졌다. 왜 그랬을까? 내가 뭘 몰랐던 걸까? 내가 아는 건 답을 찾기 쉽지 않다는 것뿐이다. 지금도 가끔 막막한 의문에 휩싸이곤 했다. 그녀 생각을 해서인지 나도 모르게 한숨이 나왔다.

"술맛이 좋습니다."

이게 내 버릇이다. 생각과는 반대의 말을 한다. 머릿속에 나쁜 생각이 떠오르면 입으로는 기분 좋은 말을 뱉어낸다. 만약에 유쾌한 상상을 했었더라면 "이 안주 더럽게 맛이 없군요"라는 말을 했을 것이다. 술맛 좋을 때 많이 마시라는 듯 그는 내 잔을 채워주었다. 나도 그의 잔을 채워주었다. 그는 아직 어묵에 손도 대지 않았다.

"저 오늘 스카이아파트에 갔다 왔습니다."

그가 고개를 끄덕였다.

"옥상에 올라가니까 이 동네 전체가 다 보이더군요. 근데 선생님이 왜 올라가보라고 했는지는 모르겠던데요"

"저도 모릅니다. 그냥 거기 올라갔을 때 이 동네 살려면 여기는 꼭 와봐야겠구나, 생각했었거든요. 사람들은 자기가 뭘 하는지 다 알고 하는 것 같지는 않습니다."

앞으로 혹시 말도 안 되는 말을 해도 이해해달라는 우회적인 표현이었다.

"그래도 큰일을 한 것 같아 기분 좋습니다. 동네 얘기 많이 해주셔서 감사합니다."

"우리는 이웃이니까요."

그는 다시 침묵했다. 헤어질 시간이 다가오는데 자기 얘기는 한마디도 하지 않았다. 마음이 조급해지기 시작했다. 나는 처음으로 잔을 들어 건배를 청했다. 그도 흔쾌히 잔을 부딪쳤다. 술잔을 내려놓고 그는 밥 먹는 일의 지겨움에 대해 얘기했다. 하루 세 끼는 너무 많으며 너무 자주 돌아온다고 했다. 밥만 아니어도 살기 괜찮을 거라고 나도 맞장구를 쳤다. 밥이 아니라 밥벌이의 지겨움에 대한 이야기라는 것을 우리는 알고 있었다.

"밥을 잘 챙겨먹는 게 범죄율 저하에 기여하지 않을까요?"

나는 고개를 들어 그의 눈을 보았다.

"밥을 먹고 나면 조금은 관대해지기 마련이고 누구를 미워하거나 때리거나 죽이려고 했던 마음이 수그러들 테니까요. 배가 불러서 움직이기 싫은 것일지라도."

아주 터무니없는 말 같지는 않았다. 밥 먹는 시간이 없다면 인간은 더 많은 뭔가를 해야 한다. 거기에는 좋은 일보다 별 볼 일 없거나 나쁜 일이 상당수 포함될 것이다. 나는 그의 밥 이야기를 잘 새겨듣고 있었다. 밥을 먹거나 밥을 벌거나 우리 사이에 그것 빼고 할 얘기가 뭐가 있겠는가.

나에게 돈을 벌 기회가 전혀 없었던 건 아니다. 동기들이 회사 프로젝트에 나를 구성작가로 끼워주기도 했고 선배가 대필 원고를 섭외해주기도 했다. 그럴 때면 잠깐 돈을 벌고 싶은, 그들과 어울려 살고 싶은 유혹을 느끼기도 했지만 결국 거절했다. 아내가 주는 용돈은 넉넉했다. 불편함이 없는데 생활을 바꿀 이유가 없었다. 나는 쓰다만 소설의 파일을 열어 몇 장 읽어보다 한숨을 쉬고 되작거리며 시간을 보내는 일에 만족했다. 오후가 되어 소파에 기대 다운로드한 영화를 보고 맥주를 홀짝거릴 때는 행복하기마저 했다. 지금은 일 문제로 나한테 전화를 거는 사람은 없다. 술 마시자고 놀자고 전화하는 친구도 없다. 어느새 그렇게 되었다. 작품

청탁은 물론이고 같이 일하자는 연락이 안 온 지 이년도 넘었다.

딱 한번 아내 몰래 돈 버는 일을 한 적이 있었다. 나는 열심히 하려고 했다. 그런데 잘 되지 않았다. 일을 하면서도 혹시 포기하게 될까봐 두려웠다. 에너지가 방전돼서 모두를 실망시키고 말 텐데, 내 우려는 곧 현실로 나타났다. 그토록 열심히 하려던 일을 이만 건 해서 뭐해, 한마디로 포기해버렸다. 매사에 그런 식이었다. 시작하고 완성하지 못한 소설도 스무 편이 넘는다. 처음에는 황소라도 잡을 듯이 덤볐지만 이내 시들해지고 자신이 없어져서 슬그머니 그만두었다. 조울증이 아닌가 싶어 병원에 가보기도 했다. 의욕도 추진력도 지속적으로 유지되지 않았다. 나는 쉽게 공황상태에 빠졌다. 뭔가에서 떨어져 나가면 단절감을 심하게 느끼고 고통스러워하면서도 다시 그 안으로 들어가려고 하면 또 공포를 느낀다.

나는 점점 더 아무것도 안 하는 사람, 룸펜의 면모를 갖춰갔다. 열정의 용량이 제로에 가까웠다. 하고 싶은 것을 하면서 살려고 능력 있는 그녀와 결혼했는데, 무대가 주어지니까 하고 싶은 것이 없어져버렸다. 이 얘기를 과거형으로 할 수 있어서 다행이다. 지금은 일당을 버는 일밖에 구할 수 없으니 앞으로 당분간은 일당쟁이로 살아야 한다. 며칠 일해서 돈을 벌고 그 돈으로 며칠 살고 또 일하러 나가는 삶. 꼭 해야 할 일도 없고, 만날 친구도 없고, 셋방에서 아무도 읽지 않을 글을 쓰면서 살겠지. 동네를 어슬렁거리며 스무 살에 느꼈던 공포를 이따금 떠올릴 것이다. 맛난 밥을 먹으며 스스로를 위안하는 저녁 시간을 보내겠지. 나쁘지 않은 삶이다. 하고 싶은 일을 하라고 말하는 사람도 지켜보는 사람도 없으니 내 마음대로 살면 된다. 내가 이런 생각을 하면서 술을 홀짝이고 있는 동안 그도 조용히 술만 마셨다. 그와 내가 어색하면서도 편하게 술을 마실 수 있는 이유는 둘 다 의욕이 넘치는 사람이 아니기 때문이다. 나한테 열정이 없다는 사실이 처음으로 편안하게 느껴졌다.

"전 곧 이곳을 떠날 겁니다."

나는 놀라서 들었던 술잔을 내려놓고 그의 입을 쳐다보았다.

"제가 일주일 동안 어디 갔었는지 아십니까?"

그는 부산에 갔다 왔다고 했다. 바다로 나가려고, 배를 타려고 갔다가 그조차 여의치 않아서 그냥 돌아왔다. 현재 한 달 수입이 백오십만 원이 안 되는데 방세와 밥값으로도 빠듯해서 새 일자리를 찾을 생각이란다. 봄이 오기 전에.

"좀 넓은 세상으로 나가보고 싶었습니다. 오래 한 곳에 있으니 뇌가 그 공간만 해지는 거 같아서요. 강의실을 한 번도 벗어난 적이 없어요. 학생이었다가 선생이었다가."

"이웃이 생겼다고 좋아했는데 너무 섭섭하네요."

"조금만 더 오래 살면 아예 못 떠날까 봐 두렵습니다. 점점 편해져서요. 더 늦기 전에 한 번은 움직여봐야죠."

나는 뭐라고 대답해야 할지 아무 말도 떠오르지 않았다.

"왜 부수든가 새로 짓든가 하지 않느냐고 하셨죠? 그 아파트 말입니다. 맞는 말이에요. 둘 중 하나라면 아무래도 새로 짓는 게 낫겠죠?"

그는 혼잣말인 듯 내 얼굴을 보지 않고 술잔에 시선을 고정한 채 말했다. 뭔가를 선택할 수 있는 그가 부러웠다. 빈말이라도 나랑 같이 여기서 눌러 살자고 말하고 싶었지만 입이 떨어지지 않았다. 내가 뻔뻔한 사람이었다면 이혼 당하지 않았을 거라는 그야말로 느닷없는 생각을 했다. 아내가 나를 버린 건 내가 돈을 못 버는 작가라서가 아니라 작가로서의 정체성이 없어서일지도 모른다. 지금 생각해보면 나의 목표는 작가가 아니라 등단이었다. 고시처럼 그냥 그것만 패스하고 싶었던 거다. 나는 직장을 다니면서 사람들과 더불어 주거니 받거니 살아야 어울린다. 어쩌다 나는 관객이 감동도 만족도 못하는 수준의 연기를 하면서 오 년의 세월을 보냈다. 가짜 목표라도 정하고 거짓으로라도 부지런한 척해야 했다.

"다음에 시간 나면 정릉도 한 번 가보세요. 아시죠, 저기 길 건너?"

그는 매주 한 번 이상 간다고 했다. 나는 술잔을 단숨에 비우고 그의 다음 말을 기다렸다. 그는 떠나지 말고 나를 만날 때마다 이렇게 한 가지씩 동네 정보를 전수해주어야 한다.

"처음에는 고궁이나 공원쯤으로 생각하고 산책을 하러 다녔습니다. 비가 부슬부슬 오는 어느 날이었어요. 비가 와서 그런지 그 날은 관람객이 저밖에 없더라구요. 별생각 없이 주머니에 손을 넣고 걸어다녔죠. 그러다 고개를 들어 저만치 높은 곳에 있는 거대한 무덤을 바라봤어요. 전에는 유적지로만 생각했던 무덤이 뜨거운 안개덩어리처럼 스멀스멀 움직이는 거예요. 나는 그 자리에 꼼짝 않고 서 있었어요. 여인의 울음소리 같기도 하고 낮은 웃음소리 같기도 한 소리가 계속 들렸어요. 빗소리 때문일 거라고 생각했죠. 비오는 날의 무덤, 좀 그렇잖아요. 걸음을 옮기려는데 울음소리가 귀에 파고들었어요. 나는 천천히 무덤을 돌아보았죠."

그는 목이 마르다는 듯 소주 한 모금을 마시고 얘기를 계속했다. 나는 집중해서 듣느라 목마른 줄도 몰랐다.

"그때 왈칵 눈물이 쏟아지는 거예요. 나보다 육백 살도 더 먹은 여인이 거기서 오래도록 누군가를 기다리고 있었다는 생각이 들었어요. 그도 아니면 뭐든 다 알 것 같은 나이 먹은 여자 앞에서 울고 싶어 이곳을 그렇게 많이 지나다닌 건가. 그 느낌을 뭐라고 해야 할지. 어차피 옆에 아무도 없어서 나는 마음 놓고 울었어요. 한참을 울고 났는데 몸살을 앓고 난 것처럼 몸이 가벼운 거예요. 그리고 집에 돌아와 진짜 오랜만에 깊은 잠을 잤어요."

나는 그의 말을 송두리째 알아들었다. 그 기분을 속속들이 알 것 같았다. 내가 고등학교를 졸업하고 책을 버릴 때, 이혼하고 단출한 짐만 챙겨 나올 때 그랬었다. 스무 살 때처럼 가난했지만 힘

이 났다. 내가 쓸 만한 사람일지도 모른다는 생각을 절반쯤 되찾
았다. 나머지 절반이 설령 공포일지언정 그때만큼은 뭔가 할 수
있을 것 같았다. 나는 절망 앞에서 강해지는 사람이었다. 나는 살
아남는 일밖에 없을 때 악착같아지는 사람이었다. 언젠가는 나도
이 남자처럼 뭔가를 선택하고 더 늦기 전에 움직여볼 날이 올 것
이다. 그렇게 믿고 싶었다. 내일은 아침 일찍 정릉에 가자. 육백 살
먹은 여인이 사는 큰 집이 궁금했다. 그는 빈 술잔으로 테이블 위
에 동그라미를 그렸다.

"술 잘 마셨습니다."

그는 손을 내밀었고 나는 그 손을 잡으며 무슨 소리냐고 잘 마
신 사람은 나라고 말했다. 그의 손은 굉장히 컸고 또한 뜨거웠다.
그리고 놀랄 만큼 부드러웠다. 내 손은 작고 차갑다. 아내는 줄곧
그걸 지적했다. 내가 만난 여자들도 마찬가지였다. 그는 내 손을
힘주어 잡고 흔들었다. 언제까지라도 잡고 있고 싶은 손이었다. 모
든 여자들에게 그의 손을 잡아보게 해주고 싶었다.

"곧 입춘이네요. 이 동네는 봄이 어울리는 곳이죠. 참, 매달 마지
막 수요일은 정릉 입장료가 없습니다."

그가 마지막 선물이라는 듯 나와 눈을 맞추며 말했다. 그는 술
집을 나와 담배를 꺼내 불을 붙였다. 나는 그에게서 몸을 돌렸다.
그의 집은 어디일까? 이 동네에 내가 가야 할 곳이 얼마나 더 남았
을까?

라일라

그녀는 방금 인천공항에 도착했다. 윈디 시티라는 별명을 가진 도시, 시카고에서 열다섯 시간을 날아왔다. 오헤어공항을 떠난 KE038 비행기가 태평양을 건너는 동안 그녀의 기억은 그 거리만큼 과거로 돌아가고 있었다. 그녀는 공항의 반들거리는 대리석 바닥을 조심스레 내디디며 심호흡을 했다. 이곳 공기를 들이마셨을 때의 첫 느낌은 예상 밖이었다. 계란껍질 안쪽의 얇은 막 같은 것이 툭 터지며 선명하게 형체를 드러낸 감정은 뜻밖에도 친밀감이었다.

공항. 떠나는 사람과 돌아오는 사람이 거쳐야 하는 다소 번잡한 통로. 그녀에게 공항은 한 여자의 뱃속에서 열 달을 견디고 막 세상으로 나온 핏덩이 아기를 떠올리게 하는 장소였다. 그녀의 첫

사진 때문인지도 모르겠다. 공항에서 낯선 여인의 무릎에 앉아 카메라 쪽을 바라보는 갓난아기는 바깥 공기를 처음 마신 표정이었다.

'나는 어느 의자에 앉아서 미국행 비행기를 기다렸을까?'

그녀는 공항 안을 두리번거렸다. 공항은 실로 넓었고 의자도 많았지만 불안에 떨며 우는 아이를 달랠 곳으로는 적당치 않아 보였다. 그 당시 국제공항은 인천이 아니라 김포였다는 건 알고 있었다. 이런 경우 사실이란 감상에 거의 영향을 미치지 못한다.

배낭을 단단히 메고 진청색 미국 여권을 샘소나이트 미니백에 넣었다. 게이트를 나서자 뺨을 파고드는 싸한 새벽바람이 그녀를 맞았다. 제레미 말대로 시카고 못지않게 바람이 많이 불었다. 녹고 있는 눈 덕분에 이곳의 바람은 메마르지 않았다. 눅눅하면서도 까슬까슬했다. 새벽의 푸른 기운이 가시지 않은 사방은 아침 햇살에 놀라 서서히 몸을 일으키고 있었다. 위엄 있게 우뚝 선 초현대식 공항 건물은 동양의 길조인 봉황의 형상을 닮았다고 했다.

공항버스 정류장은 큼직한 가방을 앞세우고 노선표를 확인하는 사람들로 붐볐다. 그녀의 존재가 눈에 띄지 않을 만큼 동양인 숫자가 많았다. 그녀는 배낭끈을 추켜올리며 영어를 병기한 지명을 읽다 시티홀이라는 글자를 발견했다. 낯선 도시에서 구체적인 여행 정보가 없다면 시청 주변부터 섭렵하는 게 안전하다는 것이 그녀의 여행상식이다. 맨 뒷좌석 깊숙이 몸을 밀어 넣고 어깨를 등받이에 푹 기댔다. 심장이 귀에 들릴 정도로 큰 소리를 내며 뛰었다. 창밖을 내다보는 그녀의 눈빛은 먹이를 눈앞에 둔 맹수처럼 꼿꼿하다. 무표정. 지나친 무표정은 긴장을 감춰주기보다 더 도드라지게 했다.

너무 이른 시간이라 길거리에 사람은 별로 없었다. 그녀는 금방이라도 토할 것처럼 목울대가 울렁거렸다. 그 증상이 멀미 때문이 아니라는 자각이 울렁증을 가라앉혔다. 각각을 식별할 수 없게 덩어리로 들어오는 풍경 앞에서 그녀는 가만히 눈을 감았다. 떨림을 진정시키는 일종의 응급조치였다. 눈꼬리에서 눈물이 흘렀다. 어떤 감상적인 기분이 시킨 일이라고 할 수는 없었다. 예상보다 마음은 차분했으며 제어하기 힘든 격렬함 같은 감정은 동반하지 않았다. 눈물을 흘리고 나니 더 이상 어지럽지 않았고 불편한 몸의 증상들이 사라졌다.

그녀의 이름은 나일라 Nyla, N, Y, L, A. 잘 웃는 여자라는 뜻의 에스키모어라고 했다. 어릴 때 그녀는 울보였다. 그만 울음을 그치고 많이 웃으며 살라는 부모의 바람이 담긴 부적 같은 이름이다. 양손을 나팔 모양으로 입가에 대고 고함치듯 부르는 이름은 그녀의 관심을 끄는 데 성공했다. 그녀는 서서히 울음을 거두었다. 잘 울지도 않았지만 잘 웃지도 않았다. 그 후로도 그녀를 바라보는 사람의 얼굴에 미소가 자주 나타나지 않은 걸 보면 잘 웃는 사람이 되진 못한 것이다. 이름이 너무 세면 거기에 인생이 갇히게 되어 소망과 반대로 흘러간다는 속설을 그녀도 이기지 못했다.

그녀는 자신의 이름이 마음에 들었다. 나일라, 발음하기도 쉽고 듣기도 좋다. 햇볕이 이마를 간질이는 화창한 봄 날씨가 연상되는 이름. 그림자보다 빛이 더 많은 인생을 불러올 것 같은 이름. 쾌활한 소녀의 얼굴이 떠오르는 나일라라는 이름 말고도 그녀에게는 이름이 또 하나 있다. 오선미. 가짜 이름인지 진짜 이름인지는 알 수 없다. K80-1409 오선미. 그녀의 파일명이다. 진짜 이름이 아니라면 그녀한테는 이름이 하나 더 있는 셈인데 그게 뭔지는 아직 모른다. 조금 복잡할 수도 있는 그녀의 소개는 차차 하기로 하자.

그녀는 제일 먼저 여행안내소로 가서 지도와 안내 책자를 챙겼다. 한 손에 생수병을 들고 목에는 카메라를 걸고 일제히 같은 곳으로 몰려다니는 한 떼의 관광객을 따라갔다. 지도와 지형지물을 맞춰보며 걷는 그녀의 모습은 여느 관광객과 다르지 않았다. 소란스러운 아침 풍경을 카메라에 담으며 구경거리 넘쳐나는 거리를 돌아다녔다. 오십 킬로그램짜리 배낭이 어깨를 파고들어도 걷기를 멈추지 않았다. 길거리에서 만나는 거의 모든 사람의 얼굴이 자신과 닮았다는 사실이 놀랍기도 하고 가슴 벅차기도 했다. 신시아가 있었다면 뭐라고 할까? 우울증을 앓던 그 애는 스물세 살에 혼자 아이를 낳았다. 나쁜 선택의 연속이었던 인생이 결국 종착역에 다다르고 말았다는 사람들의 우려와 달리 그녀는 무척 행복해

보였다.

"나랑 똑같이 생겼지? 잘 봐. 정말 많이 닮지 않았어?"

얇은 입술과 넓은 이마만 비슷했지만 그 애와 가까운 사람 중에서 가장 많이 닮은 건 사실이었다. 백인 양부모도, 친척도, 이웃도 신시아와 다르게 생겼다. 그 최초의 의혹이 그 애를 우울증에 빠뜨렸다. 정부보조금으로 겨우 목숨을 부지하면서 살아도, 슈퍼마켓에서 잡일을 해도, 아이 아빠가 사라졌어도, 신시아는 그 어느 때보다 자신의 인생에 대해 불만이 없었다. 머지않아 상황이 더욱 나빠진다 해도 그 애의 선택이 잘못됐다고 말할 수는 없었다. 신시아가 여기 오면 닮은 사람이 이토록 많은 걸 어떻게 이해할까. 그녀를 닮고 신시아를 닮고 신시아의 아이를 닮은 이 거리의 사람들을 보며 그녀는 자신을 향해서도 같은 질문을 던졌다.

서울은 모든 시계가 고장 난 것처럼 보였다. 버스가 규칙적으로 도착해도 사람들은 허둥댔다. 출근하는 사람들은 지각이라도 했는지 전철을 타러 뛰듯이 계단을 내려갔다. 약속시간을 지키지 못한 젊은 연인들은 짜증을 부렸다. 발을 동동 구르며 피로에 절은 하품을 하는 사람은 교복 입은 학생들이었다. 차들은 도로 한가운데서 엉켰고 사람들은 저마다 목소리를 높였다. 허둥지둥, 갈팡질팡. 낯선 방문객이 어색하지 않을 만큼 어수선한 이 도시 역시 그녀의 마음에 든 걸까. 무엇을 봐도 금방 눈을 떼지 못했다.

그녀는 이 도시를 안다. 백 번쯤 천 번쯤 생각하고 그려보고 입에 올렸다. 그녀의 생명이 여기서 비롯되었으니 첫 방문이지만 결코 처음은 아니다. 이 도시는 냄새로 가득 차 있었다. 음식 냄새와 땀과 호흡이 뒤섞인 방을 며칠 동안 환기시키지 않았을 때 나는 냄새와 비슷했다. 이 냄새와 색깔과 소리들은 인간의 몸이 뿜어내는 갖가지 발언과 요구를 고스란히 담고 있었다. 정보를 처음 접했을 때의 경계경보를 그녀의 정신과 육체는 내보내지 않았다. 그녀는 고개를 끄덕이고 잠시 후 고개를 젓는다. 흔들던 고개를 다시 끄덕거린다.

그녀를 이곳으로 데려온 것은 비행기표도, 카메라도, 친구의 초청도 아니었다. 왜? 라는 질문이었다. 왜? 왜? 왜? 수없이 묻고 또 물었다. 왜 나는 시계도 맞지 않는 이런 곳에 오게 되었을까? 이전에는 다른 질문들이 있었다. 왜 다른 냄새와 색깔의 사람들과 한 집에서 살고 있을까? 왜 나는 잘 때 눈을 뜨는 걸까? 왜 나는 그들처럼 말하고 생각하고 숨 쉴 수 없는 걸까? 왜 나는 다른 것을 느끼는 걸까? 왜 나는 백 퍼센트가 아닌가? 왜 나는 구십, 팔십, 때로 오십 퍼센트의 인간처럼 느끼는가?

진실을 털어놓자면 그녀의 인생은 온전히 과거로만 이루어졌다. 그것도 아주 짧은, 인생 최초의 몇 달. 줄곧 돌아보며 곱씹어온 과거는 그녀에게 현재를 겪지 못하게 했다. 현재와 사이좋게 지낼 수 없도록 길을 막았다. 미래를 향해 뻗은 손을 치우라고 했다. 모든 과거의 시간들은 풍부한 은유와 상징들로 가득하다. 미로와 수

수께끼와 퍼즐이 풀릴 때를 기다리고 있다. 입양서류 파일에 적힌 그녀의 과거는 이제 죽었다. 그녀는 그것을 안다. 알지만 버리지 못한다. 단 몇 줄에 불과한 과거는 그녀의 몸이 되었다. 살과 피와 뼈를 이룬 이 몸이 그녀 과거의 현신이다. 어찌할 수 없는 진실. 검은 머리와 갈색 피부.

시계탑이 있는 시청은 공사 중이었다. 그녀는 관광 안내 책자가 매일 낮 열두 시에 공연이 열린다고 알려준 서울광장에서 발길을 멈추었다. 웨딩드레스 패션쇼가 끝나고 검은 턱시도를 입은 쿼텟이 나와 귀에 익은 영화음악을 클래식으로 연주했다.

〈로마의 휴일.〉 양아버지와 양엄마가 첫 데이트 하던 날 함께 보았다는 그 영화는 저녁식탁에서 종종 화제에 오르곤 했다. 여주인공 오드리 헵번보다 열 배는 더 매력적이어서 동네남자들의 인기를 독차지했던 양엄마가 선택한 사람이 바로 자신이라고 양아버지는 자랑스럽게 말했다. 그 대사는 느슨해지는 결혼생활의 긴장을 유지하기 위해 가끔씩 등장했다. 양엄마도 양아버지가 그레고리 펙을 닮진 않았지만 여자를 기쁘게 해주는 능력만큼은 그를 능가한다는 말로 찬사에 보답했다. 그럴 때면 프러포즈할 때 받았다는 산호목걸이를 만지작거렸다. 지금으로선 젊고 아름다운 연인이었을 둘의 모습이 상상되지 않지만 그런 착각 덕분에 두 사람이 결혼하게 되었음을 짐작하기는 어렵지 않았다.

첫 키스에 잠을 설친 양엄마는 다음 날 아침 창가에서 영화주제

곡을 허밍으로 부르는 양아버지의 노래를 듣고 청혼을 받아들였다. 오빠가 워싱턴 병원에 취직한 뒤 양부모는 둘이서 살고 있다. 양엄마는 가끔 전화를 걸어서 와달라는 말 대신 바쁘냐고 묻는다. 젊은 시절을 바쳐 그녀를 키운 그들은 이제 늙었다. 어린애에서 어른이 된 그녀는 어른에서 아이가 되어가는 양부모를 사랑하지만 부양할 수는 없었다.

광장 잔디밭에 양복 입은 직장인들이 군데군데 무리지어 서 있다. 연주자도 관람객도 모두 추워 보였다. 그녀는 청결함과 질서를 특징으로 하는 이곳 사람들의 말소리를 들으려고 가까이 다가갔다. 그녀의 한국어 실력으로는 농담과 뉘앙스를 알아듣기 어려웠다. 한국드라마를 많이 본 덕에 억양은 귀에 익었다. 높고 빠르고 쇳소리가 난다고 생각했던 한국말을 현지에서 들으니 동유럽 쪽 언어와 비슷했다. 오페라와 가곡을 어렸을 때부터 듣고 자란 사람들처럼 노래에 어울리는 목소리를 가졌다고 생각했다.

그녀는 가는 곳마다 한국말과 검은 머리칼의 사람들과 마주쳐도 자신과 그들이 같은 종족이라는 생각은 들지 않았다. 웃음소리가 다르다는 것이 이유가 될까. 사실을 확인할 수 없어도, 이유를 정확히 가려낼 수 없어도 웃음의 무늬와 결이 달랐다. 웃음소리가 들릴 때마다 돌아보았다. 웃음에도 합당한 모국어가 있다는 걸 그녀는 처음 배운다.

플라자호텔 뒷길을 걷다가 건널목을 건넜다. 지도에 따르면 이곳은 식당과 술집이 밀집한 북창동이었다. 공기 속의 맵고 강한 향신료 냄새가 모든 걸 제압하고 그녀를 맞이했다. 몇 걸음 걷다 붉은 글씨의 아크릴 간판 앞에서 발을 멈췄다. 대성식당. 시카고에서 아르바이트하던 한국 식당과 같은 이름이다. 주인 남자의 이름인 문대성에서 따왔다고 했다. 김치찌개 전문식당이라고 쓴 유리문을 통해 안을 기웃거렸다. 테이블이 열 개쯤 있는 크다고도 작다고도 할 수 없는 규모의 오래된 식당이었다. 남자들 너덧이 소주를 곁들여 밥을 먹고 있었다. 점심 장사가 끝난 시간이라 어느 식당이건 한산했다. 점심시간은 지났고 저녁은 아직 오지 않았다. 그녀는 냄새에 이끌려 안으로 들어갔다. 처음이지만 처음이 아닌 냄새.

"저, 김치치개 주세요."

주인 여자는 그녀의 얼굴을 쳐다보았다. 토종 한국인의 얼굴과 이국적인 발음의 부조화가 여자에게 혼란을 주었을 것이다. 그녀의 말은 그녀의 귀에도 어색하게 들렸다. 시카고의 한국어 선생은 그녀의 정확한 발음을 칭찬해주었다. 특히 경음과 격음은 모국어를 쓰는 사람과 거의 차이가 없다고 서른다섯 살의 여선생은 감탄했다. 교실에서 연습하는 거랑 서울 한복판 식당에서 음식을 주문하는 것은 그야말로 하늘과 땅 차이였다. 조금 다른 것, 많이 다른 것, 아주 많이 다른 것에 대해 그녀는 좀 아는 편이다. 고통스러워할 게 아니라 즐길 만한 일라는 것도 최근에 알게 되었다. 겁내지 마, 재미있을 거야. 그녀가 얻은 결론이자 감상이었다. 경험이란 상비약 같은 거다. 효용을 염두에 두고 미리미리 챙겨야 한다.

이 도시에서는 한가한 시간에 여행객이 식당에 가는 건 권하고 싶지 않다. 나이 든 여종업원들도 그녀를 신경 썼고 대각선 자리에서 술을 마시던 남자들도 그녀를 흘끔거렸다. 낮 시간인데도 테이블에 이미 빈 소주병이 두 개나 있었다. 그녀의 식사 속도는 느렸다. 젓가락질 때문은 아니다. 그녀는 젓가락질에 서툴지 않다. 가족들은 그녀를 위해 젓가락질을 배웠다. 한국 음식도 종종 식탁에 올랐다. 흰 쌀밥도 자주 먹었다. 주인 여자는 좌식 테이블이 놓인 안쪽 방으로 가서 낮잠을 청했다. 남자들은 세 번째 술병을 비워가고 있었다.

이 도시에서의 첫 식사. 미국에서와 비슷한 맛이었지만 결코 같은 맛은 아니었다. 재료의 차이만큼 솜씨의 차이도 클 거라고 그녀는 이해했다. 김치찌개는 눈물이 찔끔 날 만큼 맵고 뜨거웠다. 음식을 떠서 입에 넣을 때마다 몸에 있는 모든 감각이 음식이 내려가는 식도와 위장으로 몰렸다. 냄새를 맡고 맛을 보고 온도를 느끼고 몸속에 저장된 정보와 비교하고 판단하느라 바빴다. 속도가 느릴 수밖에 없다. 시금치나물과 어묵볶음은 짰다. 콩나물무침과 멸치볶음은 미국에서도 먹어봤다. 그때는 몰랐는데 꽤 맛있는 음식이었다. 밥을 다 먹는 동안 물 한 병이 바닥났다. 반찬은 절반쯤, 밥은 전부, 찌개는 삼분의 일쯤 먹었다.

1980년 9월 셋째 토요일, 한 아이가 태어났다. 출생과 동시에 어미에게서 버려질 운명이었지만 아이의 얼굴은 보름달보다 환했다. 세상의 환대까진 기대하지 않더라도 어미에게서 버려지기 위해 태어난 운명이라니. 아이는 환한 얼굴로 목청을 돋워 울었다. 엄마 얼굴을 마주할 때 이외에는 울음을 그치지 않았다. 유난히 많이 자주 울었고 울음소리도 컸다. 울기 위해 태어난 아이 같았다. 오십일 센티미터의 아기는 세상이 자신에게 호의적인 곳이 아님을 일찌감치 눈치 챘다. 아기의 이유 없는 울음은 돌보는 사람을 당혹스럽게 하고 지치게 만들다가 끝내 분노하게 하고 마침내는 그 상황을 벗어나기 위한 어떤 행동도 합리화시킨다. 스무 살은 아이를 키우기에 적당한 나이가 아니라고 그녀의 엄마는 판단했다.

아이는 자신의 운명대로 어미의 손을 떠나 여러 손을 전전하다가 결국 이 도시에서 사라졌다. 삼십 년 동안 누구도 아이 소식을 듣지 못했다. 소식이 끊어지기는 어미도 마찬가지였다. 둘 사이에 인연의 끈이 있었다는 걸 기억하는 곳은 한 군데뿐이었다. 홀트. 하지만 서류가 없어지면 아이의 존재 또한 영영 사라진다. 돌아와 들추는 자가 없다면 서류의 존재는 있으나마나다. 홀트재단 철제 캐비닛에 보관된 서류에 적힌 몇 줄의 정보가 그녀의 정체성이었다. 서류에 기록된 이름 말고 다른 이름 하나를 더 달고 어른이 되어 돌아왔을 때 반기는 사람이 아무도 없었다. 예측 가능한 일이

지만 기다렸던 일은 아니었다. 그들은 구태여 그 감정을 감추려고
도 하지 않았다.

모포에 싸여 서류 한 장과 함께 떠났던 아이는 카메라와 오십
리터짜리 배낭과 수많은 물음표를 짊어지고 돌아왔다. 잊힌 아이
는 기록하는 일을 직업으로 가졌다. 자신의 기록이 없으니 세상의
기록이라도 성실히 남기고자 열망했노라고 말했다. 자신이 살아
온 시간이 사라지는 것이 두려운 나머지 카메라를 몸에 붙이고 다
니면서 눈에 걸리는 건 전부 사진으로 기록했다.

저 사람이구나.

그녀의 눈이 커졌다. 겨자색 코트에 검은 바지를 입고 머리를
틀어 올린 사십 대 후반의 여인이 상담실 문을 열고 들어왔다. 그
녀와 눈이 마주쳤다. 생모는 쌍꺼풀진 눈을 그녀의 얼굴에 붙박은
채 시선을 움직이지 않았다. 너니? 네가 선미니? 붉은 눈은 그렇게
묻고 있었다. 이내 생모의 얼굴이 빨갛게 달아올랐다. 그녀 역시
마찬가지일 것이다. 놀라거나 흥분하면 목까지 빨개지는 체질이
다. 생모는 한쪽 뺨을 손으로 감싸고 그 자리에 멈춰 섰다. 그녀는
주먹을 쥐고 눈을 감았다. 거대한 열풍기를 틀어놓은 것처럼 가슴
속에서 뜨거운 바람이 일었다. 뼈와 몸 안의 장기들이 다 녹아 없
어질 것만 같았다. 제발, 몇 번이고 제발을 되뇌었다. 흥분이나 격
정은 가장 원치 않는 반응이다. 그녀가 감은 눈을 떴을 때 생모는
그녀 쪽으로 걸음을 옮기고 있었다.

"언젠가는, 이런 날이 올 줄 알았다."

가늘고 높은 편인 생모의 목소리는 조금 떨렸다.

"안, 녕, 하, 세, 요?"

알아들을 수 없게 떨리는 목소리가 목구멍에서 간신히 토해져 나왔다. 속일 수도 연출할 수도 없구나. 절망이라기보다 차라리 평안한 체념에 가까웠다. 그녀는 이 상황을 수십 번 시뮬레이션 해봤지만 막상 닥치니 아무 소용이 없었다. 그녀도 생모도 서로를 바라볼 뿐 말을 잇지 못했다.

홀트의 입양사후관리 팀은 극구 사무실에서 사회복지사를 동반해 만나라고 했다. 상담실이 따로 마련되어 있다 해도 직원들이 오가는 공개된 장소에서 첫 만남을 갖고 싶지 않다는 말은 규정이라 어쩔 수 없다는 이유로 묵살 당했다. 여기서 만난 뒤 다른 곳으로 장소를 옮길 때는 둘만 가도 된다고 했다. 이것이 그들의 일처리 방식인 모양이었다. 일단 크게 실망시킨 다음 그 실망에 물을 주듯 조금씩 정보나 호의를 베푸는 것. 매우 귀찮아하며 이 귀찮음을 무릅쓰고 큰일을 해준다는 식으로. 왜 일을 일처럼 하지 않을까? 그녀는 의아했지만 사회복지사가 예민하고 변덕을 부리는 타입의 사람임을 알아차렸기 때문에 감정을 자극할 만한 어떤 말이나 행동도 자제했다. 이곳에서 그녀는 타인의 도움에 의존하지 않고는 아무것도 할 수 없는 철저히 약자의 위치였다.

"나일라가 뭘 원하는지 잘 알아요. 근데 어쩌죠. 다 들어주고 싶지만 직원으로서 규정을 따라야 한다고 말할 수밖에 없군요. 너무 속상해하지 마세요. 나도 어젯밤부터 걱정 많이 했어요. 나일라가 얼마나 긴장될까 생각하니 내가 더 떨려서요."

콜롬비아대학에서 사회복지학을 전공한 사회복지사 정애 씨의 맵시 나는 영어가 그녀의 귀에 거슬렸다. 비즈니스에서 상대에게 잘 보이려는 도구로 인사치레가 많은 매끄러운 영어를 익혔을 것이다. 정애 씨는 종이컵에 담긴 커피를 갖다 주고 파일을 열어 양쪽에게 상대방에 대한 몇 가지 정보와 재회의 과정을 간략하게 설명했다. 이미 알고 있는 것을 사무적으로 늘어놓는 건 흥분을 식힐 시간을 주기 위해서일 거라고 그녀는 해석했다.

터무니없게도 그녀는 부끄러움을 느꼈다. 생모 앞에서 영어로 묻는 정애 씨에게 영어로 답하는 자신이 부끄러웠다. 입 닥치고 가만히 있고 싶었다. 그 점에서는 생모도 별로 달라 보이지 않았다. 굳은 표정으로 앉아서 먼저 입을 열지도 질문을 하지도 않았다. 단호하게 무표정을 유지하려고 애쓰는 것이 생모의 유일한 표정이었다. 그 표정이 전하는 것은 눈물은 절대로 흘리지 않을 거야, 혹은 눈물 같은 건 다 써버리고 없어, 라는 의사표시였다. 수은이나 납처럼 몸속에서 흘러나오는 액체를 고체로 만들어버리는 탁월한 능력이라도 있는 듯했다. 생모도 그녀도 정애 씨가 갖다놓은 인스턴트커피는 손도 대지 않았다. 커피는 벌써 식었을 것이다. 그녀의 얼굴과 손과 테이블에 번갈아 눈길을 주던 생모가 몸을 일으켰다.

"이제 밖으로 나가도 되죠?"

　그녀가 먼저 카운터로 가서 생모가 원하는 아메리카노와 자기가 마시고 싶은 에스프레소를 주문했다. 생모는 그녀의 움직임과 표정에 따라 눈빛이 빠르게 변했다. 주의를 요하는 곳에서는 깊어졌다가 마음이 누그러들면 편안하게 풀어졌다. 한숨만 크게 내쉬어도 깨질 것 같은 팽팽한 긴장이 둘 사이의 공기를 잡아당기고 있었다. 좋은 씨앗을 고르듯 그녀의 요모조모를 살피는 생모를 그녀도 찬찬히 뜯어보았다. 눈가에 새 발자국 같은 주름이 있지만 맑은 피부와 적당한 살집은 생모가 그리 나쁘지 않은 인생을 살았다고 말해준다. 표정과 태도에도 찌든 구석이 없었다. 유난히 까맣고 동그란 눈동자가 뿜어내는, 자신에게 불리한 일은 본능적으로 멀리하는 자의 방어와 계산을 그녀는 놓치지 않는다. 그런 사람은 타인에게 한 치의 틈도 허용하지 않을 거라고 풀어지려는 마음을 다잡는다. 그녀는 양손을 깍지 낀 채 꽉 붙들었다.

　삼 분쯤 지나가 탁자 위의 알람벨이 부르르 떨었다. 그녀는 카운터로 가서 커피 두 잔이 놓인 쟁반을 들고 돌아왔다. 머그컵을 생모 앞에 내려놓고 자신은 적당히 크레마가 없힌 에스프레소 잔을 입으로 가져갔다. 온도는 조금 낮았지만 커피맛은 쓰고 진했다. 그녀가 원하는 맛이었다. 생모는 커피 한 모금을 오래 시간을 끌며 마신다. 잔을 내려놓는 생모의 얼굴에 대화를 서두르려는 조급함은 없었다. 입을 먼저 연 사람은 그녀였다.

"음, 으음, 지난 얘기는 하지 말면 좋겠어요."

그녀는 채권자처럼 굴기 싫었다. 끝도 없을 얘기. 그것을 두 사람에게서 빼앗음으로써 서로에게 냉정해지거나 무력해지는 것. 둘 사이에 치러야 할 통과의례라고 믿었다.

"너도 나도 각자의 가족들이 있겠지. 그대로 그냥 살아야 할 거야. 당분간은."

그렉도 생모도 '당분간은'이라고 말한다. 입양인 친구 그렉은 이 년 전에 한국에 와서 생모를 만났다. 그녀에게 엄마를 만나보라고 한 사람도 그렉이었다. 그녀가 아무 일도 벌이지 못하고 미국으로 돌아갈까 염려했다.

"네 인생 앞으로 나가고 싶으면 엄마를 만나. 네가 누군지 알려면 너랑 비슷한 사람들 속에 있어야 해. 미국은 네 땅이 아니야. 생활은 편하겠지만 마음은 늘 불편하지. 자잘한 기쁨 때문에 웃을 일도 자잘한 슬픔 때문에 울 일도 없으니까. 그건 진짜 인생이 아니잖아."

그는 낮에는 영어를 가르치고 밤에는 신촌의 스포츠바에서 요리사로 일하며 이곳에 정착했다. 생모의 눈빛이 자신을 거미줄처럼 친친 감는 느낌이었다고 했다. 온몸이 아프고 온 마음이 아파서 울 수도 웃을 수도 없었는데 생모가 다가와 꼭 안아주었다. 엄마 냄새가 났다. 한번 옮겨 붙으면 떨어지지 않을 것 같은 냄새. 그녀는 알았다. 그 느낌이 전혀 과장이 아니라는 것을. 두 사람은 다시 가족이 될 수는 없어서 일 년에 한 번 설날에만 만난다. 그렉은 낙천적인 사람이다. 상대를 얼마나 자유롭게 해줄 수 있느냐가 낙천성의 증거다. 비관주의자들은 타인을 믿지 않고 혐오하면서도 의존한다는 걸 그녀 인생이 가르쳐주었다.

희망의 여지가 있는 말을 그녀는 버렸다. 무관함. 떼려야 뗄 수 없는 피를 나누었음에도 그녀의 엄마는 무관함을 선택했고 무관함을 향해 살아왔다. 잠시 손을 잡았지만 저 문을 나서면 다시 무관함을 향해 걸어갈 것이다. 그녀는 앞에 앉은 여인에게서 붉고 기다란 손톱과 아이들이 몽키이어라고 놀리던 동그랗고 작은 귀와 변명하지 않는 성격을 물려받았다. 힘들 때 최악의 선택을 하는 점도. 다른 밥을 먹으며 다른 땅에서 살았어도 그것만은 어쩌지 못했다. 숱 많은 새까만 머리칼도 똑같았다.

여덟 살의 그녀는 식구들 중에 왜 내 머리카락만 검은색이냐고 양엄마한테 물었다.

"내가 너를 낳지 않았기 때문이야."

대답은 너무 간단했다.

"너는 멀리서 왔단다."

양엄마는 그녀와 키를 맞추고 앉아 두 손을 마주잡고 그녀가 이해할 수 있는 방식으로 설명하려고 노력했다. 양엄마의 눈빛, 놀라운 사실을 너에게 이해시키는 것이 사랑하는 너에게 지금 내가 할 수 있는 전부라는 의사표시에 뭔가 더 있었다. 넌 나와 다르고 앞으로 그걸 배워가는 인생을 살아야 한다는 경고등이 깜빡였다. 그녀는 머리칼 말고는 관심 없다는 듯 양엄마의 손을 뿌리치고 백인 엄마의 금발을 매만졌다. 며칠 동안 조른 끝에 그녀는 염색을 할 수 있었다. 현실은 너무 자주 기대를 배반한다. 금발머리는 그녀의 검은 눈썹과 눈동자를 더 눈에 띄게 만들 뿐이었다. 아이들은 그녀의 금색 실타래 같은 머리를 잡아당겼다. 아무도 안 볼 때 그녀의 살을 꼬집고 밀치고 옷에 낙서를 했다.

그녀는 키가 작아도 힘이 세고 끈질겼다. 범인을 찾아서 당한 것을 두 배, 세 배로 돌려주었다. 목숨을 걸고 싸워야 직성이 풀렸다. 그 뒤로 아무도 그녀를 건드리지 않았지만 놀아주지도 않았다. 친구 없이 노는 법, 타인에게 기대지 않는 법을 스스로 배운 그녀는 집에서 혼자 그림을 그리거나 백인 오빠랑 블루마블 게임을 하며 놀았다. 양엄마는 그녀의 잘못된 교우관계를 애써 바로잡으려는 노력 대신 함께하는 시간을 늘렸다. 자녀를 돌보는 의무를 수행하는 면에서는 게으른 적이 없었다. 한 가지를 확실히 깨닫는 것은 중요하다. 머리카락 색깔을 포기하자 다른 차이점을 받아들이는 일이 전처럼 엄청나게 느껴지지 않았다.

"내가 더 늙었을 때 찾아왔으면 좋았을걸."

그 정도의 한국말은 알아들을 수 있었다. 누구에게 좋다는 말일까. 그녀는 자신의 빈약한 한국어를 의심한다. 그녀가 언제 찾아오더라도 저 말은 달라지지 않을 것이다. 이런 상황을 위해 준비된 알맞은 때란 없다. 이 말을 들을까 봐 그렉이 그런 다짐을 해두었던 거다.

"보이는 것을 해석하지 마. 넌 아직 이곳을 몰라. 사진처럼 찍어두기만 하고 해석하지 마. 아무 감정도 보태거나 빼지 말고 시간을 좀 보내봐. 당분간은!"

그렉의 충고를 휴대폰 바탕화면에 적어두었다. 보이는 것을 해석하지 마.

"이제 와서 내가 뭘 할 수 있을까? 네 인생에 보탬 될 일이 뭐가 있겠니. 예전에도 똑같은 이유로 너를 보냈다. 이것 봐라. 내 역할은 달라지지 않았어. 냉정하게 생각해야 해. 혹시라도 네 피 속에 나의 이런 냉정함이 들어 있다면 사는 데 조금, 아주 조금은 도움이 될지도 모르겠다."

생모는 준비한 대사를 읊듯 말을 쏟아냈다. 저 말로 평생을 버텨냈을 것이다. 그녀는 목이 따가웠다. 생모는 인생을 감당할 어떤 생활의 묘수도 갖고 있지 않았지만 연륜에서 오는 대범함과 임기응변으로 자신을 무리 없이 포장했다. 눈 밝은 사람한테는 곧 허점을 들키고 말 불안정한 눈빛 말고는 말짱했다. 생모가 변명하는 사람이 아니라서, 거짓말과 눈물로 지난 시간을 지우려는 사람이 아니라서 다행이었다. 불길로 타올랐던 그녀의 가슴은 물이 차올라 출렁이다 한쪽으로 쏠린다.

친부모를 찾기도 어렵지만 찾아서 연락해도 절반 이상은 만나고 싶어 하지 않는다고 정애 씨는 미리 다짐해두었다. 여태까지의 자기 인생을 지키고 싶은 동물적인 생존본능을 나무랄 수는 없다. 제레미라면 이래저래 버림받은 사람만 불쌍한 거라고 자조적으로 말하겠지. 과연 그게 다일까. 그녀는 의심한다. 생모에게 무슨 말이든 하고 싶은데 목에 셔터를 내린 듯 소리가 나오지 않는다. 지난밤 자신이 몇 번이고 외운 말이 별 쓸모가 없음에 그녀는 초조해진다. 한국어를 잘 해도 마찬가지일 것이다.

'당신이 수인처럼 살기를 바란 적도 상상한 적도 없어요. 얼굴이 비어 있는 한 사람을 가끔 떠올렸죠. 그걸 채우러 온 거예요. 당신도 당신 인생의 숙제를 끝마쳐야 하잖아요. 아무 탈 없이 잘 사는 내 모습을 보면 당신도 편할 거라고 생각했어요. 그런데 당신에게 나는 실패의 인장 같은 존재로군요. 당신이 사랑을 잃고서, 인생의 무서움과 무거움을 피해 한때 극단적인 선택을 한 적이 있는 사람임을 폭로하는 당신의 비밀이죠, 나는.'

그녀는 속에서 솟아오르는 말과 에스프레소를 함께 삼켰다. 찻잔을 받침 위에 내려놓는 소리가 컸다. 목 아래 있던 말은 더 깊숙이 숨어버렸다. 배가 아프다. 아침에 전복죽을 먹는 게 아니었어. 그렉은 아침밥을 사주고 홀트까지 데려다주었다.

"난 아플 때나 긴장될 때 이 음식을 먹어. 집에서 만든 음식 같

아. 엄마 냄새가 나."

그녀는 김 가루가 뿌려진 전복죽을 입에 떠 넣었다. 고소하고 부드럽다. 바다 냄새가 났다. 엄마 냄새가 바다 냄새를 닮았나? 그렉은 어떤 음식에서도 엄마 냄새를 찾아낼 거다. 그는 지금 전화기를 들여다보며 그녀에게서 어떤 소식이 올까 기다리고 있을 것이다.

생모는 누구와도 공유할 수 없는 과거 한가운데로 불려나온 사람이 흔히 그렇듯 단호한 말을 하면서도 힘 빠진 목소리였고 주변을 살피는 시선이 불안했다. 조금씩 아껴가면서 커피를 마셨다. 말도 아꼈다. 휴대폰의 카메라를 켜서 눌러대며 깔깔대는 여학생, 과장되게 지어보이는 표정, 이어지는 환호성. 이곳의 그 누구도 두 사람의 사정을 알지 못한다. 들뜬 듯 웅웅대는 옆자리의 소음, 탁한 공기, 탁자의 이쪽과 저쪽의 거리, 종업원의 단조로운 목소리. 어느 것 하나 몸속으로 들어오지 않는 것이 없고 마음을 건드리지 않는 것이 없다.

장소를 스타벅스로 정한 사람은 생모였다. 다분히 그녀에 대한 배려였겠지만 그 선택은 실패작이었다. 그녀는 정거장마다 있는 스타벅스와 던킨도너츠와 맥도널드를 보려고 여기 온 게 아니다. 둘 다에게 적당할 거라고 타협한 선택은 둘 다 만족시키지 못하는 나쁜 선택이 되고 말았다. 차라리 한 사람이라도 진짜 원하는 걸 고르는 편이 나았다. 생모는 유실물함 속의 주인을 잃어버린 모자나 지팡이처럼 보였다. 명랑하고 수다스러운 이십 대 여자들 틈바구니에서 고립감을 안 느낄 도리가 없겠지. 이게 나인가. 이게 나의 전부인가. 사는 동안 수시로 느꼈던 그 감정이 또 찾아왔을 것이다. 비밀을 가진 자의 운명이다. 생모는 손을 뻗어 커피 잔을 잡고 있는 그녀의 손등을 쓸어내렸다. 손가락이 지나간 자리가 뜨거웠다.

"예뻐요."

그녀도 놀랐고 생모도 놀랐다. 한국말이었다. 거의 정확한 발음의 한국어. 자신이 그 단어를 배웠다는 것도, 이렇게 잘 말할 수 있다는 것도 신기했다. 생모는 부정도 긍정도 하지 않고 그녀를 오래 쳐다보았다. 생모의 눈빛은 저 밑바닥으로 가라앉아 다시는 세상으로 올라오지 않을 것처럼 무겁고 어두웠다. 그 말을 이을 한국말이 생각나지 않아 그녀는 안절부절못했다.

"너도 예쁘다."

생모는 늦은 대답을 했다. 정말일까. 그녀는 또 의심한다. 그 의심은 낡아 헤진 지 오래이다. 양엄마는 사람들을 피해 구석으로만 숨고 걸핏하면 울먹이는 그녀에게 말했다.

"참 예쁘구나. 나는 너를 사랑한다. 너도 너를 사랑해야 한다. 그게 네 인생의 숙제다."

그녀가 만난 세상은 정반대였다. 사람들 속에 섞인 그녀는 아름답지 않았다. 그녀가 그렇게 생각하도록 내버려두지도 않았다. 양엄마 말이 맞는다면 세상이 적이고, 세상 사람들이 맞는다면 양엄마가 위선자다. 처음부터 세상은 그녀에게 딜레마였다. 그녀는 양엄마와도 세상과도 무관해지는 전략을 택했다. 스스로를 소외시키면 되었다. 무관함의 뿌리는 불신과 거리감이었다. 그녀는 스스로를 사랑해야 한다는 양엄마의 숙제를 잘 해내지 못했다.

이 순간 가슴이 터질 것처럼 제레미가 그립다. 그는 그녀에게 한국에 가지 말라고 했다. 그곳에서 너를 기다리는 건 상처뿐이야. 너는 확인사살 당하러 가는 거라고. 한번 버림받는 것으로 부족해서 두 번이나 네 발로 지옥에 갈 필요가 있니? 서울에 다녀오고 어렵사리 찾은 생부가 그와의 만남을 거절한 뒤로 그에게서는 어떤 기쁜 소식도 들려오지 않았다.

제레미가 목욕탕에서 욕조를 피로 물들인 채 발견된 날은 창문으로 바람이 꽃향기를 실어 나르는 8월 10일, 그의 생일 다음 날이었다. 전날 그녀와 시내에서 쇼핑도 하고 근사한 저녁을 먹으며 생일을 기념했다. 다음 휴가 때 함께 뉴욕에 가자는 약속도 했다. 그녀가 잠든 사이 옆에 누운 그에게 무슨 일이 있었던 걸까. 면도칼로 동맥을 끊어 피가 흐르게 한 뒤, 체온과 비슷한 물에 담그면 몸에서 서서히 피가 빠져나가면서 잠들듯 죽는다고 언젠가 그가 농담처럼 말했었다. 엄청난 피비린내를 견딜 수 있을 만큼 비위만 강하면 된다고 했다. 대체 뭐가 잘못되었을까. 그녀는 그와의 마지막 만남을 하나하나 복기했다. 전날 그들은 열 시에 만나 열 번도 넘게 간 쉐드 아쿠아리움에 갔다. 열대어를 보러 가는 건 자전거

타기 다음으로 그가 즐기는 일이다. 그는 몇 시간씩 싫증도 내지 않고 물고기를 바라보았다.

"인간은 왜 누군가의 배를 빌려서 태어나야만 하는 걸까? 꽃처럼 바람이 씨앗을 날라주든지, 물고기처럼 물속에 알을 낳고 둥둥 떠다니다 아무 데서나 부화하면 부모 같은 건 필요 없을 텐데."

아쿠아리움을 나와 근처 공원에서 샌드위치 도시락을 먹고 낮잠을 잤다. 시카고의 여름은 플로리다가 부럽지 않을 만큼 환상적인 날씨다. 5월까지 겨울인 점을 고려하면 굉장한 축복이다. 바람은 부드럽고 향기로웠으며 햇살은 금가루가 섞인 듯 눈부셨다. 잎이 무성한 삼나무 아래 아이리스, 베이비브레스 같은 꽃들이 만발해 있었다.

"나는 죽어서 꽃 말고 바람이 되었으면. 서울에도 시카고만큼 찬바람이 불더라."

그는 마치 허공이 서울 바람이라도 되는 듯 쏘아보더니 눈을 감았다. 그녀는 자신의 무릎을 베고 누운 그의 이마에 키스를 하고 삼나무에 등을 기댔다. 웃어본 적이 별로 없는 제레미의 얼굴은 꽃향기에도 바람에도 인상을 썼다. 잔디밭에 깐 숄이 축축해질 정도로 시간이 흘렀는데도 그는 일어날 생각을 하지 않았다. 네이비 부두에서 워터택시를 타려던 계획은 그의 긴 낮잠 때문에 다음으로 미루었다. 그때는 둘에게 다음이 없다는 걸 몰랐다. 저녁으로 뭘 먹고 싶으냐고 물으니까 한국 식당에서 불고기와 냉면을 먹자고 했다. 그는 빨갛고 맵기만 하다며 한국 음식을 싫어했었다. 그녀가 좋아하는 음식을 골랐을 거라고만 생각했다.

"그렉이 서울로 오라고 했다면서? 미친 놈! 너, 서울에 가지 마."

불고기 몇 점을 상추와 된장에 싸먹더니 그는 그녀를 똑바로 보고 말했다.

"나도 그렉처럼 안 돌아올까 봐 그래? 걱정 마. 매일 전화도 하고 이메일도 보낼게."

그녀는 시카고의 여름바람만큼 선선한 말투로 답해주었다. 그의 눈빛은 정말 그녀가 안 돌아올까 두려워하는 것 같기도 하고 어리석게도 벌써 서울에 다녀온 자신을 한심해하는 것 같기도 했다. 언제나처럼 그는 불안하고 의심스러운 눈길을 거두지 않았다.

I am ending my pain.
Loneliness kills me.

깨끗이 치워진 책상 위에 그가 남긴 유서는 단 두 줄의 문장뿐이었다. 지독히 불친절하고 잔인했다. 거기 어디에도 그녀는 없었다. 고통을 끝내고 싶다는 말도, 외로움이 나를 죽인다는 말도 그의 인생에 그녀를 부른 적이 없다는 뜻이었다. 그녀를 사랑한 적은 더더욱 없다고 마지막 편지는 말하고 있었다. 그는 과묵하고 파티를 좋아하지 않는 내성적인 사람이었지만 스스로 인생을 끝

장녤 만큼 극단적이지도 비관적이지도 않다고 그녀는 믿었다. 그
는 한국에서 뭘 보고 온 것일까? 그가 지난 아홉 달 동안 보여주었
을 고통의 심연을 그녀는 알아보지 못했다.

그의 몸은 차갑고 딱딱하고 창백했다. 그녀는 천장을 향해 부릅
뜬 그의 눈을 감겨주었다. 머리카락을 손가락으로 빗겨주었다. 멋
대로 벌어진 그의 손을 잡았다. 가지런하게 펴고 싶었지만 뻣뻣해
서 움직이지 않았다. 손바닥의 굳은살을 만졌다. 자전거 핸들의 모
양을 따라 난 굳은살은 차가웠다. 그의 가슴과 배에 얼굴을 갖다
댔다. 그의 위장은 마지막으로 먹은 한국 음식을 담고 있을 것이
다. 결코 소화되어 살과 피가 되지 못할 음식. 그를 만나고 싶어 하
지 않는 아버지와 같은 유전자를 공유한 그의 피 역시 차갑게 굳
어 있을 것이다. 모든 것이 정지된 채 몸은 그대로 식어버렸다. 이
제 아무것도 가질 수도 줄 수도 없다.

다음날 서울에서 날아온 그렉은 제레미를 위해 오래 울어주었
다. 그녀 대신 욕을 해주었고 그의 짐을 챙겼고 그녀가 울도록 손
수건과 어깨를 빌려주었다.

"네가 있어서 다행이야. 너는 나의 형제야."

그녀가 제레미에게 해주고 싶었던 말이었다. 어딘가 소속되고
자 하는 욕망은 제레미의 생명을 거둬들일 만큼 강렬했다. 그녀는
소속감에 대한 갈망을 누구보다 잘 안다. 양부모에게 그걸 바랐지
만 정을 베풀기보다 규칙을 익히고 결함 없는 올바른 인간으로 성

장하도록 엄격함을 유지했다. 숙제를 안 하거나 약속을 안 지키거나 칫솔질을 하지 않으면 저녁을 굶게 하고 오늘 입은 옷을 내일 똑같이 입고 등교하게 했다. 어제 묻은 물감과 케첩, 땀냄새가 그대로 남아 있는 옷 때문에 선생님과 친구들은 그녀가 벌을 받고 있다는 사실을 알게 되었다. 양부모는 그녀의 잘못을 조목조목 지적하고 그것이 어떤 결과를 가져올지 알려주며 그녀를 한참 쳐다보았다. 그것은 불충한 신하를 책망하는 눈빛이었다. 장래를 걱정하는 진심어린 부모의 눈빛이라기엔 그녀가 겪는 고통에 대한 안타까움이 결여되어 있었다. 대가를 치른다는 게 이런 거야, 알려주는 차가운 교도관 같았다. 그 눈빛을 알고 있다는 이유만으로 그렉과 제레미와 그녀는 친구가 되었다. 비밀과 부끄러움을 공유할 수 있어서 우리가 좋다는 제레미는 지금 어디 있을까. 시카고 입양인 대회에서 만나 가장 가까운 친구가 된 세 사람은 그렇게 각자 뿔뿔이 흩어졌다.

무엇을 향한 것이든 욕망은 태생적으로 급진적이다. 길들여지지 않고 예의가 없으며 이기적이다. 직선이고 뜨겁고 타협을 모른다. 그것이 욕망의 본능이다. 제레미에게는 오직 자신을 없애고자 하는 욕망밖에 남아 있지 않았다. 그녀를 돌아볼 여유는 없었다. 마치 이 세상에 온 적이 없다는 듯 그렇게 홀연히 떠나버렸다. 본시 욕망은 그토록 자기 파괴적이다. 연필은 부러지려 하고 흰색은 더럽혀지려 하고 꽃은 떨어지려 한다. 욕망의 끝은 파멸이다. 제레미! 그래도 넌 좀 더 기다려야 했어.

　제레미의 죽음을 통과한 시간은 더 이상 평면적일 수 없었다. 그녀에게 뭔가를 재촉하는 살아 꿈틀대는 시간이 되었다. 현존하는 시간에 아름다움과 두려움을 부여하는 것은 죽음이었다. 한국에 가서 그가 본 것을 자신도 보아야 했다. 그녀를 기다리는 것이 절망뿐이라 해도 제레미를 데려간 절망이라면 절망조차 완전하게 낱낱이 제대로 절망하고 싶었다. 그래야 끝이 난다. 그것이 제레미가 남긴 진짜 유서였다.

　메두사의 머리처럼 인간에게는 아홉 개의 삶이 있다고 믿었다. 자르면 또 돋아나는, 절대로 끝나지 않는 삶. 피할 수 없는 것. 서른 해 그녀의 삶이 그것을 증명해왔다. 자신의 인생에 닥친 재앙을 한 번도 피하지 못했다. 그 점에 있어선 생모도 다르지 않았다. 삼십 년 전에 뿌린 씨앗에서 돋은 싹이 지금 자신의 눈앞에 버티고 있지 않은가. 까마득히 잊고 있었을 텐데. 최소한 무감각해졌을 텐데. 자기가 뿌린 인생의 씨앗은 잊지 않고 발아한다.

　제레미가 왜 그토록 절망했는지 왜 죽음을 선택했는지 문틈으로 들어오는 햇빛만큼 알 것 같다. 생모의 마음도 딱 그만큼만 보였다. 생모의 얼굴을 마주하고 있는데 그녀의 눈동자에 담긴 것은 제레미의 얼굴이었다. 그녀에게 고통을 가르친 두 사람. 생명을 준 두 사람. 오래 곁에 있어 주지 못한 두 사람. 엄마와 제레미. 완전하게 그들과 멀어져야 한다고 다짐한다. 이제 어떤 필터도 없이 있는 그대로의 세상을 보려 한다. 흔들림 없이. 멈췄던 사랑도 다시 시작하리라. 더 빨리 더 편안하게 사랑하고 화해를 청하고 타협해서 세상과 뒤섞이리라. 이질감, 소외감, 남다름, 더는 싫다. 이때껏 그녀의 출생은 성장을 방해해왔다.

"지금 얼굴, 픽쳐 하나만 찍을게요."

그녀는 가방에서 수첩에 끼워둔 사진을 꺼내 생모에게 주었다. 서툰 한국말. 그래서 모든 것이 진실로 들리는 한국말로 그녀는 자신은 무엇이든 사진으로 찍어 기록하는 사람이라고 말한다. K80-1409 오선미. 그녀의 기록이 없어져도 사진이 있으니 문제없다고.

"내 이름은 나일라입니다. 잘 웃는 여자라는 뜻이라고 말했어요."

생모는 멈칫 그녀의 얼굴을 쳐다보더니 나일라, 되뇌며 사진을 본다. 그녀가 가진 사진 중에서 표정이 제일 밝은 사진이다. 긴 머리에 살짝 미소를 머금은 사진은 대학을 졸업하던 해 찍었다. 살구색 블라우스에 양엄마가 생일선물로 준 체인목걸이를 하고 있다.

"이땐 머리가 길었구나. 나, 나, 나일라."

생모의 얼굴 표정이 무너진다. 괜찮아, 울어도 괜찮아. 나일라, 울고 싶으면 실컷 울어. 그렉이 했던 말을 해주고 싶다. 그리고 가능한 한 빨리 제레미를 잊어. 우리 같은 사람은 과거에 연연할수록 인생 한심해지는 거 알지? 괜찮다고 말해줄 수 있는 관계란 얼마나 행복한가. 생모의 눈에 눈물이 그렁그렁하지만 끝내 눈물바람을 하지는 않았다. 용서를 구하지 못하는 소심함과 오만함이 용서하지 못하는 옹졸함보다 나쁘다고 말할 수 있나.

"네가 이렇게 클 동안 난 아무것도 모르고 있었구나."

그녀의 사진을 오래이다 싶게 들여다보던 생모의 얼굴에 희미한 미소가 떠올랐다. 그 미소는 얼굴에 도마의 칼자국 같은 미세한 잔금을 만들었다. 생모가 아무것도 묻지 않아서 다행이라는 감정을 마침표로 자리에서 일어나고 싶었다.

'나는 옳았어요. 한 번만 만나면 충분할 거라고 생각했거든요. 이거였군요. 사람들이 평생 가지고 사는 것, 제레미가 그토록 원했던 것, 내가 한 번도 가져본 적 없는 것, 엄마랑 딸. 당신은 나를 좋아하지 않고 만남조차 망설였는데, 곧 자리에서 일어나 떠날 건데 이상하게 보호받는 느낌이 들어요. 이런 기분은 처음이에요. 당신한테 이 마음을 받으러 왔나 봐요.'

삶의 방편으로 악의를 선택한 자가 되는 고통과 쾌감을 공유한 두 사람은 자꾸 시선이 마주치고 자꾸 시선을 피한다. 오류 때문에 인생을 망칠 수도 있고 완전히 새 인생을 살 수도 있다. 괜찮을 거예요. 이런 말을 담은 눈빛으로 생모를 마주보았지만 생모가 알아차릴 리 없다. 그럴 줄 알면서도 통역 없이 만나고자 했다. 둘에게 필요한 것은 말이 아니다. 그녀 또한 생모의 표정을 알아보기 어려웠다. 웃음도 회한도 무표정도 알아볼 수 없게 뒤엉켜 있었다. 빨리 이곳에서 벗어나 자유로운 공기를 마시고 싶었다.

"미안하다."

생모는 또 한 번 손을 뻗어 그녀의 손등을 쓸었다. 그녀도 생모의 손등에 도드라진 힘줄을 손가락으로 만져보았다. 차가웠다. 제레미 손만큼은 아니었다. 그렉이 말한 엄마 느낌을 알고 싶었지만 느낄 수 없었다. 두 사람은 손을 놓고 얼굴을 마주보며 지어낸 미소를 교환했다. 생모의 미소는 다른 한국인의 것보다는 알아듣기 쉬운 외국어였다.

일요일의 달팽이

달팽이를 밟은 적이 있다. 겨드랑이에서 뜨거운 김이 나던 한여름 산길을 걷던 중이었다. 발바닥 밑에서 뭔가 바삭, 하고 깨졌다. 동시에 미끈거리며 흩어지는 내용물의 느낌이 따라왔다. 그게 달팽이라는 것을 감지해내는 데 일 초도 안 걸렸다. 바닥이 두툼한 등산화를 신고 있었는데도 맨발이 닿은 듯 달팽이 껍질과 으깨진 속살의 감촉을 낱낱이 느낄 수 있었다. 바삭! 낮잠을 자다가 귀 가까이에서 들리는 그 소리에 눈을 떴다. 목덜미 부근에 온몸을 문지르며 지나가는 달팽이의 축축한 질감이 느껴졌다. 당시에는 아무 감정 없이 지나간 일이 지금 너무도 생생히 떠올랐다. 나 때문에 달팽이 한 마리의 목숨이 순식간에 끝장나버린 거네. 공교롭게 그날도 일요일이었다.

일요일의 낮잠은 종종 예기치 않은 불쾌감을 선사한다. 나는 달팽이처럼 느리게 눈을 떴다. 점심 먹고 소파에서 책을 읽다가 깜빡 졸았다. 사놓은 지 한 달 만에 펴든 책을 삼십 페이지도 못 넘기고 잠이 들었다. 쪼르륵쪼르륵, 배에서 동전 쩔렁거리는 소리가 났다. 환청을 불러들인 것도, 잠을 깨운 것도 허기였다. 끔찍한 허기. 어떤 부적절한 순간에도 허기는 잊지 않고 찾아온다. 밖은 어느새 어두워지고 있었다. 불편한 자세로 세 시간 넘게 잔 것이다. 이제 슬슬 밖으로 나가 먹을 것을 사와야 한다.

나는 네게로 고개를 돌린다. 너는 어두컴컴한 베란다에서 은빛 몸을 반짝이며 나를 기다리고 있다. 보름 넘게 바깥 구경도 못하고 집에 틀어박혀 있어서인지 몸체는 무겁고 표정도 침울해 보인다. 나는 너를 향해 손을 흔든다. 이제 너에게조차 소홀한 인간이 되는구나. 일요일이면 어김없이 너를 타고 동네를 한 바퀴 돌았지. 너를 버려두는 내 마음은 태연하기만 하다. 한 몸처럼 나를 보필했던 너를 놔두고 나는 외출도 하고 밥도 먹고 음악도 듣고 거짓말도 하고 남자도 만났다. 그 모든 일들이 일어나는 동안 너는 차디찬 몸으로 베란다 아래를 내려다보거나 거실 안을 들여다보며 슬픔을 달랬을 것이다. 네가 내게로 온 날을 생각하면 나의 배반은 무심함이라는 말로는 부족하다.

벚꽃 한 잎이 뺨 위로 떨어지듯 너는 내 마음에 사뿐히 내려앉았다. 비가 부슬부슬 내리던 봄날, 은색 뼈대에 광택 나는 빨간색

104

의 늘씬한 몸을 자랑하며 너는 내게로 왔다. 빗방울이 묻은 너의 몸은 물고기처럼 날렵하고 관능적이었다.

"누가 이걸 보냈죠?"

나는 발송인이 적혀 있지 않은 배송표를 살펴보며 물었다.

"저는 배달만 하는 사람이라 잘 모르겠는데요. 여기 회사로 한 번 전화해 보세요."

빨간색 야구 모자를 쓴 택배회사 직원은 영수증을 가리켰다.

"혹시 카드 같은 건 보내지 않았나요?"

직원은 고개를 저었다. 내가 듣기에도 웃기는 질문이었다. 신분 조차 밝히지 않은 사람이 카드를 썼을 리가 없지 않은가. 게다가 자전거에 카드를 딸려 보냈다는 말은 들어본 적이 없다. 꽃다발이나 케이크라면 몰라도. 하긴 깜짝 선물로 자전거를 보냈다는 말도 못 들어봤다. 어, 너무 섭섭해하지는 마라. 나는 너를 만난 게 충분히 반가웠다. 백송이의 장미나 와인을 기대했던 것은 아니었다. 그저 놀라웠을 뿐이다. 그나저나 발신인도 밝히지 않고 너를 내게 보낸 사람이 누굴까. 머릿속에서 내가 자전거를 아주 잘 탄다는 것과 선물에 무척 약하다는 사실을 아는 사람의 명단이 죽 흘러갔다. 아무리 생각해도 이렇게 자상하고 사려 깊은 사람을 주위에 둔 적이 없다. 최소한 지금 내 가까이 있는 사람들 중에 이런 은근한 방법으로 나를 유혹할 의지를 가진 사람은 없다. 같이 가서 사든가 상품권을 주는 정도의 호의를 가진 사람도 떠오르지 않았다. 조금 더 생각을 해보면 뭔가 나타날 것 같긴 한데 거기서 멈추었다. 누가 보냈는가가 중요한 게 아니라 꿈에도 그리던 아메리칸 이글 자전거가 생겼다는 게 중요하다. AE910 올란도 모델을 얼마나 갖고 싶어 했던가. 뭐든 오래 붙들고 끙끙거리는 것을 싫어하는 나는 금세 그것에 대한 궁금증을 잊고 날마다 너를 타는 일에 열중했다. 비 오는 날을 빼곤 어디를 가도 널 데리고 다녔다.

만 번 이상의 기어변속에도 무리가 없는 시마노 기어에다 밤에는 불이 들어오는 핸들까지 갖추고 너는 나의 안전을 충실히 지켜주었다. 페달을 세게 밟지 않아도 바퀴는 길을 따라 부드럽게 흘러갔다. 오, 나의 수호천사! 너와 함께라면 이 세상 어디든 갈 수 있을 것 같았다. 강변이나 시골길은 물론 높은 산도 거뜬히 올라갔다. 바람을 온몸으로 맞으며 애무하듯 네 몸을 꽉 붙들었다. 너는 흘러 흘러, 아니 힘껏 달려서 세상 속으로 들어간다. 나는 상쾌하고 맑은 기분으로 페달을 밟는다. 속도를 낼 때면 엉덩이가 약간 위로 들리며 흥분까지 맛본다. 넌 역시 대단한 녀석이야, 추임새 넣는 걸 종종 들었을 거다.

곰곰 생각해보니 너 이전에도 나는 자전거를 몇 대 가진 적이 있었다. 세발자전거까지 포함한다면 대여섯 대쯤 될 것이다. 그런데 너는 이전의 어떤 자전거와도 달랐다. 참 넌 잘 알고 있겠구나. 내가 이런 상태의 기분을 얼마나 좋아하는지. 이전과 다른, 그 어떤 것과도 다른 너만의, 혹은 그 사람만의 향취 말이야. 그건 대단히 중요하다. 문제가 있긴 하지. 그런 경우는 머물다 간 흔적을 좀 깊게 남기거든.

다시 네 얘기로 돌아가자. 너는 첫날 안장에 척 앉았을 때 느낌부터가 달랐다. 맞춤 자전거가 있다는 말을 들었는데 그런 게 있다면 꼭 너 같을 거다. 나한테 맞춘 것처럼 높이도 너비도 크기도 딱 들어맞았다. 자전거가 그토록 편안할 수 있다는 것을, 기계가 사람의 몸을 이해할 수도 있다는 것을 나는 너를 통해 배웠다. 여간해서 얻기 힘든 깨달음이지. 또 하나 알게 된 게 있다. 뭔가를 소유한다는 것이 이렇게 큰 기쁨을 준다는 사실. 너는 나한테 많은 것을 가르쳤다. 심지어 너와 사이좋게 지낼 수 있는 튼튼한 두 다리가 있다는 사실마저 감사했으니 말이다. 내 기분에 맞추어 너는 속도를 내며 동네를 누볐다. 코너를 돌 때 부저를 누르면 옛날식 따르릉 소리가 울렸다. 디지털 시스템에 아날로그 심장처럼. 그것도 마음에 들었다.

따지고 보면 내 소유의 새 자전거를 가져본 적은 처음인 것 같다. 누가 타다 물려준 것이나 어쩌다 우리 집에 있게 된, 누구 건지도 모르는 자전거만 줄곧 타왔다. 그래서 나는 더 기뻤을 것이다. 그것이 네가 배달되어 온 날, 내가 세상에서 가장 행복한 사람만이 지을 수 있는 미소를 지으며 너를 바라보았던 이유다. 이제 나의 그 멍청하고 바보 같았던 웃음을 이해할 수 있겠지. 사람들이 너의 멋진 몸에 감탄해서 혹시나 물으면 나는 너를 '나의 첫사랑'이라고 소개했다. 그런 날이면 너는 더욱 힘차게 나를 실어 나르곤 했지. 충분히 그럴 만하다. 세상에 그보다 더 그럴듯한 이름은 없을 테니까. 누군가 나를 그렇게 불러준다면 정말 기쁠 것 같다. 이 말을 하는 순간 가슴 한쪽에 아리고 찌릿한 움직임이 느껴졌다. 내가 요즘 이렇다. 어떤 생각을 하는 것만으로도 몸이 재빨리 반응해서 앞질러 가는 거야. 어쨌거나 그건 참 아름다운 일이잖아. 누군가에게 이 사람 내가 사랑하는 사람입니다, 하고 소개하는 거 말이야. 그것도 가슴을 쫙 펴고, 아주 자랑스럽고 행복한 얼굴로 바라봐주면서. 나는 그걸 너한테 해준 거다. 이 정도면 갸륵한 주인 아니니? 넌 그게 얼마나 귀한 일인 줄 꿈에도 모를 거다. 나는 첫사랑을 시작한 사람의 모든 징후들을 너에게 보여주었다. 그것은 보여줬다기보다 들킨 것에 가깝다. 하루도 빠짐없이 바라보고 만지고 쓸어주었다. 자기 전에도 너를 한 번 내다보았고 아침에 일어나서도 너를 찾았다. 깊은 병에 든 사람처럼 네 주변을 알짱거렸지.

이제 정말 자리에서 일어나 너를 끌고 밖으로 나가야 하는데 망설이고만 있구나. 너는 한심하다는 듯이 나를 쳐다보고 있다. 나는 너의 그 표정을 안다. 한심해 하면서도 눈길을 거두지 않는, 지겨워하면서도 내치지는 않는. 네가 그 표정을 누구에게 배웠는지도 안다. 그래서 주인을 잘 만나야 하는 거다. 지난 일 년이 내게 남긴 것들에 대해 너는 누구보다 잘 알잖니. 애인이 두 명이나 떠났다는 것도. 아직 새 애인이 오지 않았다는 것도. 더 이상 옛 애인의 술 취한 전화조차 걸려오지 않는다는 것까지 너는 다 알고 있다. 그러니까 나는 다시 완전히 혼자가 된 거다. 뭐 꼭 나쁘지만은 않다. 너도 있고 그럭저럭 일하는 재미와 돈과 점심밥까지 주는 직장이 있고 친구들도 몇 있다. 그런데 문제는 일요일이다. 이 일요일은 나도 어쩔 수가 없다. 이렇게 널브러져 있다고 나를 너무 탓하지는 마라. 조물주도 일주일 동안 분주히 세상을 만들고 나서 일곱 번째 날에는 쉬었다잖아.

일요일은 왜 이렇게 사람을 미치게 만드는 걸까. 일요일은 칠 일마다 한 번씩 돌아온다. 그건 다른 요일도 마찬가지다. 그러나 일요일이 되어야만 벌써 일주일이 지났네, 생각한다. 휴식을 위한 하루. 휴식은 비타민처럼 꼭 필요한 거야. 그렇다고 내가 그런 합리적인 생각에서 너를 쉬게 해주는 것은 아니다. 그런 핑계를 대기엔 너는 너무 오래 쉬었다. 자주 혼자 있게 해서 미안하다. 지난 주는 이런저런 일로 바빴단다. 다음 주부터는 좀 달라질 생각이니까 너무 섭섭해하지 말고 오늘만 참아다오.

자명종도 맞추지 않고 맘껏 자고 일어나도 평일에 꼭 일어나야 하는 시간과 별반 다르지 않다. 다만 서둘러 일어나지 않고 침대 위에서 조금 시간을 지체한다는 점은 일요일만의 특권이다. 왜 그랬을까, 문득 생각하게 되는 것도 일요일이다. 그때 내가 왜 그랬지. 까마득히 잊은 오래전의 일이 갑자기 떠올라 새삼 심각하게 그때 뭣 땜에 그 일이 일어났을까를 골똘히 생각해보게 된다. 대체로 너무나 빤한 결말에 도달한다. 별다른 결론도 없이 그저 중구난방으로 이것저것 생각을 해보는 것이다. 팝콘을 먹으며 영화를 보는 것처럼 허튼 생각들을 아작아작 곱씹으면서 이불 속에서 시간을 때운다. 그러면 허기가 지고 허리도 아파서 침대에 누워 있는 게 지겨워져 자연스럽게 몸을 일으키게 된다.

이왕 얘기가 나온 김에 말하자면 이제 본격적으로 혼자가 된 것에 대비할 때가 되었다. 아무 갈등이나 불편 없이 혼자 잘 사는 친구들을 보면 부럽기도 하다. 누군가의 전화나 방문을 기다리기에는 난 약간 지쳤거든. 기다리면 언젠가 오겠지, 또는 기다리는 것은 기다리니까 오지 않아, 두 가지 생각 사이를 시소처럼 오가면서 이 아까운 일요일을 허비하고 싶지 않다. 누군가에게 무작정 전화를 걸어, "다음에, 응, 다음에. 알았지?" 그런 공허한 약속을 받고 싶은 생각도 없다. 좀 더 구체적인 단계에 돌입하기로 했다. 혼자인 걸 유익하거나 흥미로운 사건으로 만들기 위해서는 그에 상응하는 습관들을 만들면 된다.

말이 습관이지 일종의 사악한 자기 변신이라 할 수 있다. 사악하다는 말은 유보해두자. 다소 자기중심적이라고 해서 나쁠 건 없으니. 우선 건전한 것부터 말하자면 새벽 조깅, 먼 데 있는 슈퍼에서 장보기, 두 정거장 먼저 내려서 걸어오기, 적금통장 만들기, 주말을 함께 보낼 친구 리스트 적기, 이 계획들을 못 지키더라도 상심하지 말기. 말해놓고 보니 습관이라기보다 안간힘에 가깝다. 그래서 무지막지한 방법 몇 가지도 생각해두었다. 캔맥주 마시면서 19금 영화만 골라 보기. 잡지책에서 일정한 단어만 오려내기, 이를테면 사랑, 작업, 건강, 죽음 같이 흔하게 쓰는 단어들. 그래야 분량이 많아지니까. 컴퓨터로 했던 일을 손으로 해보기, 일기나 메모나 편지 쓰기 같은 것들. 생각보다 힘들더라. 손목도 아프고 시간도 많이 걸린다. 나를 비웃고 있구나. 너 24시간을 보내는 게 얼마나 힘든 일인지 알긴 아니?

밤이 깊어간다. 어둠을 둘러쓴 나무는 정령을 가진 존재로 보인다. 나를 굽어보고 내 속을 넘겨다보며 절대 비밀 같은 건 만들지 못하게 하는 존재 말이야. 아무려나 4층으로 이사 오길 잘했다. 처음에는 '4'자가 주는 어감과 선입견 때문에 찜찜했는데 베란다 너머로 보이는 저 키 큰 나무를 보고 마음을 정했다. 이렇게 소파에 누워 밖을 내다볼 때면 너의 전신 뒤로 배경화면이 된 나무들이 멋지단다. 마치 대형 산수화를 보는 것 같아. 계절마다 옷을 바꿔 다른 풍경화를 만들지. 어떤 계절이 제일 멋졌더라. 앗, 이게 나의 병통이다. 나는 지난 일은 너무 빨리 잊는다. 하지만 너와 함께 보낸 사계절이 행복했었다는 사실에는 변함이 없다. 벌써 일 년하고도 절반이 지났구나. 너는 그 많은 날들을 다 기억하고 있겠지. 눈 오는 날 나무에 쌓이는 눈을 보며 감탄했던 기억만 또렷하고 그 풍경은 김이 서린 듯 어렴풋하다. 봄은 또 어땠겠니. 목련과 갈

매나무와 회화나무가 차례로 잎을 달고 서서 새 옷을 자랑했었지. 겨울에 자주 외출하지 못한 탓에 너는 앙탈을 부리며 나를 노려보았다. 냉큼 너를 올라타고 강변도로를 달리는 맛은 정말 굉장했어. 나와 비슷한 심사나 처지의 사람들이 한강변에 빼곡했지. 그렇게 봄이 가고 홍수다 장마다 뭐다 하며 여름을 보내고 나니 이렇게 가을이 깊어졌지 뭐야.

저토록 아름답게 물든 이파리를 보고 있는데, 그 앞에서 너는 얌전히 나를 바라보고 있는데 나는 왜 이리 어쩔 줄 몰라 하는 걸까. 목이 말라 죽겠는데도 냉장고까지 가는 게 귀찮아 참고 있다. 독감에 걸린 것처럼 온몸이 아프고 기운이 없어서 꼼짝할 수가 없다. 너 또 그 표정이구나. 속을 빤히 들여다보고 있어서 변죽만 울리는 내 얘기를 부끄럽게 만든다. 그날 아침에 만난 사람? 그 사람은 왜? 우리는 그냥 인사만 했을 뿐이잖아.

"안녕하셨어요?"

그리고 조금 있다가 이 동네 사세요? 안녕히 가세요. 세 마디가 다였어. 그 사람 표정을 말하고 싶은 거구나. 그래, 좀 말랐더라. 얼굴색도 검어졌고. 아마 그 사이 테니스나 골프를 즐기는 사람이 된 모양이야. 아니면 직업을 외근이 잦은 일로 바꾸었거나. 이 년이면 그리 긴 시간은 아닌데 사람이 너무 많이 달라졌긴 했다. 엉뚱한 장소에서 엉뚱한 모습으로 만났는데도 그는 별로 놀라지도 않고 나를 말없이 한참 바라보았지. 그러다가 너를 한 차례 쓰다듬었고. 그래서 아마 네가 그 사람을 기억하는 걸 거야. 나는 바로 몸을 돌려 너와 함께 집에 오는데 바퀴가 영 뻑뻑하더라. 다리를 힘차게 놀려 겨우겨우 너를 몰고 집으로 돌아왔다. 슬프지도 반갑지도 놀랍지도 않았어. 오래전 일이잖아. 하긴 이 년이 변화를 겪기에 결코 짧은 시간은 아니다. 삼백육십오 일이 두 번이고 달이 스물네 번 바뀌었으니까. 겨울이 두 번이나 지나는 사이 나는 체중이 삼 킬로그램이나 늘었다. 내 나이만 해도 이십 대에서 삼십 대가 되었으니 얼마나 긴 세월이야. 아무리 대단한 일도 퇴색하고 시들해지기에 충분한 시간이다. 그런데 집에 와서는 너를 베란다까지 옮길 힘이 없더라. 굳이 표현하자면 가슴이 무너지는 것 같았어. 온몸의 피가 다 빠져나가면 그런 느낌일 거야.

며칠 전에 사다놓은 감자 한 봉지를 꺼내 껍질을 다 벗겼다. 빨아 널은 옷도 걷어다 다리고 신발장의 구두도 전부 꺼내서 닦았다. 베란다 물청소까지 하다 문득 손을 멈추고 창밖을 내다보았다. 다리가 후들거려 철제난간을 붙들었다. 그리고 혼자 중얼거렸다. 그 사람 얼굴이 간암환자처럼 까매진 건 운동을 너무 열심히 해서 그럴 거야. 나는 그가 골프나 치러 다니는 한가하고 팔자 좋은 사람이라서 심통이 난 거고. 내 거짓말을 너는 용케도 알아보는구나. 그를 처음 만났을 때 얼굴에 드리우고 있던 비관과 허무. 나를 만나는 동안 잠시 사라졌던 그 허무가 다시 돌아와 있었다. 우리가 서로 사랑하는 동안에도 불안을 떨쳐버리지 못하게 했던 범인도 그것이었을 거야. 더 깊어진 혼란을 나는 보고 말았어. 마침내 자신조차 믿지 못하게 하는 자기분열. 도망쳐봤자 별 수 없다는 자기부정과 환멸이 고스란히 드러난 얼굴에는 한 가지가 더 생겼다. 생에 대한 속수무책의 권태. 나는 그것들이 무섭다. 한 인간의 그토록 엄청난 변모를 감당할 힘이 없다. 내 손에 고이 쥐고 있던 것을 뺏어서 쓰레기통에 집어넣는 무자비한 생의 완력 앞에 무릎을 꿇을 수밖에 없었다.

감자를 듬뿍 넣은 카레라이스를 배불리 먹고 다림질해놓은 잠옷으로 갈아입었더니 바로 잠이 오더라. 피곤한 하루였으니까. 내가 너무 심하게 떠벌린다고? 그래, 이 과장된 감정이 바로 그 증세, 일요일의 징후다. 완전 뒤죽박죽. 평소와 다르게 핀트도 안 맞고 균형을 잡기도 어렵고 원치 않는 방향으로 생각이 진행되고. 정말이지 치고 빠질 여지가 없다. 나는 대체 어떻게 생겨먹은 인간이기에 머릿속이 이 모양일까. 내 속에 웅크리고 있는 기억의 총합, 그게 나라면? 내가 겪은 것 중에서 죽지 않고 살아남은 것, 그 기억들, 혹시 그게 바로 내 인생이라면? 모르겠다. 뇌관을 열어 엉킨 것들 사이로 바람이 술술 통하게 하고 싶다. 일요일에는 누구라도 달팽이가 될 수 있고 길을 잘못 들었다가는 밑창 두꺼운 신발에 밟혀 횡사를 당할 수도 있다는 사실이 차라리 위안이다.

허기가 있는 대로 곤두서서 내 배를 찌른다. 담요를 걷어내고 소파에서 벌떡 일어나고 싶지만 몸이 내 말을 안 듣는다. 돈이 없는 것도 아닌데 배고픔을 참으며 왜 이러고 있는지, 원. 나는 왜 배가 고프면 배가 아플까. 왜 어릴 때 그러잖니. 배고픈 거하고 배 아픈 걸 잘 구분 못해서 배 아플 때 자꾸 배가 고프다고 하잖아. 그 반대일 때도 있고. 그때 내 말을 못 알아듣는 엄마가 얼마나 야속하고 답답했는지 몰라. 더 웃긴 건 자라서도 항상 배가 고프면 배가 아파. 이러다가 조금 있으면 괜히 서글퍼지고 밥맛이 없어진다. 고달픈 여행자가 된 기분에 사로잡히는 거야. 안락한 집에 앉아 떠올리는 먼 여행지는 각별한 맛이 있다. 전쟁을 끝낸 전사처럼 과거를 실감하지 못하는 얼굴로 한때의 아우성을 추억하곤 하지.

집이란 참 묘한 것이어서 어떤 때는 여행지의 호텔이 내 집처럼, 심지어 수십 년 동안 찾아 헤매던 내 공간처럼 느껴진다. 거꾸로 몇 년에 걸쳐 몸담고 살아온 내 집이 외국의 낯선 잠자리처럼 생경할 때가 있다. 밤늦게 집에 들어오던 날 그런 생각에 빠진 적이 있었어. 종일 비어 있던 공간이 뿜어내는 적막감이 뼈저린 날이었을 거야. 이곳은 분명 전에 간 적이 있는 어떤 장소를 연상케 한다는 해독 불능의 감정이 왈칵 나를 덮쳐와. 동시에 이름 하나가 머리를 땅, 때리는 거야. 숱하게 찾아오는 느낌이지만 그것이 구체성을 띨 때는 얘기가 달라지지.

미셸 게스트하우스.

오물과 빗물로 질척거리는 골목을 몇 번이나 돌아 찾아낸 조그마한 게스트하우스였다. 안내 책자의 약도는 그다지 친절하지 않았어. 게스트하우스 문에 붙은 빨래판만 한 간판으로 겨우 그곳이 영업하는 집이라는 걸 알아차릴 정도였으니까. 옆에는 백 년은 묵었음직한 종려나무가 있고 나무 아래에는 서양사람 무덤처럼 보이는 사원이 있었다. 반쯤 열린 대문을 밀고 들어가니까 꽃이 만발한 마당이 나왔다. 제라늄과 라벤더를 제외하곤 이름을 알 수 없는 꽃들이 화단에 가득 피었어. 발코니와 현관 양쪽으로 화분이 빈틈없이 줄 서 있었다. 한 귀퉁이에 있는 하얀색 철제 테이블에서 백인 여자 혼자 책을 읽고 있다가 나와 눈이 마주치자 미소를 지었다. 그녀 뒤쪽에는 꽃이 절반쯤 떨어진 장미나무가 햇볕을 받고 있었지.

그곳에 머문 열흘 동안 나는 줄곧 그 테이블에서 시간을 보내곤 했다. 잠잘 때를 빼곤 내 방에 거의 들어가지 않았거든. 침대와 거울과 작은 탁자가 서로 방금 싸우고 난 것처럼 각돌았던 방. 나는 탁자 옆에 여행가방을 내려놓았다. 어둡고 눅눅하고 곰팡내가 진동하는 그 방을 언제 떠날지 몰라서 가방도 안 풀고 사이드포켓에 있는 세면도구와 슬리퍼만 꺼냈다. 첫날은 그 도시에 머무는 내내 거기 묵게 될 거라곤 상상도 못했어. 이따금 이 아파트로 귀가할 때, 대체로 늦은 밤에 그 여행지의 숙소가 생각난다. 미안하다. 너를 두고 이런 말을 하고 있다니. 네가 온 뒤로는 그 증상이 줄어들었지만 하여튼 집이란 곳이 내게는 그렇다. 마음을 두고 온 곳은 그곳이 멀든 가깝든 좋든 나쁘든 오래 기억한다.

내가 머물렀던 수많은 숙소 중에서 가장 허름했고 가장 어두웠으며 냄새와 습기와 침대 삐걱대는 소리만 풍성했던 그 숙소를 요즘 자꾸 떠올린다. 잘 때면 베개에 얼굴을 묻고 그 차갑고 서름한 공기에 진저리쳤던 곳. 그때는 그곳을 이토록 오래 기억하게 될 줄 몰랐다. 마당에 장미꽃이 두어 송이 더 떨어지고 여행객이 절반 이상 새 얼굴로 바뀔 즈음 짐을 꾸려 떠날 때까지도 나는 그곳을 지긋지긋해 했었거든. 무거운 배낭을 메고 다른 숙소를 찾아갈 만큼 부지런하거나 적극적이지 않은 성격 때문에 머물렀을 뿐이었어.

또 하나의 이유를 붙인다면 주방장이 매일 만들어주던 오믈렛의 맛 정도일 거다. 그는 내가 자신의 오믈렛을 좋아한다는 것을 금방 알아챘어. 팬케이크나 샌드위치, 야채스프, 볶음밥, 볶음국수. 여행자들이 간단히 사먹을 수 있는 메뉴를 꽤 많이 확보하고 있었음에도 나는 항상 오믈렛만 시켰다. 물론 맛있었지. 워낙 계란요리를 좋아하기도 하지만 그가 만든 오믈렛은 모양이나 맛이 어디에서도 보지 못한 창의적인 것이었다. 특히 브로콜리와 토마토로 접시를 장식하는 솜씨는 아무리 칭찬해도 아깝지 않은 수준이었어. 게다가 개인적인 관계가 있는 사람에게 대접하듯 오믈렛 한 접시 만드는 데 온갖 정성을 기울이는 거야. 그런 건 척 보면 알 수 있는 종류의 감정이거든. 매일 조금씩 더 맛있어졌고 곁들여 나오는 음료도 달라졌다. 어떤 때는 커피를 가져와서 옆자리에 앉아 내가 오믈렛을 말끔히 먹어치울 때까지 지켜보기도 했다. 어지간히 한가한 식당에 심심한 요리사였거든. 떠나오던 날 아침, 그는 마당의 장미나무에서 얼마 남지 않은 꽃송이 중 하나를 꺾어 내게 주었다.

"당신의 여행이 행복하길 바랍니다."

그가 아는 영어는 어쩌면 그것뿐인지도 모르겠다고 생각했다. 그는 모든 것을 알고 있는 듯한 표정을 그 한 마디에 전부 실었다. 그 순간 나를 뚫어져라 보는 그의 눈동자 위로 몇 개의 그림이 지나갔다. 검붉은 장미꽃, 김이 오르는 오믈렛, 어둡고 습기 찬 방, 티테이블 위로 쏟아지는 햇빛, 내 눈에 맺힌 채 사라지지 않는 한 사람의 얼굴. 오, 나의 수호천사, 너와 함께라면 이 세상 어디든 갈 수 있을 것 같아. 그곳에 함께 가자고, 너와 꼭 한번 가보고 싶다고 말했던 사람. 천재지변이라도 일어나서 결코 이곳으로 돌아오지 않고 거기서 영원히 살았으면 좋겠다던 그의 농담. 자전거를 타고 그 도시를 샅샅이 뒤지고 다니자던 약속. 꽃과 물과 햇빛과 흰 건물의 고장이라고 가르쳐주었었지. 그날을 위해 나는 열심히 운동을 하고 가이드북도 여러 권 사서 읽었다. 그런데 어느 날 그는 전화번호를 바꾸어버렸다. 말이란 달콤한 속삭임을 위해서만 존재해야 한다는 듯 아무 설명도 없이 내 시계에서 사라져버렸다. 나는 반쯤 미쳐서 찾아다녔지만 그를 본 사람이 아무도 없었다. 어디 있는지 왜 사라졌는지 아는 사람도 당연히 없었다. 그냥 사라져버린 거다. 나는 그들에게 소리쳤다. 내 눈동자에 새겨진 그의

118

얼굴을 빼내고 싶다고. 그가 버린 나를 끝까지 버리지 않고 잘 돌볼 자신이 없었다. 며칠 후 나는 그 도시로 혼자 여행을 떠났던 거다. 이제야 안다. 여행은 그렇게 떠나는 것이 아니라는 걸. 여행은 단지 여행만을 위해서 떠나야 한다. 내가 너를 타는 것이 단지 자전거를 타기 위해서인 것처럼.

딱 한 번 게스트하우스의 주인 여자를 만난 적이 있었다. 구불구불한 적갈색 머리가 허리께까지 내려오고 주근깨가 잔뜩 난 얼굴은 웃을 때면 아코디언처럼 주름이 잡혔다. 내가 앉은 테이블 앞을 지나가던 그녀는 걸음을 멈추고 나를 보았다.

"당신, 무슨 문제가 있나요?"

그녀는 내 눈이 등 뒤의 정원에 피어 있는 장미 꽃잎처럼 붉게 물드는 걸 보았을 것이다. 나는 고개를 옆으로 돌렸다. 여자는 다시 말했다. 내 이름은 미셸이에요. 여행자의 안전을 지켜주는 천사 미가엘이라구요. 막 눈물을 그친 동양 여자의 빨간 눈을 향해 그녀는 천천히 기도하는 목소리로 말했다. 나는 여자를 향해 손을 뻗었다. 여자는 힘줄이 툭툭 불거진 투박한 손으로 내 손목을 움켜쥐었다. 나는 거의 무의식적으로 그녀의 손을 끌어당겨 내 가슴에 갖다 댔다. 거칠게 뛰던 심장소리를 감지한 그녀의 손은 느리게 내 심장을 문질렀다. 나는 눈을 꽉 감고 흐드득흐드득 몸을 떨었다. 잠시 후 정신을 차렸을 때 그녀의 모습은 보이지 않았다. 이상하리만치 마음이 평안해졌다. 마치 단 한 차례도 나쁜 일을 겪지 않은 사람처럼. 몇 분 후 그녀가 보냈다며 주방장이 뜨거운 레몬티를 가져왔다. 레몬티는 목으로 흘러내리며 내가 갈 길을 가르쳐주었다.

'서로를 속이지 말자. 처음부터 다 알고 있었고 지금은 더 잘 안다.'

그 레몬티로 말미암아 나는 그곳을 헤매 다니며 돌아오지 않으려던 애초의 계획을 접고 서울로 왔다. 길이 끝났다는 계시는 그런 식으로 나를 찾아왔다. 나는 나의 이런 점을 아주 좋아한다. 간결하고 단순하고 명쾌한 결론을 내린 뒤 불평 없이 그것을 따른다. 더덕더덕 군더더기가 붙고 지리멸렬하고 뒤엉키고 이전투구를 벌이는 것이 인생이라고 충고한 사람이 있었다. 그렇게 살아야 앞날에 발에 걸리는 것이 적다고. 고개를 끄덕였다. 내가 너에게 자주하는 것처럼 그냥 묵묵히 고개를 끄덕였다. 하지만 나는 안다. 나는 그렇게 할 수 없는 사람임을. 목까지 치미는 고함을 밀어 넣고, 가파른 호흡을 눅이고, 하고 싶은 말을 다독이며, 조용히 명랑한 얼굴로 자전거를 타는 게 나한테는 어울린다. 사실 그러고 나면 밤새 천둥번개가 친 다음 날 아침처럼 언제 그랬냐는 듯 기분이 밝아진다. 그게 나한테 네가 필요한 이유다. 너만 있으면 된다. 그러면 잠시라도 인생이 내 편이라는 마음이 든다. 고맙다.

나쁜 예감이 든 적이 있었다. 행복의 극점에서 느끼는 불안이었을까. 아무 근거도 없이 앞으로 이렇게 혹은 저렇게 될 것이다, 라는 느낌이 거의 확신처럼 지배하는 순간. 그것은 때로 상대에게 가혹하고 부당할 만큼 단호하고 강렬하다. 다정하고 세심하고 따뜻한 한 사람을 두고 그런 예감이 들었다면 얼마나 억울한 일이냐. 아무리 깊이 연루되어도 아무리 서로 원해도 결국 힘들고 외롭게 하리라는 예감. 그런 종류의 예감이라는 게 신기할 정도로 잘 들어맞는다. 오랜 세월을 거쳐 인생에서 크게 당한 사람들이 자신의 유전자에 그것을 새겨놓았으리라. 이천 년대의 후손 중 어느 한 사람이 정교한 예감 기능을 동원해 불운을 미리 막아보려 했을 것이다. 그러나 예감이란 원래 어긋나게 되는 운명을 타고 났다. 그러하니 두 배로 불행해지는 수밖에. 예감의 정확도 여부는 이제 와서 따지고 싶지 않다. 그 후로 죽 예감의 지배하에 놓인 것 같다. 그건 정말이지 흔해빠진 일이다. 나도, 옆집 남자도, 윗집 여자도, 길거리를 지나는 모든 사람에게도 흔히 일어나는 일. 그러니까 일상의 한 부분일 뿐이다.

그런 때가 있다. 너무 긴 시간. 너무나 길어서 그 끝에서 모든 게 멎어버린 것 같은 아득한 시간. 길을 돌아서 다시 갈 수 있을까, 싶을 만큼. 그때도 너는 내 곁에 있었다. 너 또 딱하다는 얼굴로 나를 보고 있구나. 무슨 얘기를 하고 싶어서 길게 변죽을 울리고 있냐고 묻고 싶은 거니? 나는 말하지 않을 것이다. 네가 아무리 다그쳐도 나는 할 말이 없다. 내가 무슨 말을 하고 싶은지 굳이 알아내려고도 하지 않을 것이다. 너의 역할은 그저 내가 네 몸 위에 올라타고 신나게 달리는 대신 허기를 참으며 이렇게 거실에서 일요일의 불청객인 잡념과 싸우는 걸 지켜보는 것이다. 모든 게 가능하다. 오늘은 일요일이니까. 마음껏 게을러도 된다. 곧 월요일 아침이 올 것이다. 나는 새로이 하루를 시작할 것이다. 알람소리에 잠이 깨서 세수를 하고 머리를 빗겠지. 짧은 순간 방을 나가기가 두렵다고 생각하지만 신발을 신고 문손잡이를 잡아당긴다. 밖은 환하다. 아침이 밝았다. 엄청난 시간이 밀고 들어오는. 왜 똑같은 시간이 흐르는데도 아침이면 멈추었던 시간이 새로 흐르는 것 같을까.

"이제는 누가 무슨 짓을 했다고 해도 안 놀랄 것 같아."

오래전에 했던 말도 그 시간의 틈으로 끼어들 것이다. 그런 날도 때로는 알 수 없는 이유로 종일 서성일 때가 있다. 일요일도 아닌데. 마음이 어수선한 날 나는 우리 회사 앞의 편의점에 간다. 그곳은 딱 한 가지가 여느 편의점과 다르다. 보통 편의점들은 고객 회전율을 위해 커피나 컵라면을 마시는 창가 쪽 의자를 치워버렸거든. 서서 빨랑빨랑 먹고 얼른 나가주세요, 라는 의사표시지. 그 가게는 제법 예쁜 초록색 스툴을 여섯 개 갖다놓았어. 거기 앉아서 천사백 원짜리 바로커피를 마시며 맞은편 거리를 내다볼 수가 있다. 어떤 때는 블랙커피를 선택하기도 하지만 보통은 카푸치노를 마시며 건너편 작은 꽃가게에 사람이 들락거리는 걸 구경해. 그 옆의 은행에서 돈을 찾거나 다른 용무를 보고 나오는 사람들의 표정을 바라보는 것도 흥미진진하지. 그럴 때면 마음속에서 이상한 범죄 심리가 솟아나곤 한다. 은행을 턴다면 멋진 일이겠지만 그건 불가능할 테니, 오토바이를 타고 지나가다 돈을 찾아서 나오는 사람의 가방이나 뒷주머니를 털어 달아나는 거야. 잊지 않고 옆집 꽃가게에서 미리 사둔 꽃다발을 대신 그 사람에게 안겨주어야 해. 순간 당황해서 나를 쫓아올 타이밍을 놓치겠지. 그 상상을 하는 시간은 커피 한 잔을 마시는 시간과 거의 일치한다. 훔친 돈은 어떻게 할 생각이었냐구? 그건 생각하지 못했다. 그러려면 커피 한 잔이 더 필요할 텐데 나의 휴식은 언제나 거기까지였거든.

나는 껌이나 초콜릿 같은 걸 사가지고 사무실로 돌아온다. 지금 생각난 건데 갑자기 큰돈이 생긴다면 아마도 집을 살 것 같다. 사람은 때로 먼 곳을 떠돌 수 없게 발을 묶어둘 필요가 있어. 그만한 돈이 아니라면 차를 살 거야. 차를 갖게 되면 떠났다가도 쉽게 돌아올 것 같거든. 아무튼 꽃집과 은행과 행인들이 내게는 구원이다. 그보다는 편의점이 더 고마운 존재구나. 그곳의 넓은 창과 의자가. 뭔가를 구경하는 건 무척 좋은 일이야. 사색을 하는 것보다 때로는 정신 건강에 더 이롭다니까. 내 눈길이 닿는 곳에 있는 사람이나 사물이 눈 속으로 들어와서 뇌로 정보를 전달하고 그 정보를 토대로 상상력을 발동시키지. 어떤 배우가 시상식장에서 했던 말을 나는 그런 의미에서 이해했다.

"내 연기에 영감을 준 모든 사물에게 영광을 돌린다."

근사한 말이지. 전혀 다른 곳에서 별개의 삶을 사는 사람끼리도 서로 통하는 게 있다는 사실이 신기할 따름이다. 삶의 비밀, 아니 신비라고 불러야 마땅하다. 종종 주변에 사람은 하나도 없고 온통 사물에 둘러싸여 삶을 이어갈 때가 있다. 나는 내 생활에 평화와 안식을 주는 모든 사물에게 내 인생을 바친다, 쯤의 헌사를 써야겠지. 당연히 그 목록 제1순위는 너일 거고. 왜 이렇게 마음이 부대끼는 걸까. 가만히 누워 있어도 심장이 몸 밖으로 뛰쳐나가 어딘가를 헤매고 있는 것 같다. 더는 시간을 끌지 않으마. 너한테 꼭 해야 할 중요한 말이 있다. 이 말을 하려고 그토록 오래 망설였나 보다.

"나는 곧 여행을 떠날 거야."

한동안 너를 탈 수 없을 거다. 오토바이 여행을 하려고 해. 사실 너 모르게 오토바이를 배우고 있었다. 장난처럼 몇 번 말한 적이 있었지. 지난번 여행에서 돌아올 때 스스로에게 약속을 했었거든. 다음번에는 오토바이를 배워 오겠다고. 그 약속을 지키는 데 이 년이 걸렸다. 아마도 네가 내게로 와서 그 기간은 더 길어졌을 것이다. 다행이야. 나는 어차피 시간을 벌어야 했거든. 오토바이를 배우려면 시간이 좀 걸릴 테니 조급해하지 말라고 나 자신에게 말했어. 속도도 그렇지만 진동과 소음에 익숙해지는 데도 시간이 필요하더구나. 너를 오래 탄 덕분에 사실 오토바이 자체를 배우는 데는 며칠밖에 걸리지 않았다. 둔탁한 감촉과 심장박동 같은 엔진소리를 가진 새로운 물건에 나를 길들이는 시간이 더 많이 걸렸다.

마지막, 이라는 단어 생각해봤니? 항상 마지막은 어이없잖아.

오래전의 그 사람과도 그랬어. 공돈이 생겼다며 장안에서 최고로 맛있는 음식을 먹으러 가자고 하더라. 우리가 선택한 메뉴는 복어회였어. 워낙 비싼 요리라 습자지처럼 얇게 저미서 나오는데 느릿느릿 아껴 먹어야 해. 이걸 다른 회처럼 한 번에 두 점씩 먹었다간 같이 간 사람과 당장 의가 상할 수도 있어. 차가운 정종과 함께 복어회를 먹고 얼굴이 불콰해져서 거리를 한참 쏘다녔다. 술을 마실 작정으로 차도 두고 왔기 때문에 생맥주로 입가심까지 했지.

막차 시간을 걱정해야 할 때쯤 부리나케 전철역으로 갔는데 그가 내 손을 꽉 잡고 안 놓는 거야. 우리는 서로 반대편에서 차를 타야 하거든. 나는 헤어지기 싫어서 그러는 줄 알고 오가는 사람들의 시선도 무시한 채 그를 세게 안아주었지. 등을 몇 번 두드린 다음 달래듯 내일 전화할게요, 라고 말했어. 부랴부랴 계단을 뛰어내려가 그와 철로를 사이에 두고 마주보았어. 잠깐이라도 얼굴을 더 보기 위해서였지. 몇 분 안에 누군가의 전철이 먼저 올 거고 우리는 반대 방향으로 떠나야 했으니까. 훗날 돌아보니 그것은 엄청난 상징이었어. 그렇게 헤어진 게 마지막이었으니 말이야. 전철 안에서 서로에게 잘 가라고 문자메시지를 보냈어. 아쉬움을 상쇄하느라 별 용건도 없는 몇 개의 메시지를 더 보냈지. 그러나 그는 속으로 전철의 방향을 따라 점점 멀어진 자신의 마음을 보았던 거야. 다음 날 그는 사라졌거든. 전화번호 말고는 그와 연결될 수 있는 것이 단 한 가지도 없었다. 직장은 그만두었고 단골 카페에도 나타나지 않았어.

'당신은 나를 벌주고 있군요. 나의 잘못은 무엇인가요. 내게 잘못이 있다면 그건 내가 모르는 내가 한 일일 거예요. 우린 아직 못다 한 말이 많아요.'

그 말만 반복해서 중얼거렸다. 그런 일로 나를 탓하거나 벌주고 싶지 않았다. 어쨌거나 살면서 일어나는 감정은 무엇이든 소중한 것이고 그는 그것을 배반했다. 이별에도 예의가 있다면 아마도 이별을 받아들일 수 있는 시간을 주는 걸 거야. 너한테 내가 곧 오토바이 여행을 떠난다는 말을 이토록 오래 힘겹게 하는 이유를 이제 알겠니? 설사 내가 천벌을 받을 만큼 잘못했다 해도, 내일 지구가 절단난다 해도 그의 처사는 온당하지 않았다. 그래서 나는 그를 금방 잊을 수 있었는지도 모르겠다. 어느 날 네가 배달되어 오지 않았다면, 너를 타고 공원에 나가지 않았다면, 그토록 찬연히 늙은 그의 얼굴을 보지만 않았더라도 그대로 잊었을 것이다. 사랑을 하는데도 도처에 적들이 도사리고 있지만 망각을 하는데도 그렇더라. 수시로 못된 기억을 불러들이는 사건이 발생한다.

꼬냑이 오크통 속에서 숙성되는 동안 자연적으로 증발하는 알코올을 가리켜 천사의 몫이라고 부른대. 나는 내 머릿속에서 천천히 사라져가는 기억들을 그렇게 부르기로 했어. 그것은 내 것이 아닌 천사의 몫이야. 혹시라도 남은 게 있다면 오토바이를 타고 빨리 달리는 동안 사라지지 않을까. 헨리 맨시니의 노래 중에서 〈Days of Wine and Roses〉라는 영화음악 생각나니? 내가 흥분했을 때면 베란다 문 활짝 열어놓고 듣는 노래 있잖아. 그 노래처럼 될 거야. 뛰어노는 아이처럼 웃으면서 달려갈 수 있겠지. 즐거운 기분으로 초원을 빠져나오면 닫혀가는 문이 보일거구. 그 문에는 '여기까지'라고 쓰여 있다지. 영화와 노래 제목처럼 장미가 만발하고 식탁에 와인 향기가 넘치는 날을 상상한다. 그다음 가사를 몰랐다면 죽 그렇게 생각할 수 있었을 거야. 사건의 본질은 항상 마지막 장면에 나타나잖아. 들어볼래. 아주 작은 소리로 불러줄게. 이 노래를 크게 부르면 왠지 악령을 불러들일 것 같거든.

지금 혼자서 쓸쓸한 밤을 보내는 나는 너무나 잘 알 수 있지
그것은 단 한 번 스쳐 지나간 산들바람과 같은 것
술과 장미의 나날들에 나를 데려간
빛나는 미소의 추억이 가득 찬 산들바람과 같은 것
술과 장미의 나날들과 그리고 그대

비극적이지. 알코올중독에 빠진 주인공 부부가 끝내 가슴 시린 이별을 했다는 사실은 잊자. 그들이 한때 빛나는 사랑을 했었던 장면을 덮을 만한 것은 어디에도 없더라.
이제 배고픔도 잊었다. 조금 더 이렇게 너를 바라보다가 깊은 잠을 자야겠다. 그때까지만 지금처럼 너를 바라보고 있게 해다오.

네가 바로 눈앞에 있고 나는 내 몸의 일부처럼 편안한 이 소파에 기대 있는데도 터널 안에 들어와 있는 느낌이다. 터널 밖으로 나가야만 이곳이 얼마나 어둡고 저곳이 얼마나 밝은지 알게 되겠지. 그리고 생각하겠지. 내가 그곳에 있기나 했던 걸까, 하고 말이야. 지금 터널 속에서 할 수 있는 건 다만 숨고르기. 앞으로의 내 인생은 뿌리 깊게 연루되지 않기를, 고치기 어려운 습관 만들지 않기를 바랄 뿐이다.

말은 쉽게 잘도 하지만 나 별로 담담하지도 태연하지도 못하다. 간과 폐의 자리가 바뀐 것 같은 그 고통이 아직도 생생해. 신발 밑창에 달라붙은 달팽이 속살의 감촉처럼. 왜 자꾸 달팽이를 밟는 꿈을 꾸는 거지? 내 몫을 천사가 가져가는 게 싫은가보다. 체인이 녹슬어도 너는 여전히 너인 것처럼 나쁜 기억 몇 개쯤 가졌다고 내가 아닌 건 아니잖아. 이런 경우에 들어맞는 말인지 모르겠지만 미운 자식도 자식이니까. 너의 바퀴처럼 내 마음도 두 개인 거다. 기억을 붙들려는 나와 기억을 와인처럼 휘발시키고 싶은 나. 바퀴 두 개가 나란히 균형을 맞춰 쓰러지지 않고 굴러가게 하는 게 나의 숙제다. 너에게 배워야 할 것들이 아직도 많다. 나는 달려야 해. 살아야 하니까. 이젠 넘어지지 않고 버텨낼 수 있을 것 같아. 네 덕분에 다리도 굵어지고 팔뚝도 튼튼해졌거든.

곧 겨울이 오겠지. 나는 겨울의 첫날 여길 떠날 거야. 어차피 추워지면 너를 탈 수 없으니 잘 됐지 뭐. 너를 탈 때는 너와 함께 달린다고 느껴지는데 오토바이를 탈 때는 내가 오토바이에 실려 간다는 느낌이 든다. 그 느낌에 나를 맡기고 겨울을 보내고 올게. 그곳에는 거리에 오토바이를 타는 사람이 자전거 타는 사람만큼이나 많으니까 금방 적응이 될 거야. 끈 하나만 달린 탱크톱과 반바지와 샌들만 신어도 되는 곳. 해먹에 누워 온종일 코코넛주스를 마시며 낮잠을 잘 수 있는 곳에 너도 데리고 갈까 생각해봤는데 그건 좀 무리일 것 같다. 너를 데리고는 새 추억을 만들 수 없잖아. 내가 돌아올 때까지 이 집을 지켜다오. 네가 이곳에서 나를 기다린다고 생각하면 마음이 등불을 켠 것처럼 환해질 거야. 안녕!

소년은 죽지 않는다

아침

눈을 떴다. 7시 5분. 딴 날보다 오 분 늦었다. 나는 잠 속에서 새가 울기를 기다렸다. 이상한 말 같지만 잠을 깬 건 새가 울지 않아서였다. 들려야 할 소리가 제때 들리지 않으니까 귀가 위험신호를 보낸 거다. 새 울음소리를 기다리며 이불을 머리끝까지 뒤집어썼다. 에이씨, 짜증나. 또 시작이다. 털이 몇 개씩 나기 시작하면서부터 아침마다 가려워 미치겠다. 고추 얼마나 컸나 보자고 덤비는 할머니가 없어도 일어날 일은 꼬박꼬박 다 일어난다. 손을 팬티 속에 넣고 열심히 긁어댄다. 위층에서는 아무 움직임이 없다. 이불을 걷고 천장을 뚫어져라 올려다본다. 귀를 쫑긋 세우고 집중해도 새는커녕 사람 발소리도 안 난다. 벌써 사흘째다. 삼 일 전 잠에서 깨려고 뒤척이다 새소리를 들었다. 점점 작아져서 사라져가는 울음소리였다. 잠결인지 꿈결인지 나는 새를 보았다. 새의 몸은 황금색으로 빛났다. 단단하게 박힌 눈은 물기 하나 없었다. 날카로운 부리를 쩍쩍 벌려가며 울었다. 머리를 두리번거리는 동작도, 목덜미를 뺐다 집어넣는 동작도 소리를 더 멀리 퍼뜨리려는 노력이었다. 그러다 감쪽같이 새소리가 사라졌다.

병이라도 났나.

새가 아프다고 할아버지까지 꼼짝 안 하는 건 좀 웃기다. 관심이 있어서라기보다 갑자기 아무 소리도 안 들리니까 궁금한 것뿐이다. 전에도 새가 울었지만 새 때문에 잠을 깬 건 한 달 전부터였다. 할머니가 있을 때는 새가 울든 말든 신경도 안 썼다. 이불이랑 베개에서 더 이상 할머니 냄새가 나지 않는다. 지금은 뭐가 됐든 소리가 그립다. 할머니가 달그락거리며 설거지할 때 시끄럽다고 짜증냈던 것도 다 배부른 소리였다. 해는 떠서 밖이 환한데 조용하니까 내가 꼭 귀머거리가 된 것 같다. 참치통조림에다 햇반으로 아침을 먹어야지. 어젯밤에 챙겨놓은 옷 입고, 책가방 들고 나가는 데 이십 분쯤 걸릴 것이다. 참, 화장실에 가는 시간도 있지. 일이 순조롭게 풀리지 않을 경우를 따지더라도 8시 20분 등교 시간에 늦지는 않을 거다. 십 분이 지났는데 아직까지 조용하다. 도대체 새는 지금 뭘 하고 있는 걸까.

새는 항상 일곱 시에 울었다. 아침에 닭이 아니라 새가 주인을 깨운다는 걸 전에는 몰랐다. 일 분쯤 있다가 새소리에 맞춰 일어난 할아버지가 부스럭거리며 돌아다니는 소리가 들렸다. 화장실 문 여는 소리, 변기 물 내리는 소리, 세면대에서 손 씻는 소리가 뒤따른다. 다시 화장실 문이 닫히는 소리가 나고 현관문 열리는 소리가 들린다. 나는 그때쯤 침대에서 일어난다. 문 앞에 떨어져 있는 신문 줍는 소리와 현관문 닫히는 소리를 들으며 나도 거실로 나온다. 세수를 하고 식탁에 앉아 아침을 먹는다. 삼십 분쯤 뒤 윗집에서 가스레인지 켜는 소리가 난다. 아마 그동안 신문을 읽었을 것이다. 내가 앉은 식탁 위쪽에서 실제로 신문 펄럭이는 소리를 들은 적도 있다. 새는 단 한 번 우짖은 뒤론 자기 임무를 끝냈다는 듯 조용하다. 할아버지가 시간 맞춰 밥을 준다는 뜻이다. 목이 마르게 하지도 스트레스를 주지도 않는다. 가끔 낮에 짧게 우는 소리가 들릴 때도 있었지만 뭔가를 급하게 요구하는 울음소리가 들린 적은 없다. 이런 잡념에 빠져 있는 사이 십 분이 더 지났다. 하마터면 지각할 뻔했다. 새에 대한 궁금증을 접고 자리에서 일어난다.

해가 쨍하다. 벌써 한 달째 흐린 날 하루 없이 맑다. 해도 매일 보니까 지겹다. 가끔 구름 속에 숨었다가 하루나 이틀 만에 나타났으면 좋겠다. 고개를 들어 하늘을 보면 해는 보이지 않고 따가운 햇살만 눈을 찌른다. 놀림을 당한 기분이다. 맑은 날씨 덕분에 할머니가 신경통으로 고생하는 일은 줄어들겠다. 한 끼 굶더라도 차비를 마련해서 이번 주말에는 할머니를 찾아가야 할 텐데. 에고, 밥을 굶다니. 지금의 나한테 그건 거의 죽음, 미션 임파서블이다.

할머니는 갑자기 쓰러졌다. 중요한 일이 항상 그렇듯이. 내가 싫어하는 일, 바라지 않는 일은 늘 예고 없이 일어났다. 할머니는 현관 앞에 쓰러져 꼼짝도 하지 않았다. 하아알머어어니이. 귀에 대고 소리를 질러봤다. 어깨를 세게 흔들어도 소용이 없었다. 한번 굳어진 몸은 풀어지지 않았다. 먼저 위층 할아버지네로 뛰어올라가 초인종을 눌렀다. 대답이 없었다. 도로 내려와 앞집 문을 두드렸다. 역시 응답이 없었다. 앞집은 낮에 비어 있다는 걸 잊었다. 과일가게를 하는 아저씨와 아줌마는 밤늦게나 집에 들어온다. 나는 헐레벌떡 집으로 돌아왔다. 할머니는 그 자리에 그대로 누워 흰자위만 남은 눈을 부릅뜨고 천장을 노려보고 있었다. 전화기를 들었다. 엄마와 아버지, 둘 중 어디다 전화를 해야 할지 잠깐 고민했다. 내 손가락이 누른 번호는 119였다.

병원 응급실에서 간호사가 아버지한테 전화를 걸었다. 아버지가 와서 중풍은 하루 이틀 안에 낫는 병이 아니라며 할머니를 노인병원에 입원시켰다. 나더러는 엄마한테 가 있으라고 했다. 엄마는 전화를 받지 않았다. 아버지한테는 나중에 다시 연락해보겠다고 말했다. 다음 날 아버지한테 전화를 걸어 최대한 의젓한 목소리로 엄마 집에 와 있으니 걱정 말라고 했다. 알았다! 마치 내가 엄마라도 되는 듯 퉁명스럽게 내뱉고 전화를 끊었다. 아버지는 부하들 다루듯이 아무한테나 명령조로 말하는 게 버릇이 되었다.

영찬이가 아름문구 앞을 지나가고 있다. 신발주머니로 다리를 툭 쳤다. 나를 보더니 희죽 웃는다. 잔뜩 부푼 찐빵 같은 얼굴이 웃을 땐 옆으로 더 넓게 퍼진다.

"준영아, 너 수학 숙제 다 했냐? 분수 나눗셈 왜케 어렵냐."

"졸라 어렵더라."

"큰났다. 나 숙제 다 못했는데. 당나귀한테 죽었다. 너 요새 왜 던전 파이터 안 해? 아이템 하나 줄까?"

전혀 걱정하지 않는 목소리로 걱정하는 척한다. 결국 게임 얘기나 할 거면서. 담임을 당나귀라고 부르는 걸 보면 애들도 아주 멍청이들은 아니다. 얼굴이 길쭉하고 귀는 더욱 길고 입은 튀어나왔다. 돌출된 앞니 사이에는 자주 고춧가루나 깨소금이 끼어 있다. 얼굴을 딱 보는 순간 당나귀, 라는 단어가 떠오른다. 영찬이는 입으로 숙제 걱정을 하면서도 문방구 앞에서 파는 군것질거리에 한눈을 판다. 사람이 저렇게 제 속마음을 숨기지 못한다는 건 불행한 일이다. 겉과 속이 잰 것처럼 똑같다. 오, 위대한 인간, 내 짝꿍, 김영찬. 콜라 일 리터에 통닭 한 마리를 단숨에 먹어치우는 녀석. 배고프면 연필도 먹을 놈이다. 아는 거라곤 오직 먹는 것과 게임밖에 없다. 내가 대꾸도 안 하고 몇 걸음 앞서 걷는데도 혼자 계속 떠들면서 따라온다. 짝이 바뀌는 다음 달까지 저 얼굴을 어떻게

봐주지. 동네북처럼 당해주는 영찬이라도 있어서 심심하지 않고 가끔은 재미도 있다. 무슨 짓을 해서든 오 분 안에 멍청한 자식, 이란 말을 듣는다. 먹을 거라면 무조건 입에 집어넣는 나쁜 식습관, 그에 걸맞은 뚱뚱한 몸, 걸핏하면 빌기부터 하는 비굴한 성격, 아는 단어가 백 개도 안 되는 덜떨어진 머리. 교실 뒤편 게시판에 붙은 '내 짝꿍' 그림 딱 그대로다. 아무 때나 헤벌쭉 웃는 저 모습을 판박이로 그렸다. 실물과 똑같아도 너무 똑같다며 애들은 감탄사를 연발했다. 근데 이 자식은 씩씩거리며 찢으려고 했다.

"우이씨, 내가 어디가 이렇게 생겼냐?"

알고 싶지 않은 진실은 불편한 법이지. 영찬이가 그린 내 얼굴은 좀 괴상하다. 광대뼈와 턱이 튀어나온 데다 입술은 붉다. 그래서 엄마 젖 덜먹은 어린애처럼 보인다. 얼굴은 가무잡잡하고 뾰족한 턱에 눈은 위로 찢어졌다. 어찌 보면 전쟁터에서 평생을 보내 싸움밖에 모르는 전사 같기도 하다. 영찬이가 전투게임을 너무 많이 해서 사람은 무조건 그렇게밖에 못 그리는 걸 거다.

영찬이와 다르게 걔네 엄만 세련되고 날씬해서 대학생처럼 보인다. 몇 살에 결혼을 했는지 젊어도 너무 젊다. 젊고 예쁜 것까진 좋은데 자기 몸 가꾸는 거 말고 자식 돌보는 일은 전혀 배운 바가 없는 것 같다. 적어도 집 안과 집 밖에서 어떻게 다르게 행동해야 하는지 정도는 가르쳤어야지. 그런 점에서 다채롭고 복잡한 성격을 물려준 엄마를 좋아한다. 지루하지 않은 엄마. 꽤 괜찮은 설정이다. 하지만 같이 살아주는 건 나쁜 엄마 쪽이다.

　교실은 완전 난장판이었다. 책상에 올라간 애들, 교실 뒤에서 몸 싸움하는 애들이 뒤범벅되어 뒹굴었다. 내 책상 위에는 두 군데나 실내화 자국이 찍혀 있다. 야, 저리 안 비켜! 나는 책가방을 냅다 집어던졌다. 매일 똑같이 한심해도 학교에 있을 때가 속 편하다. 열어놓은 창문으로 바람이 불어 들어온다. 바깥은 햇볕이 얼마나 따뜻한데 교실은 가만히 앉아 있으면 몸이 으스스 떨린다. 바람에 라일락 향기가 묻어 있다. 이건 엄마 냄새다. 반사적으로 주위를 둘러본다. 엄마가 좋아하는 꽃, 엄마가 좋아하는 향수와 샴푸. 엄마가 좋아하는 건 연보라색 라일락인데 창밖에 서 있는 건 하얀 꽃이다.

　벌써 일 년이 지났다. 엄마가 가방 두 개를 들고 나가던 날도 황사바람 부는 봄날이었다. 나는 잠시 나들이 가는 엄마를 배웅하듯 현관에 우두커니 서 있었다.

　"나는 이제 너와 함께 살 수 없다. 이제 네 나이도 두 자리 숫자가 되었으니 혼자 잘 살 수 있을 거다. 너무 걱정하지 마. 할머니가 엄마보다 더 잘 돌봐주실 거야."

　그 말은 맞기도 하고 틀리기도 하다. 할머니가 나를 더 잘 돌봐주는 건 맞지만 그렇다고 엄마가 필요 없는 건 아니다. 할머니는 내다보지도 않았다. 나는 베란다로 나가 아파트 정문을 나서는 엄마를 내려다보았다. 어쩐지 홀가분한 마음이 들었다. 밀린 숙제를 해치운 기분이었다. 오래전부터 알고 있었다. 엄마는 언젠간 떠날 사람이라는 것을. 엄마가 메일을 읽다가 내가 들어가니까 부랴부랴 창을 닫은 적이 있었다. 불과 일이 초 차이로 나는 마지막 문장을 읽었다. 너를 사랑한다, 미정아. 미정이는 물론 엄마 이름이다. 그 유치한 문장은 예언처럼 오늘 일을 예고했다. 그 말이 엄마를 데려갔을 것이다. 그게 엄마한테 그렇게 중요했을까. 이전의 엄마한테는 세상에 중요한 게 하나도 없었다. 아버지도, 나도, 집안일도. 돈도 마찬가지였다. 욕심도 없었고 기대도 없었으니 잔소리도 하지 않았다. 요리와 빨래는 할머니가 다 했다. 엄마는 그냥 내버려두었다. 그런 사람은 뭐든지 할 수 있나 보다. 망설일 줄을 모른다. 나는 엄마를 닮지 않았다. 생각을 너무 많이 하고 언제나 망설인다. 어쩌면 엄마를 아주 많이 닮았는지도 모르겠다. 세상에 중요한 게 별로 없다는 건 확실히 알겠다. 없으면 없는 대로 어떻게든 살게 되어 있다.

점심

복도에서 뛴 건 내가 아니다. 내가 복도에서 뛰다니 말도 안 된다. 당나귀가 나를 향해 오른손 검지를 까딱까딱했다. 옆을 둘러보았지만 나밖에 없었다. 나는 뭘 어째야 할지 몰라 어정쩡한 자세로 서 있었다. 당나귀는 얼굴을 잔뜩 찌푸리고 나를 노려보았다. 인상을 쓰니까 더 당나귀처럼 보였다. 나는 하마터면 웃을 뻔했다. 더욱 화가 치민 표정으로 당나귀가 나를 향해 걸어오는 것을 보자 아차, 싶었다. 장난이 아니라는 표정이다.

"내가 복도에서 뛰지 말라고 했지? 거기다 쌈박질까지. 이 새끼, 간이 아주 배 밖으로 나왔구만."

당나귀는 이 악무는 소리를 내며 내 귀를 잡아당겼다. 오른쪽 귀가 지렛대처럼 위로 들려져서 나머지 몸을 끌어올렸다. 애들은 교실에서 일제히 얼굴을 밖으로 내밀고 구경만 했다. 누구 하나 나를 대변해주는 놈이 없다. 우리 반 왕따 기태를 다른 애들 셋이서 밟았다는 걸 다 알고 있으면서 치사한 새끼들. 원망은 안 한다. 성질 더러운 당나귀한테 잘못 걸리면 어떤 보복이 돌아오리라는 걸 알면서 나설 수는 없을 테니까. 정욱이가 복도로 도망가는 기태의 발을 걸어 넘어뜨렸다. 코피가 나자 기태가 비명을 질렀고 당나귀가 바로 옆의 교사 휴게실에서 달려왔다. 그때 하필 화장실에 가던 내가 딱 걸린 거다. 나는 그냥 복도를 지나가고 있었을 뿐이라고, 뛴 건 내가 아니라고 외치고 싶었지만 입을 꾹 다물었다. 지금 나한테 중요한 건 그게 아니다. 실제 어떤 일이 일어났든 대드는 아이를 좋아하는 선생은 없다. 소동이 일어나면 아무나 한 명을 희생양 삼아 족치면 그만인 것이다.

나는 문제를 일으키지 않기 위해 참았다. 당나귀는 내 등짝을 세게 후려치더니 청소 도구함을 가리켰다. 거기는 벌서기 전용구역이다. 청소도구함과 재활용종이함 사이의 일명 '생각하는 자리'다. 한 사람이 앉으면 딱 맞는 공간에서 한 시간 동안 무릎 꿇고 손들고서 자신이 저지른 일에 대해 생각, 아니 반성하는 거다. 넬모레면 중학생이 될 다 큰 남자가 받는 벌로는 영 쪽팔린다. 여자애들은 흘끔흘끔 뒤를 돌아보며 킥킥댔다. 얼마나 웃기겠는가. 백육십 센티미터가 넘는 커다란 남자가 어린애처럼 얼굴이 벌개져서 손을 들고 있다니. 나는 정면을 똑바로 쳐다보며 태연한 표정을 지으려고 애썼다.

'그건 내가 한 일이 아니야. 난 절대로 그따위 찌질한 짓을 하지 않아. 먼지를 일으키고 곧 지적이나 당할 그런 한심한 짓을 하려고 학교에 온 게 아니라구.'

오로지 그 생각으로 한 시간의 벌을 견뎠다. 무릎은 저려오고 높이 쳐든 팔은 점점 뻐근해졌다. 나중에는 팔다리가 내 것 같지가 않았다. 평생 기억될 끔찍한 자세로 공부에 열중한 척하는 애들의 뒤통수를 바라본다. 생각할수록 열 받는다. 뱃속에서 불이 활활 타오르는 느낌이다. 될 수 있으면 비참한 표정만은 짓지 않으려고 죽을힘을 다한다. 팔은 점점 더 얼얼하다. 어깨가 빠질 것 같다. 나는 아픔을 잊기 위해 딴 생각을 끌어들인다. 이건 내 특기다. 한 가지 고통을 잊기 위해 다른 고통을 기꺼이 감수하는 것. 새는 어디로 갔을까. 그 새는 어떻게 생겼을까. 울음소리로 짐작해보면 그렇게 큰 새는 아닌 것 같다. 가늘고 짧은 소리로 호루라기를 불 듯 울어댄다. 내 귀는 곧 새소리로 가득 찼다. 팔은 내 맘도 몰라주고 자꾸 아래로 내려간다. 어쨌든 참아야 한다. 엄마가 집을 나가던 날 했던 말을 떠올린다.

"나를 모욕하는 것이라면 태양도 쳐부수겠어. 이제야 이런 생각을 하다니, 참."

어떤 위대한 사람이 했다는 그 말은 내 머리통에 제대로 박혔다. 엄마는 마지막까지 내게 멋있는 모습으로 기억되고 싶어 했다. 하지만 내가 원한 건 위인의 흉내나 내며 폼 잡는 엄마가 아니었다. 잠시 할 말을 잃고 엄마를 쳐다보는 사이 엄마는 당당하게 내 눈앞에서 사라졌다. 나는 엄마의 아들이다. 나에게도 엄마처럼 필사적으로 지켜야 할 것이 있다.

'아무 일도 없어야 한다.'

할머니가 돌아올 때까지 나는 혼자 힘으로 집을 지켜야 한다. 무슨 사고라도 나는 날이면 모든 게 끝장이다. 친구랑 싸워서 안경알이라도 깼다가는, 아아 생각만으로도 아찔하다. 배가 아파도, 다리를 다쳐도 안 된다. 문제가 생기는 날이면 내가 악착같이 지켜온 비밀은 탄로 난다. 당나귀가 집에 전화를 걸게 되는 일이 생겨선 안 된다. 무사하게 사는 것만이 현재 내가 이루어야 할 유일한 과업이다. 그 과업을 이루기 위해 머릿속으로 끝없이 상상을 한다. 고통을 잊기 위해, 항복하는 전쟁포로 같은 우스꽝스러운 내

꼴을 잊기 위해.

나는 당나귀 앞에 있는 교탁을 째려본다. 교탁은 저 자리에 어울리지 않는 물건이다. 멋대가리 없이 커다란 네모 상자가 교실 한가운데 별 쓸모도 없이 떡 버티고 있다. 혹시, 혹시 말이야, 저 교탁은 지하세계로 가는 통로가 아닐까. 제법 그럴 듯한 추리다. 지상세계에서 쫓겨난 자들은 그곳에서 완전히 다른 방식의 인생을 산다. 그 옛날 지하세계를 세운 사람이 제국의 상징으로 교탁을 저 자리에 갖다놓았다. 그런데 여태까지 누구도 저걸 치울 생각을 하지 못하고 출석부나 책을 올려놓는 용도로 쓰고 있는 거다. 내 생각은 점점 구체화된다. 동화에서처럼 작은 구멍으로 들어가니까 거기 어마어마한 원더랜드가 있었다는 얘기 말이다. 연발 로켓폭죽과 분수폭죽을 터뜨리면서 밤하늘을 꽃밭으로 만들고 환호성 치는 사람들을 상상한다. 누군가 우연히 그곳에 갔다 온 뒤 그 이야기가 전해지고 전해져서 동화가 되었을 것이다. 최소한 그 비슷한 거라도 있겠지. 우리가 살고 있는 이 세계보다 더 멋지고 굉장한 곳이기 때문에 발견한 사람이 그 사실을 비밀에 부쳤을 것이다. 그게 없다면, 이 세상이 전부라면, 지금 여기가 맘에 안 드는 사람은 너무 절망적이다.

어둠의 종족들이라고 불러야 마땅하겠다. 밤이 오면 그들은 이곳에서 그들 방식대로 살다가 아침이 되면 지하세계로 잠입해버리는 거다. 낮에는 지하에서 또 다른 어둠의 삶을 살겠지. 그들에게 어둠은 목을 조르는 커다란 손이 아니라 몸을 감싸는 잠옷이겠지. 어둠을 무서워하지 않고 당연히 밤도 두려워하지 않고 축제라도 벌이듯 재밌게 살 것 같다. 어둠 속에서 그들은 뭘 할까. 파티, 싸움, 일, 축구. 자주 싸움이 일어날 것이다. 그들만의 세계 속에서 사는 인간들이니 인내심도 많지 않고 개성도 강할 테니까. 누구도 목소리를 낮추지 않고 죽자 살자 밤새 싸울지도 모르겠다. 싸움은 사람을 이상한 곳으로 데려간다. 점점 더 사납고 무섭고 끔찍한 곳. 그래서 더 이상 이곳의 무엇도 중요하지 않은 곳. 소중히 아끼는 카메라도 던져서 깰 수 있다. 옆집의 불평도 들리지 않고 구석에서 귀를 막고 있는 다른 사람도 보이지 않는 곳. 더 심하면 상대의 목에 칼을 들이대기도 하고 자기 몸에 불을 지르기도 하는 싸움. 싸움을 통해 갈 수 있는 곳은 누가 만든 지옥일까. 그 세계를 게임으로 만들면 꽤 인기를 끌 텐데. 싸움에서 이기는 사람은 항상 정해져 있다. 놀라운 전투력의 소유자. 하지 말아야 할 행동의 목록이 없는 자. 뭐든 다 할 수 있어야만 이길 수 있다. 비겁하고 치사하고 악랄해지는 걸 겁내지 않아야 한다. 몸이 다 부서져도 마지막 남은 이빨로 상대의 목을 물 수 있어야 한다. 물론 나는 아니다. 나는 할 수 없는 게 너무 많다.

지겨운 수학시간, 더 지겨운 함수 수업이 끝나고 쉬는 시간을 알리는 종이 울린다. 내 인생에서 가장 긴 사십 분을 잘 버텼다. 당나귀가 뒤쪽으로 오더니 책으로 내 머리통을 세게 내리친다. 똑바로 해, 인마. 당나귀가 나갔는데도 몸을 움직일 수가 없었다. 팔이 내려지도 않고 다리도 펴지지 않았다. 애들은 본체만체 밖으로 나가거나 제자리에서 떠들기 바쁘다. 영찬이가 내 쪽으로 와서 손을 잡아준다. 벌 설 때보다 더 어병한 자세로 겨우겨우 일어섰다. 재수 없어. 영찬이가 깜짝 놀라 눈을 동그랗게 뜨고 쳐다본다. 너 말고, 새꺄.

저녁

우편함 밖으로 관리비 영수증이 삐죽이 나와 있다. 맹세코 다른 편지를 기다리지 않았다. 엄마가 가끔 편지를 보내기는 하지만 언제나 기다리지 않을 때 왔었다. 이메일을 보내거나 전화를 할 수도 있는데 꼭 편지를 쓴다. 엄마 같은 사람 때문에 우체통은 멸종하지 않을 것이다. 얼마 전 뉴스는 이천년 이후 해마다 우체통이 삼천 개씩 줄어들고 있다는 소식을 전했다. 실시간으로 주고받는 문자메시지나 카카오톡, 이메일이 원인이라고.

엘리베이터에서 내리던 오 층 아줌마가 나를 보고 웃는다. 나는 인사를 꾸벅하고 닫히려는 엘리베이터에 급히 오른다. 조금 시간을 지체하면 할머니 안부를 물을 것이다. 그다음 나에 대해서도 묻겠지. 엄마에 대해서도, 아버지에 대해서도 자꾸만 자꾸만 물을 것이다. 아줌마들과의 대화라는 게 항상 그렇다. 무엇이든 물어본다. 물어야 할 것과 묻지 말아야 할 것에 대한 구분이 없다. 내가 싫어하는지 좋아하는지 관심도 없다. 그러거나 말거나 당장 챙겨야 할 문제는 따로 있다. 관리비를 내야 한다. 오늘은 슈퍼에도 가야 하는데 통장에 돈이 간당간당하다. 먹을 것이 똑 떨어졌다. 당나귀가 급식비 지원 신청할 사람은 개인적으로 찾아오라고 했다. 내가 아무리 생활보호 대상자를 위한 급식비를 몰래 신청한다 해도 애들은 금세 알아내고 만다. 소문은 초고속 인터넷보다 빠르다. 증빙서류를 제출해야 한다니 젠장, 그것도 안 되겠다.

냉장고에 붙여놓은 메모지를 떼서 관리비 영수증과 나란히 식탁에 올려놓는다. 싱크대 서랍에서 통장을 꺼낸다. 아직 며칠은 더 버틸 수 있다. 아니 며칠밖에 못 버틴다. 그럼 그다음은. 휴, 120,050원. 이 돈으로 관리비를 내야 하나. 슈퍼에 가야 하나. 처음엔 한동안 방심하고 한 끼에 햇반 두 개씩 먹고 자기 전에 또 라면을 끓여 먹다 이렇게 되었다.

점심 먹은 지 세 시간밖에 안됐는데 벌써 배가 고프다. 기회는 이때다 하고 밥을 왕창 먹어두어도 소용없다. 요즘은 왜 그렇게 자주 배가 고픈지 화가 났다가 나중엔 겁이 난다. 하루 종일 먹을 것만 생각한다. 이러다 영찬이처럼 되는 거 아냐. 돈도 없는 지금 할머니가 있을 때보다 먹고 싶은 게 더 많다. 뭐라도 먹고 있으면 맘이 편하다. 사야 할 물품 목록에 천하장사 소시지를 추가한다.

내가 가장 좋아하는 간식이다. 앉은 자리에서 한꺼번에 열 개짜리 한 통을 전부 먹어치운 적도 있다. 그때가 꿈만 같다. 초콜릿 맛 콘플레이크, 우유, 계란, 햇반, 참치통조림, 3분 카레, 미트볼 3분 요리. 필요한 게 있을 때마다 냉장고에 붙여놓은 종이에다 적어둔다. 슈퍼에 갈 때 그 종이를 꼭 가져간다. 그래야 엄마 심부름 왔다는 인상을 줄 수 있다. 오늘은 특히 조심해야 한다. 운 나쁜 날은 종일 재수 없는 일만 생긴다.

숙제부터 해야겠다. 당나귀가 제일 싫어하는 게 숙제랑 준비물 안 챙겨오는 거다. 또 하나 있다. 지각생. 눈에 띄지 않으려면 세 가지는 무조건 잘해야 한다. 숙제는 오래 걸려봤자 삼십 분이면 해치울 수 있다. 그다음엔 뭘 하지. 학원을 끊으니까 시간이 남아돈다. 다들 학원에 가서 같이 놀 애들이 없다. 인터넷도 끊어지고 텔레비전도, 책도 보기 싫다. 오늘은 자꾸 엄마 생각이 난다. 라일락 때문이다. 일 년 동안 잘 지냈는데. 할머니가 없는 한 달도 잘 지냈는데. 낮에 라일락 향기를 맡은 뒤로 엄마 얼굴이 자꾸 어른거린다. 억울하게 벌을 받아서 그럴 거다. 엄마한테라도 분풀이를 하고 나면 덜 억울할 텐데. 그래도 전화를 걸진 않을 것이다. 엄마는 나를 기다리지 않는다. 엄마한테는 남자가 있다.

"나는 아직 안 가본 곳이 많아. 여긴 너무 답답해."

가끔 창밖을 내다보면서 말하곤 했었다. 몽상가인 엄마는 새로운 곳에서 커피 마시고 노닥거리며 자기 얘기 들어줄 남자가 필요했을 것이다. 무엇이든 같이 하고 어디든 같이 갈 남자. 그러기에 나는 너무 어리다. 아버지는 엄마랑 외출할 시간도 마음도 없었다. 엄마와 싸울 시간밖에 없다. 가족이 스트레스 해소용 펀치인 줄 안다. 아버지는 어떤 일에도 따지지 않는 여자가 필요했다. 아무 때나 내킬 때만 집에 오고 자기가 앉은 주변을 맘대로 어질러도 잔소리 안 하는 여자. 요구 사항은 적고 말은 잘 듣는 여자. 아버지가 제일 싫어하는 게 말대답이다. 그건 당연하다. 따져서 절대로 상대를 이길 수 없을 테니까. 잘못한 게 너무 많다. 이해하기 힘든 나쁜 습관도 열 가지가 넘는다. 아버지는 벙어리와 살아야 한다. 내가 아는 한 인간은 따지지 않을 수 없는 동물이다. 나만 해도 말을 안 할 뿐이지 아버지 말에도 당나귀 말에도 속으로는 쉬지 않고 말대꾸를 한다.

엄마는 따지는 데 선수다. 그 점에서는 아무도 엄마를 못 당한다. 평소에 그렇게 말이 없다가도 못마땅한 게 있으면 이해가 갈 때까지 묻고 또 묻는다. 그런 엄마한테 대적하는 방법은 간단하다. 따질 일을 만들지 않으면 된다. 엄마의 새 남편은 아마도 그런 사람일 것이다. 아버지 말에 의하면 돈도 별로 못 버는 인간이라고 했다. 키도 작고 얼굴도 못생겼지만 아버지와 비교할 수 없는 장점이 한 가지 있다. 딱 한 번 만나보고 바로 알아냈다. 엄마가 하는 말은 뭐든 다 들어준다. 내가 들어도 말도 안 되는 얘기에 응, 그랬군, 알았어, 적당히 맞장구까지 쳐준다. 엄마가 그렇게 말이 많은 사람이라는 걸 나는 처음 알았다. 물론 백화점에도 극장에도 미술관에도 같이 간다. 그래서 내가 그 집에 갈 수 없다. 두 사람 사이에 있으면 내가 옆에 있어선 안 될 사람처럼 느껴진다. 엄마랑 아버지랑 같이 있을 땐 그렇지 않았다. 두 사람은 오로지 서로에게만 관심이 있다. 그러니 대학 때 헤어졌다면서 다시 만났겠지. 며칠 전에는 저녁 먹고 있는데 엄마한테 전화가 왔다. 늘 똑같은 질문을 한다.

"잘 지내니? 새 담임선생님은 어때? 새 학년 친구들이랑 사이좋게 지내지?"

할머니는 밖에 나가셨다니까 알았다면서 끊었다. 엄마는 잘 살고 있을 것이다. 목소리에서 아무것도 느껴지지 않았다. 그냥 담담하다. 그러면 잘 사는 것이다. 엄마는 나보다 단순한 사람이라 그 무엇도 숨기질 못한다. 무슨 일이 있으면 대번에 목소리가 달라져서 나한테 들켰을 것이다. 사이 나쁜 부모 밑에서 자란 아이는 조숙하고 눈치가 빠를 수밖에 없다. 언제 불똥이 자기한테 튈지 모르니까 주변 정세를 잘 파악하고 있어야 한다.

이상하다. 오늘은 왜 윗집에서 종일 아무 소리도 들리지 않는 거지? 소파에 앉아서 텔레비전을 보는 거라면 그 소리라도 들려야 하는데 조용하다. 밥 먹는 소리도 화장실 소리도 들리지 않는다. 밖에 나가느라 현관문 여는 소리가 난 적도 없다. 새는 어찌 되었을까. 새는 위장이 작아서 몇 시간마다 모이를 줘야 한다는데 할아버지가 제대로 챙기긴 하는지. 할머니가 있었으면 당장 쫓아 올라갔을 것이다. 거실 소파에 올라가 천장 가까이 귀를 갖다 댄다. 보통 때라면 이 시간에 바둑돌 놓는 소리가 들린다. 딱 딱 딱. 교본을 옆에 펼쳐놓고 그림에 그려진 대로 바둑알을 놓는 소리다. 할아버지가 바둑책 사가지고 들어오는 걸 본 적이 있다. 같이 바둑 둘 사람도 없는데 열심히 공부까지 해가면서 바둑 두는 이유를 알 수가 없다. 할머니가 몇 번이나 노인정에 나오라고 해도 들은 척도 안 했다. 내가 학교 갈 때 하는 아침 산책과 슈퍼에 가는 다섯 시쯤에 하는 저녁 산책이 외출의 전부다. 우편함에 편지도 잡지도 배달된 적이 없다. 하다못해 카드대금 청구서조차 없는 걸 보면 카드도 안 쓰는 것 같다. 쇼핑도 가끔 계란이나 라면, 통조림 사들고 오는 게 전부다. 언젠가 젊은 아줌마가 한 번 온 거 말곤 방문객도 없다. 직장에 나가는 것도 아니고 외출도 하지 않으면서 그 많은 시간을 뭘 하면서 보낼까. 뭐 별로 어려운 건 없을 거다. 혼자 있다는 것과 빈 시간이 많다는 사실을 잊으면 된다. 지금 나처럼. 그건 생각보다 빨리 적응된다.

문, 처음엔 문이 제일 문제였다. 방문과의 싸움, 아니 문 뒤 그림자와의 싸움은 일주일이나 계속됐다. 열어놓으면 저절로 꽝 닫혔다. 열었다 닫았다 밤새 그러다 날을 샌 적도 있었다. 어떻게 해도 문 뒤가 신경 쓰였다. 나는 문 닫는 걸 무서워해서 문이라면 화장실도 열어둔다. 어릴 때 잘못을 저지르면 아버지는 나를 몇 시간씩 어두운 방에 가두었다. 그에 대한 반발인지 공포인지 문만 보면 열어놓는다. 혼자 남으니까 가장 약한 부분이 드러난다. 문 뒤에서 누가 튀어나올 것 같은 기분이 들면 벌 받을 때처럼 손바닥으로 얼굴을 가린다. 지금은 새라도 좀 울어주었으면 좋겠다. 윗집에 가서 초인종을 눌러볼까. 그럴 용기는 없다.

지난주 일요일 저녁 엘리베이터에서 윗집 할아버지를 만났다. 일 층에서 거의 동시에 엘리베이터에 올라탔다. 할아버지는 옆에 누가 있는지 관심도 없이 앞만 바라보았다. 할머니가 있었더라면 먼저 인사를 건넸을 것이다. 매일 보던 할머니가 한 달이나 안 보이는데도 궁금하지도 않나. 할머니 말로는 옛날에 무슨 큰 회사의 높은 사람이었다고 한다. 그래도 늙으니까 할머니처럼 별 볼 일 없고 힘도 없다. 노인들은 다 비슷하게 생겼다. 할아버지는 내 쪽은 쳐다보지도 않고 버튼을 누른다. 13이라는 불길한 숫자를 누르는 손에 얼룩덜룩한 검버섯이 피어 있다. 할머니 것과 똑같다. 식빵에 핀 곰팡이 같은 검버섯.

"할머니 손에는 왜 곰팡이가 피었어?"

"아, 이건 검버섯이라는 거다."

"버섯이나 곰팡이나 그게 그거지 뭐. 어쨌든 오래 됐다는 거 아냐?"

내 말에 할머니는 얼굴에 주름을 잔뜩 만들면서 씩 웃었다.

"네 말도 맞다. 늙으면 사람도 식빵처럼 곰팡이가 피는갑다."

웃음 띤 할머니의 캄캄한 입속에서 금이빨이 반짝였다. 뼈와 핏줄의 위치를 알려줄 정도로 앙상하게 마른 할머니 손이 생각나 나도 모르게 입이 열렸다.

"할아버지 집에 새 보러 가면 안 돼요?"

할아버지가 사나운 눈초리로 나를 쏘아보았다. 엘리베이터는 벌써 10층을 지나가고 있다.

"새 한 번만 구경하고 싶어요. 조용히 새만 보고 그냥 나올게요."

할아버지의 눈꺼풀이 떨렸다. 굉장히 기분 나쁜 말을 들은 것처럼 헛기침을 하고 인상까지 썼다.

"너 아주 버릇이 없구나."

내가 뭘 어쨌다고 버릇이 없다는 거야. 그건 어른들이 말 막혔을 때 주로 하는 말이다. 너 버릇이 없구나. 그딴 건 누구한테 배웠니? 이 한마디로 상대의 입을 막는다. 뭐라고 대꾸할 틈도 없이 엘리베이터는 12층에 도착했고 문이 열렸다. 나는 하는 수 없이 그냥 내렸다. 그깟 새 한번 본다고 닳기라도 하나.

밤

숙제를 후닥닥 해치우고 저녁을 먹었다. 욕실에 가서 이를 닦고 세수를 했다. 잔소리하는 사람이 없으니까 더 열심히 하게 된다. 설거지도 청소도 깨끗이 하는데 집이 조금씩 더러워지는 느낌이 든다. 누가 문을 열고 들이닥칠까 봐 항상 눈치를 살피며 쓸고 닦아도 이상하게 깨끗하지 않다. 어디서 뭔가 썩는 냄새가 나는 것도 같다. 솔에 비누를 묻혀서 화장실 바닥을 박박 닦았다. 세수를 한 번 더 하고 거울을 본다. 물 얼룩이 뒤덮인 거울에 내가 있다. 거울 속의 나는 머리가 길다. 심심한데 거울놀이나 할까. 내 얼굴을 한참 보고 있으면 거울은 내게 많은 걸 보여준다. 나는 조각조각 나뉜다. 제일 먼저 엄마를 닮은 곳이 눈에 띈다. 엄마를 닮은 데는 큰 눈과 곱슬머리다. 그다음엔 아버지를 닮은 부분. 광대뼈와 넓은 어깨다. 할머니를 닮은 보조개도 있다. 그걸 하나하나 제거하면 뭐가 남을까. 혼자 거울을 볼 때만 정체를 드러내는 표정. 이 완벽하게 멍청해 보이는 표정만이 내 것이다. 앞머리가 눈썹을 덮었다.

돈도 없는데 직접 머리를 잘라볼까. 뭐 어려울 게 있나. 그냥 가위로 조금씩 잘라내면 되지. 가위가 어딨더라. 책상서랍에서 가위를 찾아 꺼내온다. 제일 거슬렸던 앞머리를 싹둑 잘라낸다. 오른쪽, 왼쪽 번갈아 자르고 나니까 이번에는 귀 옆의 머리가 길어 보인다. 거긴 얼굴을 옆으로 돌리고 잘라야 하는 곳이라 난이도가 높다. 이마에 땀이 맺히기 시작하더니 차츰 턱과 머리통에서도 뚝뚝 떨어진다. 앞머리가 삐뚤빼뚤, 머리 길이가 들쑥날쑥하다. 영찬이보다 더 바보 같다. 뒤쪽은 안 보여서 어떻게 해볼 수도 없다. 머리가 짧아지니까 내 얼굴이 더 많이 보인다. 엄마를 닮은 눈도 더 커진 것 같다. 그 눈이 나를 빤히 쳐다본다. 나는 웃어준다. 눈가에 땀인지 눈물인지 모를 물방울이 맺혀 있다.

텔레비전을 켠다. 9시 뉴스를 봐야 할 시간이다. 세상이 어떻게 돌아가는지 가르쳐줄 어른이 없기 때문에 오늘 무슨 일이 있었는지 정도는 알아서 챙겨야 한다. 에고, 광고의 절반이 먹는 광고다. 초코칩이 잔뜩 달라붙은 아이스크림이 새로 나왔다. 사실은 이름만 새롭지 작년에 만든 아이스크림하고 모양과 색깔이 똑같다. 맛도 똑같을 것이다. 예쁜 여자 혀끝에서 살살 녹는 아이스크림은 보기만 해도 입에 침이 고인다. 그 침을 채 삼키기도 전에 라면 광고가 이어진다. 콧등에 땀이 맺힌 채 후루룩거리며 먹는 라면 맛은 정말 죽인다. 아아, 먹고 싶다. 관리비 걱정하느라 오늘 슈퍼에 못 가서 저녁밥으로 마지막 남은 라면을 절반만 끓여 먹었다. 이제 먹을 거라곤 낼 아침에 먹으려고 남겨놓은 라면 반 개밖에 없다. 나는 일어나서 부엌을 샅샅이 뒤진다. 먹을 게 있을 리 없다. 벌써 몇 번이나 뒤져봤다.

아버지가 있었으면 새로 바뀐 아나운서에 대해 한 마디 했을 것이다. 저렇게 눈 끝이 올라가고 입술이 얇은 여자는 말이 많아. 볼에 살 붙은 거 봐라. 어지간히 고집 세게 생겼다. 어떤 여자든지 보기만 하면 한눈에 트집거리를 찾아낸다. 나한테 말을 걸고 싶어 하면서도 즐거운 대화로 이어진 적이 없다. 왜 여자랑 잘 해보려고 노력은 안 하고 욕하고 싸울 줄밖에 모를까. 나까지 기분이 나빠져서 장단을 맞춰줄 맘이 안 생긴다. 따지고 보면 진짜 불쌍한 사람은 아버지다. 고생해서 돈 벌어다 주면서도 자기편 하나 없이 대화법도 모르고 친구 사귀기 불리한 성격은 고루 갖췄다. 나를 대하는 태도도 무지막지하긴 마찬가지다.

"아버지라고 불러라."

내가 기억하는 아버지의 첫 번째 말이다. 네 살쯤이었던 것 같다. 아빠라고 부르면 그 큰 손이 사정없이 날아왔다. 그때 얼마나 무서웠던지 지금도 아버지라는 말을 할 때면 조금 긴장한다. 간신히 입에서 빠져나오는 말처럼 힘이 없다. 아빠가 아니라 아버지라고 부르면 뭐가 달라지나. 설마 존경받거나 훌륭한 아버지 역할을 하게 만드는 호칭이라고 믿는 건 아니겠지. 내 아버지가 그 정도로 대책 없는 사람이라고 생각하긴 싫다. 네 살짜리 애가 자기 아빠를 아버지라고 부르면 누구라도 돌아본다. 어떤 뜻으로든 놀라움을 표시한다. 어쨌든 흔한 일은 아니니까. 아버지는 그때마다 흐뭇한 미소를 지었다. 나한테 강요할 게 있어서 뿌듯하다는 표정이었다. 불쌍한 사람. 그것 때문에 엄마한테 버림받았다는 걸 아직도 모른다. 이 세상에 아무리 어리고 힘없는 사람이라도 내 맘대로 할 수 있는 사람은 없다. 결국 맞이해야 하는 건 보복이나 복수다. 집요하고 끈질긴 복수. 그중 최악이 뒤통수치기다.

뉴스에서 산불이 난 곳을 보여준다. 불붙은 산에서 올라오는 검은 연기가 시커멓게 하늘을 덮었다. 방화로 추정된다고 했다. 열 군데나 차례차례 불길이 오른 걸로 봐서 계획적으로 저지른 범죄일 거라고. 하필 식목일에 산불을 낸 점을 미루어 사회에 불만이 많은 반사회적 인물일 거라는 정신과의사의 의견도 전했다. 소외받은 자의 고립감이 방화의 원인이라고 진단했다. 불이 나고 사람이 모여들면 마치 자신이 세상의 주인공이 된 것 같은 기분이 들기 때문에 방화범은 범행을 쉽게 멈출 수 없다고 한다. 이왕 불을 지를 거면 우리 동네에 지르지. 차라리 이 집, 이 동네 전체가 불에 타서 없어졌으면 좋겠다. 그러면 걱정할 것도 고민할 것도 없이 전부 다 사라져버리고 나도 연기가 되어 새처럼 훨훨 날아갈 텐데.

어쩌다 밤에 할머니 전화가 걸려올 때도 있다. 언어감각 어디가 망가졌는지 말의 내용을 삼분의 일도 해독하기 어렵다. 단어 몇 개로 내용을 짜맞춘다. 파악하기 어려울 게 없다. 걱정과 부탁, 둘 중의 하나다. 할머니가 걱정하는 것보다 나는 괜찮다. 심지어 잘 살고 있다. 아버지한테 가 있으라고 한다. 곧 퇴원할 거니까 잠깐만 가 있으라고. 나는 그러니까 가지 않고 기다리겠다고 했다. 아버지와 사느니 차라리 혼자 사는 게 낫다. 걸핏하면 주먹이나 방석, 책, 찻잔이 허공을 날아다니게 하는 사람과 억센 사투리에 귀가 따가운 동네에서 사는 건 나도 엄마 못지않게 싫어한다. 왜 이 달치 생활비를 부치지 않았는지조차 설명해주지 않는다. 참, 내가 엄마 집에 가 있는 줄 알고 있지.

텔레비전을 껐다. 갑자기 정전처럼 깜깜한 고요가 찾아왔다. 아무 소리도 들리지 않으니까 대신 가슴이 크게 뛴다. 요란스러운 소리로 쿵쿵쿵. 가슴이 답답했다가 마구 뛰었다가 생난리다. 전에 태권도 사범이 무술을 오래 공부한 사람은 자기 눈동자가 움직이는 소리도 들을 수 있다고 했다. 시간이 더 지나면 제 몸에 피가 흐르는 소리도 들을 수 있지 않을까. 그것도 고요한 곳에서 혼자 있지 않으면 불가능할 거다. 엄격히 말하면 나 또한 혼자가 아니다. 조금만 주의를 기울이면 어디선가 물소리, 두런거리는 소리, 청소기 소리가 들린다. 소리로 알려오는 신호를 들으며 사람들이 거기 있다는 걸 안다. 윗집만 조용하다. 할아버지는 소리 내지 않고 사는 법이라도 배웠나. 할아버지가 원망스럽다. 새를 한 번만 보여줬더라면 모습을 상상이라도 할 텐데. 뱃속은 물론 뼛속까지 비워서 몸을 가볍게 한 새를 떠올리며 배고픔도 잊을 수 있을 텐데. 어디선가 물소리가 들린다. 새의 역할은 날 수 있다는 환상을 주는 건데 새장에 갇힌 새한테는 뭘 배워야 하지. 갇힌 새도 울 수 있다는 사실?

오늘은 내가 혼자라는 게 온몸으로 실감난다. 잠을 자야 하는데 배가 너무 고파서 잠이 안 온다. 몸속에 큰 터널이 뚫린 느낌이다. 우르르 쾅쾅 계속 공사 중인 터널. 할머니 파자마를 입어도 소용이 없다. 무섭다가도 할머니 옷을 입고 있으면 안심이 되었었다.

생각을 한 가지에 집중하자. 아래층에서 올라오는 음식 냄새든 피자배달부가 흘리고 간 냄새든 뭐든 하나로 신경을 모으면 얼마간은 잠잠해진다. 배를 바늘로 찌르는 것 같은 통증 위를 흐르는 평화. 지금은 통증이고 평화고 무작정 배가 고프다. 날파리가 눈앞에서 어른거리는 것처럼 정신이 하나도 없다. 배고픔보다 가슴에서 폭탄이 터지듯 뭔가가 터져 나올 것 같아 무섭다. 입을 손으로 막고 비명을 지른다. 엄마를 부르고 싶지만 그러긴 싫어서 대신 주먹으로 소파를 마구 때린다.

"잠이 안 오면 공부를 해라."

할머니 목소리가 들린다.

"공부는 나이가 한 자리 숫자일 때 해야 하는 거야. 나이 먹으면 공부 같은 건 머리에 안 들어온단다."

나는 벌써 열세 살이니 공부하기엔 너무 늦은 나이가 된 건가. 잠을 불러들이려고 책을 펼쳐든다. 이런 용도에 딱 맞는 책. 『세상에 이런 일이』. 태평양 갈라파고스 섬에는 대왕거북이 삼켜야만 싹이 트는 토마토가 있다. 이 토마토 씨는 거북의 몸을 거쳐 똥에 섞여 떨어져야 싹을 틔울 수 있다. 연꽃 씨앗 중에는 몇백 년이 지나야 싹이 트는 것도 있다. 기다림. 책은 기다림에 대해 말한다. 기다리다 죽는 것들에 대해. 기다리다 만나는 희망에 대해.

나는 기다리는 사람이다. 나는 기다리지 않는 사람이다. 일 분 전에는 기다리는 사람이었지만 방금 기다리지 않는 사람으로 바꿨었다. 들리지 않는 소리를 기다리고 엄마의 냄새를 기다리고 할머니가 돌아오길 기다린다. 전부 이루어지지 않을 일이란 걸 안다. 나는 곧 죽을 것이다. 먹을 것도 떨어지고 관리비를 내지 못하면 불도 꺼질 것이다. 아무도 찾아오지 않겠지. 문은 굳게 닫혀 있고 전화벨은 울리지 않는다. 할머니는 사람이 죽는 일이 안방에서 건넌방으로 건너가는 거라고 했다. 죽으면 정말 그렇게 될까. 나는 거실에서 안방으로 간다. 이런 게 죽음이란 말이지. 내가 곧 죽을 거라는 계시는 어젯밤 나를 찾아왔다. 두려워하지 마라. 잠처럼 평온하게 아침처럼 조용히 죽음이 나를 찾아올 거라고 꿈은 알려주지만 믿어지지 않았다. 안방은 너무 어둡다. 다시 거실로 나온다. 소파에 눕는다. 배가 고프다. 배가 많이 고프니까 몸이 조금씩 아프다.

전기를 아끼기 위해 불을 끈다. 깜깜하다. 그래도 밖에서 불빛이 새들어와 완전히 깜깜하지는 않다. 낮에 상상 속에서 만났던 어둠의 종족에 대해 생각한다. 그들은 지금쯤 불 꺼진 교실에 나타나서 어둠의 축제를 벌이고 있겠지. 어둠의 음식을 먹고 어둠 속에서 춤을 추고 놀다 싸우기도 하겠지. 그곳에도 아이가 있을까. 애들은 뭘 하면서 놀까. 부모가 없는 아이는? 배가 고파서 머리까지 아플 때는? 갇힌 공간에 사는 사람들은 죄수나 마찬가지다. 이 아파트도 학교도 교회도 식당도 사람들을 가둔다. 보호해준다지만 과연 그럴까. 죄수가 벽을 뚫지 않고 감옥을 탈출하는 방법엔 뭐가 있지? 죄수라고 다 탈옥을 꿈꾸지는 않을 것이다. 며칠 전 아침 일찍 누군가 칠판에 낙서를 해놓았다.

'학생이란 죄에, 학교란 교도소에, 선생이란 교도관의 말에 따라, 교실이란 감옥에 가서, 공부란 벌을 받는다.'

애들은 무슨 뜻인지 알지도 못하면서 낄낄거렸다. 다행히 반장이 당나귀 오기 전에 지웠다. 인터넷에서 베꼈다는 그 글을 당나귀가 봤더라면 한바탕 야단이 났을 것이다. 나는 왜 이곳에서 나가려고 하지 않는 걸까. 조금의 불편을 감수하면 엄마나 아버지하고 사는 것도 나쁘지 않을 텐데. 최소한 배는 고프지 않을 거 아냐. 그 생각만으로 정신이 번쩍 든다.

몸이 녹아 없어지는 것 같은 이 허기, 정말이지 죽을 것만 같다. 남겨둔 라면 반 개를 기어코 끓여먹었지만 허기가 가시기는커녕 더 배가 고프다. 왜 이렇게 잠이 안 오는지 정말 미치겠다. 마지막 방법을 써야 한다. 모래성을 쌓는다. 머릿속에 수많은 성이 생기고 깃발이 휘날리고 지켜야 할 군사는 늘어난다. 성벽은 되도록 높이 쌓아야 한다. 성이 완성될 즈음 바닷물이 들어와 순식간에 성을 무너뜨린다. 모래는 물속으로 흩어져 흔적도 없다. 그것이 모래성의 운명이다. 금방 사라지기 때문에 되풀이해서 쌓을 수 있다. 오늘은 모래성을 몇 개쯤 완성하고 잠이 들까. 또 가렵기 시작이다. 팬티 속에 손을 넣고 긁는다. 그게 점점 크고 딱딱해져서 오른손으로 꽉 붙잡았다. 잠, 잠, 잠, 밥, 밥, 밥. 마법의 지팡이라도 되는 양 붙들고 주문을 외우며 눈을 감는다.

다시 아침

아아악, 까아악.

길게 우는 새소리에 번쩍 눈을 떴다. 새가 돌아왔다. 나는 귀를 쫑긋 세웠다. 밖은 아직 어두컴컴했다. 꼬리 달린 것처럼 길게 이어지던 울음은 보통 때 새소리랑 달랐다. 으흐흐 흐흐흐흑. 부러 목청을 돋운 듯 악을 쓰는 여자의 울음소리였다. 엘리베이터 신호음이 들리고 이리저리 오가는 사람들의 발걸음이 소란스럽다. 이불을 걷어내고 일어나 소리를 따라 밖으로 나왔다. 울음소리는 더욱 커졌다. 나는 부리나케 계단을 올라가 윗집 현관문으로 다가갔다. 여자는 한 손으로 입을 막은 채 집 안을 쳐다보며 울었다. 병원복을 입은 사람들이 할아버지를 들것에 싣는 중이었다. 할아버지의 눈도 할머니처럼 천장을 향해 부릅뜨고 있었다. 손에 들린 흰색 핸드폰이 눈에 띄었다. 반쯤 벌어진 손가락 사이로 아슬아슬하게 걸쳐져 있었다. 들것이 가까스로 현관문을 통과해 나온다. 나는 계단 쪽으로 비켜섰다. 지독한 냄새에 코를 싸쥐었다. 일단 같이 가시죠. 여자는 표정을 바꿔 짜증이 난 듯 얼굴을 찌푸렸다. 울음은 어느새 그쳐 있었다.

"지금 가야 하나요? 며칠 계속 전화를 안 받으셔서 출근하던 길에 잠깐 들른 거라……."

곤란하다는 여자의 핑계는 병원 직원에게 통하지 않았다.

"그러시겠죠."

이런 일은 숱하게 봐왔다는 듯 지루한 표정을 지었다. 병원 사람이 여자와 대화를 하는 동안 할아버지 손에서 얼른 핸드폰을 빼냈다. 드디어 나도 핸드폰을 갖게 되었다. 접속할 곳이 없다 해도 최소한의 대비는 필요하다. 심심할 때 게임이라도 하면 된다. 플립을 열었다. 전원은 꺼져 있었다. ON 버튼을 누르자 건전지가 다 닳았다는 표시가 깜박거렸다. 집으로 돌아와 할머니가 쓰던 충전기에 전화기를 꽂아놓고 다시 침대에 누웠다. 입을 쫙 벌리고 기지개를 켰다. 저절로 하품이 났다. 밤새 먹을 걸 찾아 헤매는 꿈에 시달렸더니 기운이 하나도 없다. 아직은 잠을 좀 자두어도 좋을 시간이다. 밥 대신 잠이라도 많이 자두면 에너지가 충전될지 모르니까.

새가 울었다. 예전의 씩씩한 울음소리로 힘차게 울어재꼈다. 나는 눈을 떴다. 새소리는 무척 가까이서 들렸다. 이번에는 진짜 새 울음소리였다. 나는 옆을 돌아보았다. 저만치서 핸드폰 액정이 깜빡거리고 있었다. 불빛은 우렁차게 새소리를 쏟아내고 있었다. 시계를 보았다. 일곱 시였다. 새는 자지러질 듯 두어 번 더 울고 나서 숨을 죽였다.

헬로

집 안은 눈이 부시게 밝았다. 나는 시린 눈을 손으로 가리며 뒤로 움찔 물러섰다. 밖은 곧 비가 올 것처럼 잔뜩 흐린데 거실은 조명으로 노랗게 달궈져 있었다. 내가 빛에 유난히 민감하다는 걸 아는 그가 나를 잠깐 돌아본다. 먼저 와서 기다리고 있던 스태프 몇 명이 현관을 향해 인사말을 쏟아냈다. 나는 환대의 대상이 내가 아님을 확실히 안다는 듯 그의 등 뒤에 서서 긴 대면이 끝나기를 기다린다. 그들 몇은 내 쪽으로 다가와 의례적인 인사를 건넸다. 나는 고개를 조금 숙인 채 어정쩡한 미소로 답했다. 그들의 시선이 얼른 내게서 떠나기만을 기다리며 실로 지루한 몇 초를 견뎠다. 어떤 이의 악수도 친절한 인사도 내 눈에 생기를 불러오지 못한다. 실눈을 뜨고 조명에 점령당한 창백한 실내를 훑어보았다. 그는 무리 속으로 들어가 갑자기 분주해진 태도로 짧거나 긴 지시를 내렸다. 나는 핸드백에서 담배를 꺼내 들고 베란다로 나갔다.

이 순간 창밖으로 향한 내 시선을 받아내는 대상은 허공이다. 허공은 맞은편 아파트에 가로막혀 있다. 이곳과 거의 비슷한 높이의 왼쪽 끝 베란다에 한 사람이 서 있다. 허술한 잠옷 차림으로 담배를 피우는 중키의 남자. 내 쪽을 향해 두 팔을 들어 올려 기지개를 켠다. 나는 손을 들어 허공을 휘젓는다. 나른한 표정과 달리 내손은 자못 진지하게 움직인다. 어떤 의미가 담긴 규칙적인 움직임. 남자를 바라보며 속으로 외친다.

'내 소리가 보이나요?'

그 순간 나는 뜨거운 두부를 삼킨 듯 가슴께에 통증을 느낀다.

"엄마, 내 소리 잘 보여?"

요즘 수화에 재미를 붙인 아이는 아무 때고 손으로 의사 표현을 했다.

"내 말 안 보여? 천천히 할까?"

아이의 손놀림이 아무리 느려져도, 어제 그리고 그제 가르쳐준 말들을 기억할 수 없었다. 그런데 지금 나는 해야 할 말을 전달할 방법이 그것뿐인 양 크고 정확한 손동작을 반복한다. 뻗은 왼팔을 오른손으로 쓸어내린 후 주먹을 쥐어 앞에 놓는다. 헬로. 그것은 뜻도 없는 말이 되어 허공으로 흩어진다. 아이의 성화로 뒤져본 인터넷 사이트에는 수화에 대한 몇 가지 주의사항이 나와 있었다.

"가슴 높이에서 양어깨를 한계점으로 필요에 따라 큰 동작과 작은 동작을 절도 있게 해야 한다. 지화指話를 할 때는 반드시 오른손을 사용해서 천천히 한 음절씩 또박또박 전달하라. 가장 중요한 점은 자신의 의사를 소리가 아닌 표정으로 감정을 풍부하게 나타내야 한다는 것이다. 처음에는 다소 어색할 수도 있지만 자신감을 가지고 자연스럽게 한다."

그 말들을 되새겼다. 표정을 풍부하게 하라! 표정이 말을 대신하게 하라는 뜻일 것이다. 건너편 베란다의 남자는 이쪽의 존재를 알아차렸는지 어쨌는지 담배 한 개비를 다 피우고 나서 미련 없이 안쪽으로 사라졌다. 나는 담배 연기를 깊이 빨아들인다. 폐를 훑고 지나가는 담배연기가 한 올 한 올 느껴진다. 사방이 유리로 막혀 있어서일까. 베란다가 물이 다 빠져나간 수족관이라도 되는 것처럼 숨이 막힌다. 베란다 창문을 힘주어 밀어본다. 묵직한 스테인리스 새시는 꿈쩍도 않는다. 그렇다고 아예 밖으로 나가고 싶은 충동을 느끼는 것은 아니다. 갇힌 곳에 살기 적당한 감수성의 결을 오랫동안 유지해왔다. 여간해서는 갑갑함을 느끼지 않는다. 눈앞을 가로막은 유리문에 막혀 더 이상 걸음을 내딛지 못한다. 유리창을 두어 번 쓰다듬고는 문 열기를 포기하고 돌아선다.

베란다와 대조적으로 부엌 창문 밖에는 갓 물을 댄 논이 내다보인다. 논 가운데 솟은 아파트. 곧 개구리들이 요란하게 울어대겠지. 이 집을 빌려준 주인은 노란 티셔츠를 입은 조명 담당의 삼촌이라고 했다. 삼십 대 부부 교사인 그들은 낮 동안 비어 있는 집에서 무슨 소동이 벌어지는지 알까. 남의 집을 방문할 때면 나는 이상한 흥분에 휩싸이곤 한다. 그들은 저 침대에서 잠을 자고 이 식탁에서 밥을 먹고 저 변기에서 배설물을 처리하고 옷을 갈아입고 출근을 할 것이다. 그들은 대체 누구일까. 어떤 사람일까.

밖에서 사람들이 우르르 몰려오는 소리가 들린다. 쇳덩이가 벽에 부딪혀 내는 소리가 그들의 아우성에 섞여 현관문 안으로 쏟아져 들어온다. 카메라와 카메라를 밀고 움직일 트랙이 차례차례 거실로 옮겨졌다. 고개만 까닥이며 눈인사를 하고서 그들은 식탁 쪽으로 몰려간다. 아침도 거르고 서둘러 촬영장에 도착한 스태프들은 비닐봉지에서 콜라와 음료수와 빵을 꺼내 식탁에 늘어놓고 집히는 대로 마구 입에 몰아넣는다. 나도 그들에 섞여 콜라 한 잔을 단숨에 비운다. 커다란 빵 두 개와 우유, 일 리터짜리 콜라 두 병이 순식간에 바닥났다.

사람들은 티셔츠와 편한 바지로 갈아입고 각자 자기가 맡은 위치로 간다. 방 안은 금세 촬영기자재와 카메라 장비로 어지럽혀진다. 그때 남자배우와 아역배우를 마중 나갔던 야구모자 쓴 남자가 들어선다. 카메라를 만지던 긴 생머리 여자가 부리나케 현관으로 달려가 남자의 손에 들려 있는 아역배우의 옷가방을 받아든다. 둘은 아역배우를 뒤에 남겨둔 채 나란히 식탁으로 간다. 생머리는 따로 챙겨놓은 빵과 우유를 야구모자에게 건넨다. 마주보고 웃는 두 사람의 눈빛과 행동이 예사롭지 않다. 둘에게 신경을 쓰는 사람은 아무도 없다. 촬영 일지를 쓰던 꽁지머리 남자가 그들을 힐끗 올려다보았을 뿐이다.

소품 담당은 벽에 가족사진을 걸고 트리를 거실 중앙에 갖다놓는다. 나는 먼 눈빛으로 카메라를 점검하는 그를 바라본다. 그는 연출 두 명을 불러 오늘 있을 재촬영 일정을 보고 받는 중이다. 고개를 주억거리며 촬영 일정표를 훑어보던 그는 거실을 한 번 둘러본다. 그와 나의 시선이 마주쳤다. 그의 눈길은 곧바로 종이 위로 돌아간다.

나는 텔레비전 옆에 있는 수족관을 들여다본다. 물고기는 쉬지 않고 몸 전체를 움직여 헤엄치지만 고작 삼십 센티미터를 넘지 않는 어항이 그들의 세계다. 자신의 한계를 투명하게 드러내며 다시 방향을 바꿔 헤엄친다. 나는 애무하듯 어항을 쓰다듬는다. 물고기는 놀라지 않고 그들의 궤도를 고요히 오간다. 언제고 자신의 때가 오기만을 기다리는 고함과 울분의 씨앗들이 밑바닥에 도사리고 있다는 듯 그들은 가끔 꼬리지느러미로 세찬 물질을 한다.

"먹이 주지 마세요. 주인이 절대로 먹이 주지 말고 신신당부했거든요."

누군가 지나가면서 주의를 준다. 나는 새나 원숭이 같은 동물을 보면 먹이부터 던져주려고 덤벼드는 부류의 인간이 아니다. 수시로 옆을 오가는 사람들한테 나는 거치적거리는, 콘티에 나와 있지 않는 소품 같은 존재였다. 삼십오 평쯤 되는 아파트는 열 명의 성인이 움직이기에 좁은 공간이었다. 카메라를 설치하고 조명을 체크하는 동안 나는 수족관에서 식탁으로, 식탁에서 베란다로, 그러다 모두의 가방과 소지품을 쌓아둔 건넌방으로 옮겨가 내 존재를 지운다. 이따금 지향점을 잃은 시선이 한 곳에 머물다 이내 다른 곳으로 옮겨간다. 누구의 시선도 붙잡지 않는 침묵과 부동의 시간들. 그는 나를 잊은 듯 헛되이라도 찾는 시늉을 하지 않는다. 어쩌면 그는 의도적으로 때론 노골적으로 나를 외면하고 있는지도 모른다.

예정대로라면 나는 지금 그와 교외의 어디쯤을 달리고 있어야 한다. 골방을 떠나 소풍을 간다는 것은 나름 파격적인 계획이었다. 더 이상 필요로 하지도, 그렇다고 밀어내지도 않는 관계에서 함께 할 수 있는 일이란 겨우 그 정도였다. 더워지기 시작한 날씨에 맞춰 얇은 나들이옷 차림으로 아침 일찍 그를 찾아갔다. 그는 가야 할 곳이 있다면서 다음에 보자고 했다. 미리 알려주지 그랬느냐, 우리 약속이 우선이지 않느냐, 말다툼하는 건 우리에게 어울리지 않는다. 나는 돌아서는 대신 같이 가면 안 되겠냐고 물었다. 순간 그는 당황한 얼굴로 나를 빤히 쳐다보았다. 그것은 아주 특별한 경우였다. 그가 그렇게 뚜렷하게 자신의 감정을 표현하거나 들키는 일은 별로 없었다. 촬영 현장으로 가는 길인데 종일 바쁠 거라고 말했다. 완곡한 거절이었다. 나는 더욱 집요해져 고집을 피우기까지 했다. 그는 옆에 있기가 여간 심심하지 않을 거라며 거듭 발을 뺐다. 그럴수록 나는 더 완강하게 따라나서기를 고집했다. 거의 떼를 쓰는 아이처럼 굴었다. 그것 또한 그리 흔한 일이 아니다.

촬영이 시작되었다. 잠옷으로 갈아입은 남자배우는 소파에 앉아 허공에 대고 표정 연습을 한다. 소품 담당이 비디오에 테이프를 넣고 텔레비전 리모컨을 눌렀다. 침팬지 두 마리가 짝짓기 하는 화면이 펼쳐진다. 꽁무니를 빼고 달아나는 암컷을 따라붙던 수컷은 기어이 암컷의 등에 올라탄다. 조명에 불이 들어오자 남자배우의 얼굴이 일그러진다. 조명은 햇빛과 달리 탁하고 불투명했다. 연출이 '리허설'을 외치자 화면을 향해 있던 남자의 표정이 조금 굳어지더니 성기 쪽으로 손을 가져간다. 자위 장면은 클로즈업이 아니라 미디엄숏으로 실루엣만 표현하는 거라 바지를 벗지 않아도 되었다. 시선은 텔레비전에 고정한 채 손으로 성기를 붙잡고 단순히 밀었다 빼는 동작을 반복한다. 그는 자위에 몰두해 있다. 뭔가를 열심히 하고 있는 사람의 자세다. 나는 머리를 내젓는다. 실제로 자위를 하는 사람은 저런 표정을 짓지 않는다. 나는 거실 바닥에 떨어져 있는 시나리오를 집어 들었다.

석 장짜리 단편영화 시나리오의 제목은 〈메리 크리스마스〉였다. 딸과 엄마가 트리를 만드는 장면으로 시작해서 퇴근해 들어온 남편과 보내는 크리스마스이브를 따라잡는 것이 전체 줄거리였다. 화사하게 웃는 가족사진이 걸린 거실 한쪽에서 트리가 깜박거린다. 그들은 목사의 축복기도와 함께 조용한 성탄을 맞는다. 남편은 아내에게 저녁 약속에 함께 가자고 제안하지만 거절당한다. 남편이 나가자마자 아내는 폰섹스를 하고 딸은 혼자 그림을 그린다. 밤에 잠자리에 들었던 남편은 아내 몰래 일어나 거실로 나온다. 불도 켜지 않고 〈동물의 왕국〉을 보며 자위를 한다. 그 장면을 딸이 해맑은 얼굴로 훔쳐본다. 단순한 스토리라인이었다. 상당히 시니컬하고 극적인 내용임에도 불구하고 영화 속에선 호들갑스럽지 않게, 외려 건조하게 보여주었다. 시나리오를 읽던 나는 낮은 신음소리를 뱉어낸다. 한사코 따라오지 말라고 한 이유가 이거였냐고 따지듯 그를 노려본다. 살의! 모름지기 살의를 조심해야 한다. 타인을 향한 것이든, 자신을 향한 것이든. 관리대상 1호다. 건강과 행복을 위해서.

그는 이곳까지 오는 좌석버스에서 평소와 달리 많은 말을 했다. 어떤 설명이 필요한 사안을 붙들고 늘어지는 태도에 가까웠다. 나는 그가 하는 일에 간섭을 하거나 불만을 터뜨릴 처지가 아님을 잘 알고 있다. 그런데도 그는 의무감이 느껴지는 말투로 오늘 하루 벌어질 상황에 대해 다짐하듯 알려주었다. 그가 강사 노릇을 하고 있는 독립영화 워크숍 팀이 재촬영 현장에 와서 총점검을 해달라고 불렀다고 했다. 거기 출신인 데다 시나리오까지 쓴 입장이니 마땅히 그러는 게 도리겠지. 아직 배우를 통솔하거나 전체 작

174

업을 장악하는 일에 자신이 없는 후배들의 요청을 마다할 수 없었을 거라고 이해했다. 그런 일들이라면 지긋지긋하게 보아왔다.

카메라를 설치하는 데만도 한 시간이 더 걸리고 조명의 강도에 대해 이십 분도 넘게 논의했다. 게다가 주인공의 표정조차 아직 결론을 못 내렸는지 의견이 분분했다. 우왕좌왕하느라 허비한 시간은 또 얼마인지. 단 한 장면을 위해 한 무리의 사람이 매달려 하찮게 보이기까지 하는 번다한 과정을 치르는 그들의 표정은 대체로 진지했다. 그럼에도 불구하고 모든 게 어설퍼 보였다. 다만 한 가지 그들이 뿜어내는 거침없는 열기와 에너지만은 나를 압도하고 있었다. 나는 그를 향했던 시선을 거두어 이마에 땀까지 흘려가며 연기에 몰두한 남자배우를 쳐다본다. 그 순간 그가 '컷'을 외친다.

"편집된 화면을 보니까 표정이 너무 굳어 있더라구요. 한밤중에 혼자 비디오 보면서 습관적으로 하는 동작이니까 좀 덤덤한 표정이었으면 좋겠는데……. 자위 한 번도 안 해봤어요?"

남자배우의 얼굴이 일그러진다. 그의 지적은 정확했다. 그것이 그의 화법이다. 상처가 될 말도 심상하게 내뱉는다. 나는 태연히 배우를 주시한다. 마치 연출이라도 되는 것처럼 골똘한 표정마저 짓는다. 최대한 교활해져야 한다는 암시를 스스로에게 건다. 나는 알고 있다. 자위할 때의 표정은 가능한 한 무표정해야 한다. 무표정도 하나의 표정이라면 무표정도 아닌, 자신이 무엇을 하는지도 모르는 멀건 얼굴에다 손은 자동으로 움직여야 한다. 다소 곤혹스러운 표정이 나타나는 순간은 마지막에 사정을 하고 나서다. 정액이 묻은 화장지 뭉치를 손에 든 채 넋 놓고 앉아 허공을 올려다보아야 한다. 하긴 꼭 사실적일 필요가 있을까. 거짓말인 줄 알면서 왜 영화가 사실적이길 바라는 걸까. 나는 딴죽을 걸고 싶다.

남자배우는 야간 신을 찍느라 유리창마다 붙인 그레이 카드 쪽을 바라보며 얼굴을 찡그린다. 사방의 빛을 틀어막아 답답한 기분이 더하다는 표정이다. 고개를 왼쪽으로 갸웃하고 감독의 말을 듣는다. 뭔가 미심쩍은 기색이 역력하다. 〈동물의 왕국〉 화면은 남자배우의 얼굴로 빛을 되쏘고 있다. 그의 얼굴이 그 빛을 따라 밝았다가 어두워졌다. 텔레비전 위쪽 벽에는 놀이공원에서 찍은 가족사진이 걸려 있다. 식구들의 표정은 잘 보이지 않는다.

한 시간이 넘게 똑같은 자세로 손을 움직이던 남자배우는 점점 피로를 드러냈다. 열두 시가 다 돼서 오케이 사인이 떨어지자 그는 소파에 벌렁 드러누워 버린다. 전혀 그럴 상황이 아닌데도 나는 가슴이 몹시 차가워진다. 아무것도 느끼지 못할 만큼 차가워져야 한다고 스스로를 타이른다. 남자의 저런 습벽에 대해 잘 알고 있다는 자각과 그것이 누군가에게 들통났을 때의 자괴감으로부터 마음을 단속하고 있는 것이리라. 그는 나를 어디까지 알고 있는 걸까. 내 귀에 들리는 것은 확성기를 통과한 듯 크게 들리는 내 심장박동이었다. 아득한 시선으로 남자배우를 바라보지만 내 눈동자에 비친 것은 한 남자의 수그린 뒤통수였다.

남편은 신혼 때부터 발기가 안 되거나 사정을 못 하는 날이 많았다. 처음에는 긴장해서 그런 줄 알았다. 어느 날인가 끝내 사정이 안 되니까 벌떡 일어나 화장실로 달려갔다. 너무 급한 나머지 문 닫는 것도 잊고 자위에 몰두한 그를 보고야 말았다. 같이는 안 되는데 혼자서는 잘 된다니 정말 희한한 일이다. 일 년쯤 지나 시부모의 성화에 못 이겨 산부인과를 찾아갔다. 상담 의사는 남자가 오랫동안 독신으로 지내다 보면 더러 그러는 수가 있다고 위로했다. 결혼 전에 혹시 심하게 자위행위를 했거나 여자관계가 복잡하지 않았느냐고 물었다. 막상 결혼하고 정상적인 부부관계를 못하는 사람들 중에 그런 경우가 많다는 것이다. 남편은 둘 다 아니라고 대답했다. 어렵사리 딸 하나를 낳은 뒤로 그 점에 대해서는 서로 묵인한 채 살아왔다. 평소에 그가 보여주는 완벽주의는 어쩌면 자격지심에서 비롯된 게 아닐까. 와이셔츠도 세탁소에서 다린 것만 입고 얘기할 때도 말실수하지 않으려고 전전긍긍한다. 빈틈을 보이면 그곳으로 수많은 말들이 쏟아져 들어갈까 두려워하는 것처럼 보였다.

필요 이상 점잔을 빼며 약점을 은폐하려는 남편과 트집 잡아 봤자 득 될 일 없다고 지레 포기한 내가 평화롭게 공존하는 집. 내 집에서는 이렇게 집 안을 샅샅이 훑어보며 시선이 오래 머물지 않는다. 주부의 손길이 구석구석 가지 않아 어딘가 먼지가 풀풀 날릴 것 같은 집. 실제로는 깨끗이 청소되어 있고 인테리어에도 신경을 썼지만 벽지를 뜯어내면 벽 한 귀퉁이가 헐고 곰팡이 냄새가 온방에 퍼질 것 같은 집. 나는 그 집에 감사한다. 안전하게 나를 보호하는 집에서 그럭저럭 탈 없이 지냈다. 여태껏 살아온 곳 중에서 가장 높고 가장 안전한 곳이었다. 아무 때나 짖어대는 개. 골목길로 후닥닥 사라지는 낯선 발걸음들. 지나다니는 사람들의 검은 그림자가 수시로 드리우는, 마당이 넓은 이전의 집과는 달랐다. 여름이면 갖가지 벌레로 들끓는 나무와 아무 때나 간식거리를 들고 불쑥 찾아오는 이웃들이나 잡상인들로부터 철저히 보호받을 수 있는, 그것들에게서 멀리 떨어져 있는 집. 누군가 목이 졸려 비명을 지른다 해도 아무도 들을 수 없게 방음이 되는 안락한 곳.

밤에는 물고기처럼 눈을 뜨고 멀리 보이는 불빛을 향해 손가락 신호를 보낼 수도 있다. 누구의 방해도 시비도 받지 않고. 그런데 이상한 건 밖에 나와서 집을 그리워한 적이 한 번도 없다는 것이다. 어디를 둘러봐도 밝기만 해서 몸을 숨길 공간이 전혀 없어서일까.

촬영감독과 다음 신을 의논하는 그를 눈여겨보다 그의 방을 떠올렸다. 한때는 나와 함께 살기도 했던 반지하 셋방. 우리의 연애는 예고된 결말이라는 듯이 끝이 났다. 나는 결혼을 해서 그곳을 떠났다. 마치 예정된 일처럼 이 년 뒤 그를 다시 찾아갔다. 그동안 나는 아이를 낳았고 남편은 승진을 했지만 그는 여전히 똑같은 반지하방에서 살고 있었다. 그 사실은 나를 만족시켰다. 내 선택에 면죄부라도 받은 기분이었다. 내가 그 방에 찾아가 한 일이라곤 오로지 그와 세 시간에 걸쳐 두 번의 섹스를 한 것뿐이었다. 갑작스런 방문에 대한 설명도 현재 처지에 대한 어떠한 말도 하지 않았다.

"낮에 집에서 빨래를 하는데 갑자기 이 방의 어둠이 그립더라. 왜 그렇게 집이 환한지 현기증이 다 나더라니까. 그래서 왔어."

거두절미하고 그 말만 했다. 그러고 나서 예전에 그랬듯이 서로 뒤엉켜 땅밑동물처럼 뒹굴었다. 저녁이 되면 집으로 돌아갔다. 얼마 후 우리는 처음으로 대화라는 것을 시도했다.

"너 남편하고 일주일에 섹스 몇 번이나 하냐?"

푸푸, 내 입에서 휘파람 같은 웃음이 새나왔다.

"왜 꼭 남편하고만 한다고 생각하니?"

"그럼 너 애인 있어?"

푸푸, 나는 또 한 번 조금 더 크게 웃었다

"그 추측은 더 진부하다. 방법은 얼마든지 있어. 너 폰섹스 해본 적 있어? 왜 그렇게 놀라니? 이를테면 그렇다는 얘기야."

이것이 그와 내가 나눈 대화의 전부다. 일 분도 채 안 되는 대화가 그로 하여금 이 시나리오를 쓰게 했을까. 나에 대해 대체 뭘 알고 있다고 생각하는 건지 의아스러울 따름이다. 상대가 말하기도 전에 다 안다는 짐작은 과연 정당한가.

절대로 취직 같은 건 하지 않겠다는 그의 장담은 아직 유효했다. 나는 그런 점에서 지금의 남편에게 만족한다. 세상에는 수많은 대용품들이 있다. 수시로 호환이 가능한 건 컴퓨터만이 아니다. 술집에 외상 달고 카드 연체시키는 것도 모자라 이 친구 저 친구한테 돈 빌리는 따위의 인생은 그와 사귀는 삼 년 동안 충분히 살아봤다. 아닐 것이다. 그게 이유의 전부라면 순 억지다. 진짜 이유는 딴 데 있다. 다르게 살고 싶었다. 최소한 달라지기 위해 꼼지락거리는 게 인생이라고 믿었다. 과연 나는 그를 그리워했던가. 그 누군가를 단 한 번이라도 진심으로 그리워해 본 적이 있었나. 몇 년이 흐르는 사이 그는 남편보다 더 질긴 일상의 남자가 되었다. 그래도 우리는 서로 멀리 가지 않았다. 그를 만난 지 두 시간밖에 안 됐는데 기운을 소진한 것처럼 피곤하다.

내가 앉아 있는 식탁을 지나 야구모자가 안방문을 열고 여배우를 불렀다. 두 신이나 다시 찍어야 하는 여배우는 기다리는 일을 별 불평 없이 잘 해내고 있다. 무명배우인 만큼 경력을 쌓기 위해 여기저기 얼굴을 내밀어야 할 것이다. 독립영화 일은 보수도 없이 보름 이상씩 매달려야 하는 데 비해 보상은 보잘것없었다. 혹시라도 단편영화제에서 상을 받아 얼굴이 알려지면 좋지만 불가능에 가깝게 어렵다는 게 문제였다. 여배우는 안방 침대에 누워 잡지를 뒤적이고 있다. 오른다리를 왼다리 위에 올리고 까닥거리며 누워 있는 자세는 제법 나를 닮아 있다. 내가 전화 걸 때 하는 버릇이다.

나는 지금 수현이라고 이름 붙여진 또 다른 나를 보고 있다. 서른세 평 아파트에 살고 있는 서른세 살의 나.

여배우가 손으로 머리 매무새를 고치며 거실로 나왔다. 어쩔 수 없이 나는 여배우를 예의 주시한다. 남편이 외출하면서 아내에게 같이 가자고 한다. 싫어! 남편은 다시 한 번 채근한다. 정말 안 갈 거야? 거실에 떨어져 있는 옷가지를 무료한 얼굴로 치우고 있는 아내를 바라보는 남편의 얼굴에는 말과 달리 아무런 절실함도 실려 있지 않다. 아내는 그것을 잘 알고 있다. 십 년 가까이 함께 산 부부. 말보다 그 말이 내포하고 있는 속내를 먼저 알아챈다. 그럼에도 나는 깜짝 놀란다. 저토록 무심한 얼굴로 남편을 바라보는 여배우의 얼굴은 섬뜩하도록 사실적이었다. 사실이기 때문에 섬뜩한 건가. 내 얼굴에서 저 표정을 찾아낸 그는 더 섬뜩하다. 아내는 구관조처럼 됐어, 그러고 만다.

남편이 나가자마자 지역정보지를 꺼내 폰팅란에 적힌 전화번호를 누른다. 아내의 얼굴은 종잇장처럼 밋밋하다. 하지만 나는 아내의 얼굴에서 배우 본래의 표정을 읽어낸다. 아무리 무표정을 가장해도 그녀가 본래 가지고 있는 홍조까지 감출 순 없었다. 그녀는 표정이 상당히 풍부한 축에 속하는 여자다. 얼굴이 아니라 표정과 말투로 자신의 진심을 전달할 수 있는 여자. 아직 그것을 잃지 않은 여자라고 해두자. 누구나 한때는 저런 표정을 가졌었다고 말해야 속편한 사람도 있으니까. 수화기를 든 여배우의 얼굴은 몽

롱하게 풀어져 있다. 더 건조하게! 나는 여배우를 향해 속으로 외친다. 여배우에게 들릴 리 없는 그 소리는 고작 내 가슴을 조일 뿐이다.

그가 가까이 오더니 내 생각을 읽은 듯 거든다. 오디션을 받으러 처음 사무실을 찾아왔을 때 제작팀 여덟 명 모두 만장일치로 그녀를 캐스팅했다고 말한다. 특기할 만한 사항이 별로 없는, 배우치고는 평범한 얼굴이었지만 무엇보다 자신이 맡은 역할에 대한 인물 분석이 정확했다. 놀라운 감각이었다. 제작팀은 역시 훈련받은 사람은 뭐가 달라도 다르다며 그녀가 거쳐 온 연극 무대와 뮤지컬 경력을 수긍했다. 제작회의 할 때부터 대사나 연기에 대한 토론보다 캐릭터 분석에 더 많은 시간을 할애할 만큼, 스무 살을 겨우 넘긴 대학생들이 대부분인 제작팀은 시나리오를 이해하는 데 애를 먹었다. 상상이나 짐작만으로 결혼 생활을 엮는 데는 한계가 있었다. 직업적인 감각으로 간파하기에도 연륜이 너무 짧았다. 문제가 생길 때마다 워크숍 선배이자 시나리오 작가인 그에게 자문을 구하는 방식으로 해결했다. 내가 보기에도 첫 작품에 대한 과도한 의욕과 열정을 빼면 그들이 가진 것은 삐걱거리는 장비와 엉성한 팀워크, 자칫 일을 그르칠 어설픈 장인정신이 고작이었다. 그러면서도 나는 말할 때 코를 찡긋하거나 뺨을 손으로 문지르는 여배우의 버릇에 놀란다. 그가 그녀에게서 발견한 것은 연기 경력도 캐릭터 분석 능력도 아닐 것이다.

"이 부부 권태기 아니에요?"

남자배우의 말에 여배우가 고개를 젓는다.

"완전 무관심인데요. 서로 화를 내고 싸우지도 않을 정도로……."

남자배우는 여배우의 말을 제대로 알아들은 것 같지 않다. 말할 때 상대의 눈을 뚫어져라 쳐다보며 집중해서 듣는 태도만은 쓸 만했다.

"이 여자 폰섹스 할 때 말고는 어느 것에도 집중을 못해요. 특히 남편하고의 대화는. 이거 봐요. 얘기하다 말고 아이 방에 가보는 신. 남편 친구가 죽었다는데 발톱 깎으면서 고개도 들지 않잖아."

"그러면 뭐야? 애정이 전혀 없는 부분가?"

남자배우는 또 엉뚱한 말을 했다. 애정? 그 말이 너무나 생급스러워서 웃음이 비어져 나왔다. 얘네들 완전히 엉뚱한 데 가서 헤매는군. 나도 부부에게 애정이 필수적이라고 생각했던 적이 있었던가. 그랬을 것이다. 그 생각이 아무것도 해결해주지 않는다는 것을 깨닫기 전까진. 무언가를 따지고 분석해본 지도 오래되었다. 정말 까마득한 일이다. 그러지 않고도 별문제 없이 잘 살아왔다. 그들은 지나치게 진지했다. 진지한 사람은 어쩔 수 없이 원론적이다. 그런 만큼 나이브할 수밖에 없다. 이견에도 불구하고 그들의 얼굴에 일제히 떠오른 것은 골치 아파 죽겠다는 표정이었다. 나는 그들의 대화를 흥미롭게 지켜본다. 마음속에 뭔가 위험스럽고 석

연치 않은 것이 끼어들었음 또한 감지한다. 구경거리를 접할 때 알지 못하는 사이 감수해야 할 것. 어떤 식으로든 자신도 연루될지도 모른다는 위험부담이다. 감정을 소모하는 정도로 끝나든 개운치 않은 뒷맛을 남기든 그것은 구경하는 사람이 겪어야 하는 필수과정, 관람료인 셈이다. 지금은 내가 그들을 구경하는 건가, 그들이 나를 구경하는 건가. 나는 베란다 쪽에 서서 거실을 들여다본다.

불행인지 다행인지 그가 만들어낸 수현이라는 여자는 나와 달리 어딘지 모르게 촉촉한 구석이 있다. 그건 아주 짧은 순간이다. 혼자 전화도 걸지 않고 어린 남자와 폰섹스로 욕망을 달래지도 않고 청소 같은 집안일은 더더구나 하지 않는 잠깐 동안, 수현은 가만히 소파에 앉아서 창밖을 내다본다. 거실에서 내다보는 풍경은 훨씬 비현실적이다. 수많은 생각이 담긴 얼굴, 또는 완전무결하게 비어 있는 얼굴로 깊은숨을 쉰다. 그 순간 석양이 비끼기라도 하면 그녀의 모습은 더없이 처연할 것이다.

베란다는 아파트에서 유일하게 바깥 풍경과 통하는 공간이다. 시나리오 속의 그녀는 여간해서 베란다에 나서지 않는다. 허공을 볼지언정 절대로 아래를 내려다보지 않았다. 집 안에 있을 때 줄곧 베란다에 나가 밖을 내다보곤 하는 나와 달랐다. 수현은 고요히 앉아 있을 뿐이다. 지금의 나처럼 저 아래 까마득한 세상을 내려다보며 한 발을 허공에 내딛고 싶은 충동과 싸우지 않는다. 나는 자주, 지나치게 자주 무엇인가가 끼어들어 내 뒤에 버티고 선

온전함이, 그럴듯한 거짓이 산산이 부서지길 바란다. 끄떡도 하지 않을 것이다. 잠시 미미한 파문이라도 일으킨다면 그나마 다행이다. 그런 욕망조차 이제 습관 이상이 아니다. 습관적으로 욕망하고 습관적으로 분노하고 습관적으로 생존한다.

높은 곳에서 내려다보는 지상은 그저 깜깜한 절벽이었다. 허공을 걸으면 걸어질 것 같다. 얼마나 재미있을까. 나의 상상은 거기서 멈추지 않는다. 나라면 땅바닥으로 곤두박질치지 않고 그저 사뿐히 허공을 몇 발자국 걷다가 다시 이곳으로 가볍게 돌아올 수 있을 것 같다. 언젠가 신문에서 읽은 적이 있다. 고층건물 유리창을 닦는 남자는 이런 말을 했다.

"남들은 더 높은 곳으로 올라갈수록 성취감을 느끼지만, 유리창 닦는 일은 아래로 내려갈수록, 땅에 가까워질수록 성취감을 느껴요."

마침내 땅에 내려서서 반짝반짝 깨끗해진 건물을 올려다볼 때의 상쾌한 기분, 그 맛에 이 일을 한다며 그는 검게 탄 얼굴에 환한 미소를 피워 올렸다. 지상에서처럼 똑같이 커피도 마시고 동료와 얘기도 하고 담배도 피운다고 했다. 공중에서 말이다. 가끔 방귀가 나올 때도 있는데 자신도 모르게 주위를 둘러본다고 했다. 보는 사람이 아무도 없는데도. 남자가 진짜 하고 싶었던 말은 이런 게 아니었을까. 허공을 디뎌본 사람은 높은 곳을 꿈꾸지 않아.

나의 공상은 누군가의 고함으로 거기서 그쳤다. 거실이 갑자기

왁자지껄해졌다. 야구모자가 연출을 맡은 생머리한테 모자를 벗어 던졌다.

"그렇게 잘하면 네가 한번 해봐!"

말다툼이란 게 으레 그렇듯 별것도 아닌 일에서 시작되었다. 누가 자신의 의견을 말한다, 상대가 그것에 대해 이의를 제기한다, 말을 하면 할수록 점점 더 화가 나고 나중에는 분노의 속도에 밀려 점점 더 큰 싸움으로 치닫는다, 뭐 이런 식이다.

남편이 아내와 얘기를 나누는 장면을 찍던 중이었다. 남편은 친구가 죽었다며 음울한 표정을 짓지만 아내는 듣는 둥 마는 둥이다. 남편은 아내를 빤히 쳐다본다. 그 장면에서 아내 얼굴을 클로즈업하자는 의견을 낸 건 생머리였다. 카메라를 다루는 솜씨가 설익은 야구모자가 자꾸 실수를 했다. 급기야 생머리가 신경질을 냈고 두 시간째 무거운 장비를 들고 씨름하던 야구모자의 감정이 폭발하고 말았다. 생머리의 말은 들으려고도 하지 않고 소리부터 질러댔다. 야구모자를 노려보던 생머리는 어처구니없다는 표정을 짓더니 밖으로 나가버렸다. 야구모자는 그제야 실연당한 얼굴로 생머리의 뒷모습을 멍청히 쳐다본다. 말끝마다 '좆나'를 붙이며 섣불리 사내다움을 과시하던 이전의 모습은 온데간데없다. 재채기와 가난과 연애는 숨길 수 없다더니. 그는 내 쪽으로 다가와 살며시 어깨에 손을 얹는다.

"괜찮아?"

무슨 뜻일까. 그가 불안을 감추기 위해 말을 하는 사람이었나. 아마 내가 이 영화를 보지 않길 바랐을 것이다. 나는 고개를 끄덕이며 어깨에서 그의 손을 떼어냈다. 우리 사이에 남은 게 아무것도 없다는 쓰라림만 가슴을 훑고 지나갔다. 그는 야구모자한테 가서 나한테 했던 것과 똑같은 동작을 한다.

야구모자 입에서 시나리오를 도저히 이해할 수 없다는 말은 아까부터 나왔었다. 메마를 대로 메마른 중년 부부의 삶을 이해하기엔 자신의 인생이 너무 달콤하기만 할 것이다. 하물며 사귄 지 두어 달밖에 안 된 연인임에야. 워크숍 과정 석 달 동안의 연애는 그들에게 그 이상을 가르쳐주진 않았을 것이다. 더 이상 손 쓸 부분이 남아 있지 않은 인생에 대해 알 턱이 없었다. 왜 이렇게 살지, 헤어지면 되잖아. 생머리는 심드렁하게 말했다. 왜 그딴 회사를 다니니? 당장 집어치워. 이런 충고와 마찬가지로 공허하기 이를 데 없다. 모든 게 바뀔 수 있고 변화시킬 수 있다고 믿기에 어떤 말이라도 할 수 있는 나이. 나는 그들을 한심해하기보다 차라리 부러워하는 쪽에 속했다.

이 시나리오를 쓴 그는 달랐다. 그는 변화를 믿지 않았다. 그 점이 결혼해보지도 않고 나의 삶을 이렇게 본 것처럼 그려낼 수 있게 했을 것이다. 자신이 세상을 새끼손가락만큼도 움직일 수 없다고 일찌감치 마음을 접었다. 떠나는 애인을 붙잡지도 않고 돌아온 애인을 반기지도 않았다. 더 오래 함께 있어 달라고 매달리는 일도 물론 없었다. 그에게는 하루하루가 그저 때워야 하는 빈 시간, 써서 없애야 하는 소모품 정도였다. 인생의 무게란 말 자체를 가당치 않게 여겼다. 시나리오 속의 수현을 보면서 내가 담담할 수 있었던 것도 그 때문이다. 내가 따진다면 그는 뭐라고 할까. 그래서 뭐가 어떻다는 거야? 라고 할 게 틀림없다.

반지하 셋방에서 몇 년째 실업자로 지내고 있는 서른세 살의 남자. 딱 잘라 실업자라고 단정하면 그가 화를 낼지도 모르겠다. 굳이 설명을 붙이자면 한시적인 실업자였다. 돈이 떨어지면 무슨 일이든 했다. 포장이사 일도 하고 막노동도 하고 영화와 관련된 아르바이트 일도 했다. 알음알음으로 할 수 있는 꽤 많은 일자리를 확보하고 있었다. 그가 세든 반지하방은 그의 숙주였다. 그곳은 그를 숨겨주고 창작열을 식힐 수 있게 해주었다. 그의 존재 또한 내게는 세상의 빛을 피해 숨을 수 있는 숙주였다.

반지하라는 말 앞에 붙은 '반'자는 얄량하게 절반이 지상으로 올라와 있는 창문을 일컫는 말이다. 사식처럼 햇볕을 제공하는 책받침만 한 창문. 그의 방을 완전히 어둠에 내주기 아깝다는 듯 세상과 연결시켜주는 통로 역할을 했다. 그는 이따금 그 유리창을 통해 마당을 오가는 사람을 바라보았다. 돈을 벌지 않아도 되게끔 조금씩만 먹으면서 창가에 서서 햇볕을 받았다. 양분을 섭취한 식물처럼 그는 금방 생기 있는 표정을 되찾았다. 나는 그나마 그 빛도 싫어 방에 들어오자마자 커튼을 쳤다. 거기 있을 때는 어둠조차 지긋지긋했지만 그곳을 떠나면 곧 그 어둠이 그리웠다. 그는 하루 중 대부분의 시간을 커튼을 내린 채 보냈다. 그의 친구들조차 그를 만나기 위해서는 지하방으로 찾아왔다. 이제는 커피값을 아끼기 위해서만은 아니었다. 그 방에 들어서면 공기와도 같은 어둠에 대해 다들 한 마디씩 했다. 방이 너무 어둡다. 당연한 말을 싱겁게 하는 친구에서부터 고분 속에 들어와 있는 것 같다며 의미심장한 표정을 짓는 친구까지 다양했다. 그러니 네 얼굴이 시체 같지, 인마, 라며 핀잔을 주는 친구도 있었다.

한 가지 공통점은 그들은 그 방에 들어오기만 하면 완전히 딴사람처럼 군다는 것이다. 방 안을 맘대로 어지르고 끼니 따위는 까맣게 잊었다. 밤새 술을 마시며 떠들어대다 되지도 않는 핑계를 만들어 회사를 빼먹기도 했다. 적당한 이유가 생기면 아무 때고 찾아와서 한바탕 흔들다 떠나곤 했다. 상대가 누구든 그의 대응은 똑같았다. 뭘 하든 가만 놔뒀다. Let it be. 그가 세상을 살아가는 유일한 방식이라면 방식이다. 그가 그토록 바라듯이 세상도 그를 가만히 내버려두면 좋을 테지만 그것만은 쉽지 않았다. 그곳을 방문한 사람들은 떠날 때면 하나같이 숙박비라도 지불하듯 충고를 잊지 않는다.

"너 언제까지 이렇게 살래? 빨리 정신 차려야지."

그가 그들의 말을 귀담아듣지 않는다는 것을 안 순간, 일시적인 우월감이 모멸감으로 바뀔 것을 두려워한 그들은 버럭 화를 냈다.

그 화는 딱히 그를 향한 것이라고 보기 어려웠다. 그 점에 있어서는 단 한 명의 예외도 없었다. 얼마나 명쾌한가. 단 한 번의 예외도 없는 법칙이라.

오후가 되면서 아역배우가 자꾸 짜증을 냈다. 아침부터 내내 기다린 데다 자장면으로 간단히 점심을 때운 것도, 맨 처음 설정한 옷을 계속 입고 있어야 하는 것도 지겹다고 했다.

"나 이 옷 싫은데…… 딴 옷 입으면 안 돼요?"

"그래도 영화에 이 옷이 나오기 때문에 입고 있어야 돼."

트리 신을 맡은 연출은 쌍꺼풀 수술한 눈을 크게 뜨며 아이를 다그친다. 아이는 여전히 딴청을 부렸다. 거기다 몰래몰래 물고기한테 먹이를 주다가 스태프한테 야단을 맞은 게 결정적이었다. 제 차례가 되어 카메라 앞에 섰는데 입이 삐죽 나와 있었다.

"지난번에 찍은 거 다시 한다고 했잖아. 똑같이 해야 한다니까. 잘할 수 있지?"

계속되는 쌍꺼풀의 주문에 아이는 울먹이며 대답했다.

"웃어지지가 않아요."

아이가 포함된 신을 제일 먼저 찍었어야 했는데 문제가 많은 장면만 신경을 쓰다 일이 꼬이고 말았다. 모두 경험이 없다 보니까 아역배우를 배려하지 못했다. 트리에 장식을 걸면서 엄마와 다정하게 마주보는 장면인데 볼멘 얼굴이다. 미소 띤 행복한 표정이 안 나온다. 아이를 잠깐 쉬게 해줄 수밖에 없었다. 촬영은 중단되었다. 날짜는 임박해오고 촬영 장비도 빨리 반납해야 한다. 아파트도 오늘까지 비워줘야 하는 입장에서 스태프들은 또 그들대로 화를 참고 있는 얼굴이다. 그는 늘 하던 대로 일체의 언급을 포기한 채 내가 앉아 있는 식탁으로 다가왔다.

"쟤네들 며칠 전에 편집된 필름 보고서 안 그래도 잔뜩 의기소침해 있는데 애까지 속을 썩이네. 트리 주변에 그림자가 생긴 데다 포커스도 안 맞더라구."

여배우도 기다렸다는 듯이 한 마디 거든다. 저 다시는 여기 김포에 오고 싶지 않을 것 같아요. 남양주 우리 집에서 여기까지 세 시간이 넘게 걸려요. 그녀는 뭐라고 더 말할 분위기가 아니라는 걸 간파하고 그쯤에서 입을 다물었다. 여배우도 지루한 기다림에 어지간히 지쳐 있는 눈치다. 생머리가 아이를 데리고 나간다. 야구모자가 머뭇거리다 뒤따라간다. 현관문을 나서는 아이의 뒷모습을 바라보던 나는 가슴을 문지른다.

아역배우와 달리 딸은 여간해서 입을 열지 않는다. 온종일 스케치북만 들고 다니며 그림을 그린다. 딸은 말없이 남편과 나 사이를 따로따로 왔다 갔다 한다. 대화라는 것도 배워야 한다는 걸 나는 아이를 통해서 알았다. 딸아이는 말 거는 법을 잘 모른다. 셋이 같이 얘기를 나눠본 지도 퍽 오래 되었다. 최소한 그렇게도 살아진다는 걸 배우겠지.

얼마 전부터 캠프 가서 배운 수화로 나한테 가끔 말을 건다. 왼손바닥에 오른손 주먹을 문지르며 사랑한다고 말했다. 선생님이 그렇게 하라고 시킨 모양이었다. 손가락으로 말하는데 재미를 붙여 수화로 배운 동요를 며칠 동안 흥얼거리며 다녔다. 손으로 말하는 것에 오히려 편안함을 느끼는 것 같았다. 자음과 모음까지 다 손가락으로 표현했다. 덩달아 나도 신기한 생각이 들어 제대로 배워볼 요량으로 인터넷을 뒤졌다. 수화를 가르치는 곳이 꽤 있었다. 그중에서 '아름다운 손짓'이라는 단체가 맘에 들었는데 거기엔 전화번호가 없었다. 연락처라고 적혀 있는 것은 달랑 팩스번호 하나였다. 들을 수 없는 그들이 전화를 사용할 수 없다는 당연한 사실에 충격을 받았다. 팩스를 보낼 마음까진 들지 않았다.

생머리가 야구모자와 함께 아역배우를 앞세우고 현관문에 들어선다. 언제 싸웠냐는 듯 시시덕댔다. 그들이야말로 단란한 가족으로 보인다. 아역배우의 손에 아이스크림이 들려 있다. 표정도 풀어져 어느새 웃고 있다. 아이스크림 하나를 해치우고 트리 앞에 선 아이는 기분이 한결 좋아 보였다. 촬영이 시작된다는 신호로 꽁지머리가 베란다로 통하는 유리문을 닫았다. 밤 신을 찍느라 창문이란 창문은 전부 회색 부직포로 가려놓아서인지 갑갑했다.

나는 다시 담배 한 개비를 빼들고 베란다로 나간다. 긴 터널을 벗어난 것처럼 안도감을 느끼며 허공을 바라본다. 비가 오려는지 살갗에 닿는 공기는 무겁고 눅진했다. 버릇처럼 맞은편 아파트를 건너다본다. 아무도 없다. 어느 집이었지. 아까 남자가 나와서 담배 피우던 베란다를 찾을 수가 없다. 위에서 네 번째 중간쯤이었을 거야. 나는 힘이 빠진 목소리로 중얼거린다. 어느 날 심술궂은 사람이 아파트의 동과 호수를 모조리 지워버린다면 그 숫자의 도움 없이도 다들 제 집을 잘 찾아갈까. 그런 일이 생길 것을 대비해서 베란다에 혹은 대문에 깃발이라도 꽂아야 하는 거 아닌가. 처음 아파트에 살게 되면서 했던 걱정이 슬그머니 되살아났다.

트리 신과 함께 언제까지고 계속될 것 같았던 촬영이 끝났다. 모두들 숨을 크게 내쉰다. 나는 왼손바닥에 오른손 끝을 갖다 댄다. 수화로 동사의 과거형을 표현하는 방법이다. 했다, 또는 갔다, 라는 동사의 원형 다음에 '끝'이라는 뜻의 수화를 함께 사용하면 과거를 뜻한다. 장비는 원래대로 상자에 담겨졌다. 그들은 각자의 집으로 돌아갈 채비를 하고 있다. 나는 창문을 뒤덮었던 시커먼 부직포 떼는 것을 거든다. 조명이 꺼진 방 안으로 일몰의 어슴푸레한 햇빛이 들어왔다. 어느새 밖은 어두워지기 시작했다. 이제야 진짜 밤이 되었는데.

나는 건너편 아파트를 내다본다. 눈에 들어오는 것은 허공을 메운 어둠뿐이다. 속옷 바람으로 서서 담배를 피우던 남자는 어디로 갔을까. 오른손바닥을 펴서 가슴을 문지른다. 나는, 나예요, 내가…… 많은 문장이 이것으로 시작된다. 너를, 너는, 너한테…… 이것은 모두 오른손 검지로 상대를 가리키면 된다. 왼손은 아까부터 내 옆에 서서 창밖에 눈을 두고 있는 그의 손아귀에 잡혀 있다.

논과 밭을 지난 곳에서 시작된 대규모 아파트 단지 덕분에 도로는 팔차선으로 시원하게 뚫려 있다. 스태프가 부르는 소리에 그는 집 안으로 들어간다.

내가 그를 돌아본 잠깐 사이 마술을 부린 것처럼 건너편 베란 다에 남자가 나와 있다. 그의 손끝에서 담뱃불이 모스부호처럼 깜박, 까암박 신호를 보낸다. 나는 반가운 마음에 화답하듯 손을 들 어 몇 번 까닥인다. 의미가 있는 동작이라고 생각되지 않는 그 손 짓을 멈추지 않는다. ㄱ ㄴ ㄷ ㄹ 그저 몇 글자의 지문자指文字를 허 공에다 대고 써 갈긴다. 남자가 입은 흰 러닝셔츠는 구조 요청을 하는 깃발처럼 어둠 속에서 뚜렷이 빛났다. 허공을 디뎌본 사람 은 높은 곳을 꿈꾸지 않아, 그가 그렇게 말하는 것 같았다. 난간에 기대선 그의 손에서 담뱃불이 다시 느리게 깜박였다. 그가 왼손을 앞으로 뺐다. 손을 양쪽으로 휘젓더니 하늘을 올려다보았다. 그 는 손을 거둬들이며 뒤로 조금 물러섰다. 그 손으로 얼굴을 쓸었 다. 베란다 유리문에 빗방울이 한두 방울 떨어지기 시작했다.

나는 차라리 손을 내리고 큰 소리를 지르고 싶었다. 이 아파트 사람들이 수군거리며 전부 창문을 열고 내다볼 만큼 요란한 소리 로. 참, 그런데 수화로는 고함을 어떻게 치지? 음량 조절은 불가능 한가. 허공을 바라보고 서서 난데없는 갈급증에 어쩔 줄 모른다. 몇 달씩 대화라는 걸 거두고 살아도 하나도 불편하지 않았었다. 손가락을 펴서 허공을 휘젓는다. 베란다 창을 열어 고개를 빼고 더 큰 몸짓으로 외친다. 기껏해야 내 귀에 바람을 가르는 손놀림으로밖에 들리지 않는 그 소리가 맞은편까지 닿을 리 없다. 마음이 다급해져 창을 더 활짝 열어젖힌다. 바람이 안으로 들이친다. 빗방울 몇 개가 뺨을 때린다. 내 몸이 허공에 들어 올려진다. 가볍게 허공을 향해 날아가며 나는 팔을 길게 뻗는다. 뻗은 왼팔을 오른손으로 쓸어내린 후 주먹을 쥐어 앞에 놓는다. 헬로. 손가락은 정확하게 움직이지만 시선을 집중해서 표정을 읽어야 할 사람은 너무 멀리 있다.

감쪽같은 저녁

도마뱀과 함께 산 적이 있었다. 이 말은 오류다. 함께 살려면 합의가 필요하다. 우리 사이엔 아무런 합의 절차가 없었다. 내 옆에 항상 도마뱀이 있었지만 나는 도마뱀을 부른 적이 없다. 초대도 호출도 없이 도마뱀은 아무 때나 나를 찾아왔다. 굳이 내칠 필요는 없었다. 도마뱀과의 동거는 순조로웠다. 나한테 도마뱀에 대한 혐오가 없었고 도마뱀한테 무능한 남자에 대한 경멸이 없어서 가능한 일이었다. 어떤 일이든지 수선 떠는 걸 싫어하는 내 체질 탓도 있다. 내버려 두기. 그런 올림픽 종목이 있다면 나는 메달권에 들고도 남을 것이다. 여자 친구와도 이럴 수 있다면 더 바랄 게 없을 텐데 그건 내 뜻대로 되는 일이 아니었다.

　사람과 마찬가지로 도마뱀도 같이 살다 보면 곧 서로의 습성을 파악하게 된다. 지나다니는 길도 일정했고 자세도 행동도 큰 변화가 없었다. 도마뱀은 매일 천장에서, 벽모서리에서, 전등 근처에서 나를 바라보았다. 주로 높은 곳에서 내려다보는 것을 좋아했다. 어떤 때는 내 가방 위를 기어 침대 위로 올라왔다. 도마뱀이 기어 다닌다는 건 인간의 편견에서 비롯된 생각이다. 도마뱀이 파충류니까 당연히 기어 다닐 거라고 생각하지만 실제로 도마뱀을 보고 있으면 그렇지 않다는 걸 알 수 있다. 바닥에 몸을 붙이고 밀듯이 간다는 점 때문에 기어간다고 말하지만 움직이는 속도를 보라. 메뚜기보다 더 빠르다. 날아간다는 동사를 쓴다 해도 하등 이상할 게 없다. 내 기척에 놀라 도망칠 때 도마뱀은 결코 기어가지 않는다.

어느 정도 친해지자 느낌인지는 몰라도 도마뱀의 동작은 조금 느려졌다. 도마뱀은 나보다 먼저 이 방에 살기 시작한 거주자요, 진짜 주인이다. 나 이전에 수많은 여행객을 상대했을 테니 그들과 나의 차이점과 공통점을 재빨리 파악해서 대처해나갔을 것이다. 내가 비교적 오래 머문다는 점에서, 소란스럽지 않고 움직임이 적다는 점에서 도마뱀은 안심했으리라. 침대와 작은 탁자와 의자 두 개, 액자와 전등이 고작인 방에서 나는 하루의 많은 시간을 보냈다. 바게트샌드위치나 로티, 과일을 사다가 간식 겸 끼니로 맥주를 마실 때, 독서와 낙서를 할 때 빼곤 침대에 누워 혼자 놀았다. 뭘 하든 공격적인 인간은 아니다, 고로 경계할 필요가 없다고 판단한 게 분명하다. 이 예측은 도마뱀의 출현이 점점 잦아졌으며 머무는 시간이 길어졌다는 사실로 증명되었다.

　도마뱀 역시 내 방에 와서 하는 일이 별로 없었다. 특별한 용건도 없이 왜 그렇게 부지런히 왔다 갔다 하는지 의문스럽기조차 했다. 어쩌면 게스트하우스에서 가장 방값이 싼, 볕이 안 들어 컴컴하고 눅눅한 이 방의 조건이 도마뱀의 생장 요건과 맞아떨어졌는지도 모른다. 천장에 딱 붙어서 내가 뭘 하나 감시한다. 자기가 거기 있다고 알려주려는 의도마저 느껴진다. 이따금 나를 자극할 만한 소리를 내서 일부러 들킨다. 이건 내 착각일 수도 있다. 내가 잘 보이는 위치에 있다고 해도 꼭 나를 보는 게 아닐 수도 있다. 그냥 그곳에 있고 싶었을 뿐인지도. 내가 이 숙소에 아무런 목적도 없이 그냥 머물고 있듯이.

　두 달 후 나는 작고 어두운 방과 해변과 뜨거운 열대의 햇볕을, 그것과 동고동락한 시간을 그대로 놔두고 서울로 돌아왔다. 마지막 날 밤에 나는 보통의 여행자들이 그러하듯이 이별의 의식을 치르고 싶었다. 주머니를 털어 남은 바트가 얼마나 되나 세어본 뒤 식당으로 갔다. 스팀보트에 꼬치 메뉴까지 최후의 만찬이라 이름 붙일 만한 식사를 하고 동네를 느리게 한 바퀴 돌았다. 경험해본 사람은 알겠지만 몇 달 살았던 곳을 떠날 시간이 코앞에 닥치면 이해할 수 없게 낭만적인 우울에 빠진다. 새삼 인생을 향해 비장한 각오를 다짐하면서 중대한 일을 앞둔 사람처럼 자신을 한껏 북돋아주고 다독인다. 여태껏 펼쳐놓아 맘대로 돌아다니게 했던 마음을 하나씩 개켜서 챙기며 새로 맞이할 인생에 대비한다.

시간 많을 때는 돌아다니지 않던 뒷골목과 거리를 어슬렁거리며 인상적인 기억을 환기시키고자 했다. 전리품 하나쯤은 가져가야겠다는 심정이었다. 자주 드나들던 식료품 가게와 식당, 카페의 간판과 점원의 얼굴도 새삼 애틋한 눈길로 바라보았다. 사다주고 싶은 사람도 살 만한 물건도 없었지만 기념품 가게에도 들렀다. 기념품이란 게 사다주는 사람의 고심이 무색하게 받는 사람한테는 감동도 쓸모도 없다. 여기저기 굴러다니다 결국 쓰레기통으로 향한다. 내 서랍에도 열쇠고리와 병따개, 북마크가 몇 개나 있다. 볼 때마다 저딴 건 뭐 하러 사왔나 싶다. 선물을 주는 대신 밥 한 끼 같이 먹는 게 낫다.

별 기대 없이 가게 안을 한번 둘러보자는 심사였다. 벽에 걸린 장신구와 티셔츠, 크고 작은 공예품은 예상했던 것처럼 뻔하고 조악했다. 그런데도 마침표를 확실히 찍기 위해서 이런 물건들을 부지런히 사 나른다. 그 물건 중에 내 눈길을 끄는 게 하나 있었다. 목각 도마뱀. 깜짝 놀랄 정도로 닮아 있었다. 조금 전 내 방 천장에서 나와 눈을 맞추었던 바로 그놈이었다. 늘 나를 노려보던 자세 그대로였다. 흑단나무를 깎아 알록달록 색칠한 도마뱀 두 마리를 얼른 샀다. 나도 모르게 두 개가 아니라 두 마리라는 단어를 쓰고 있다. 손바닥 절반만 한 크기의 냉장고 자석은 분명 두 개라고 말해야 한다. 하지만 그때도 지금도 나는 두 마리라고 부르는 것이

마땅하다고 생각한다. 도마뱀 두 마리를 사고 나니 이제 정말 완벽하게 떠날 준비가 됐다는 느낌이 들었다. 나는 도마뱀을 손바닥 위에 올려놓고 지그시 내려다보았다. 우리의 입장은 바뀌었다.

'지금은 내가 너를 내려다보고 있구나.'

도마뱀은 눈을 말똥말똥 뜨고 나를 보았다. 나를 지켜본다고 믿게 하는 눈길이었다. 너를 두고 떠나긴 아쉬웠어, 라고 말한다면 낯간지럽겠지만 그런 마음이 전혀 없지는 않았다. 이곳에 온 것도, 하릴없이 몇 달 지낸 것도, 다시 돌아가는 것도 내 뜻은 아니었다. 지난 몇 달 간의 인생이 눈앞을 지나가며 머리를 흔들고 가슴을 때렸다.

피피섬에 온 것은 우연이었다. 전적으로 그렇다고는 할 수 없어도 계획한 일이 아니므로 그렇게 말해도 좋으리라. 열한 번째의 이력서를 낸 회사에서 합격통지서를 받았다. 꽤 내실 있는 과일수출입업체의 자금부였다. 나는 삼 년 동안 착실히 일했다. 살면서 가장 평온한 시절이었다. 나를 심하게 괴롭히는 상사도 없었고, 업무도 일주일에 한 번 정도의 야근을 제외하곤 잘 적응했다. 내 전공은 경영학이었지만 꼼꼼하고 치밀한 계산력이 필요한 회계업무가 적성에 맞았다. 우수사원이라고는 못해도 중간은 갔다. 월급은 제때 나왔고 일 년 후 대리로 승진했다. 데이트도 열심히 했으며 최근에는 적금까지 붓기 시작했다. 내 인생이 서서히 가닥이 잡히기 시작한다는 자신감도 생겼다. 이제 남은 건 결혼뿐이었다. 어떤 여자와 결혼할 것인가, 어떤 여자가 인내심이 많고 변덕이 적을까, 세심하게 살피며 데이트를 했다.

결혼에는 인내심이 필수 요소임을 확실히 안다. 신경질적이고 사납고 참을성 없는 어머니와 살면서 아버지가 어떤 인생을 보내는지 매일 생중계로 보았다. 환갑인 아버지가 위암에 걸려 반년도 못 넘기고 돌아가신 것도 평생 쌓인 스트레스가 원인일 거라고 장례식장에 온 친척들은 공감하는 눈치였다. 어머니의 불같은 성격을 아는지라 차마 입 밖으로 내뱉지는 못했다. 장소가 빈소건 어디건 그런 말을 듣는 즉시 어머니는 일 초도 참지 않고 일전을 불사했을 것이다. 어머니가 억울해하는 것은 당연하다. 아버지는 자신이 위암에 걸렸다는 걸 일찌감치 알았지만 아무한테도 알리지 않고 치료를 포기했다. 죽음의 책임자를 굳이 따지자면 아버지 자신이었다. 그런 선택을 한 이유까지 따지고 들지만 않는다면 말이다. 내가 예쁜 여자만 보면 사족을 못 쓰는 남자 부류에서 살짝 비켜 있게 된 건 어머니 덕분이다. 저 예쁜 얼굴로 남자를 얼마나 골아프게 할까, 저 얼굴에 주름살과 날선 눈빛이 더해져 미모를 덮는데 얼마나 걸릴까, 하는 생각밖에 안 든다. 그런 사람은 집안에 어머니 하나로 족하다.

적어도 내 말을 끝까지 들어주는 여자, 못마땅해도 삼 초쯤은 생각해 보고 화를 내는 여자가 내 이상형이었다. 그 간단한 조건을 충족시키는 여자는 의외로 드물었다. 내가 만나는 여자들은 듣

기보다 말하기를 더 좋아했고 못마땅하면 바로 되받아쳤다. 내가
얼마나 상처 입을지는 그다음 문제였다. 그래도 나는 연애를 게을
리 하지 않았다. 결혼만 염두에 두지 않는다면 여자는 기쁨을 주
는 존재였다. 나 또한 그녀들을 기쁘게 해주었다. 유머감각도 있
고 평균 이상의 매너와 매력을 갖추었다고 자부한다. 아이러니하
게도 그 점은 어머니에게서 배운 것이다. 남자는 모름지기 이래야
한다, 저래야 한다는 말을 귀에 못이 박히게 듣고 살았다. 그걸 따
른 사람은 불행히도 아버지가 아니라 아들인 나였다. 나는 어머니
가 아닌 다른 여자를 행복하게 해줄 터이니 어머니는 헛수고를 한
셈이다.

잘 나가던 내 인생에 브레이크가 걸렸다. 회사가 도산했다. 수
입국에 무슨 전염병이 돌아 과일 생산과 소비가 위축되고 과일값
이 폭락했기 때문이라는 것이 공식 이유였지만 사업을 물려받은
장남이 주식에 투자해서 큰돈을 날렸다는 후문이 있었다. 이유가
무엇이든 내가 직장을 잃었다는 사실은 달라지지 않았다. 취직은
그토록 어려웠건만 실업자가 되는 건 한순간이었다. 고용지원센
터에 가서 실업수당을 받기 위해 또다시 이력서 쓰고 제출하는 일
을 일과로 삼았다. 실업수당을 받으려면 취업을 위한 근거를 보고
서에 적어야 했으므로 안 쓸 수도 없었다. 이력서만큼은 남부럽지
않게 많이 썼지만 답장은 오지 않았다. 놀랍지도 않았다. 놀라지
않았다고 해서 괜찮은 건 아니다. 그 시절 내 소망은 취업이 안 되

는 건 좋은데 왜 불합격했는지 이유를 알려주는 답장이라도 받는 거였다. 불합격자에게는 예의를 지키지 않아도 된다는 법이라도 있나. 그리도 친절하게 모집 안내를 하던 직원도 왜 떨어졌느냐고 전화하면 하나같이 자기는 모르겠다며 쌀쌀맞게 뚝 끊어버렸다. 불합격 이유는 너무 빤해서 설명할 필요가 없다는 뜻인가. 그렇다 해도 미안하다, 아쉽다, 다음에 더 좋은 기회로 만나자는 등의 상투적인 편지라도 받아보고 싶었다. 사회생활에서 리액션이 얼마나 중요한지 아느냐고 끊어진 전화기를 붙들고 구시렁거렸다.

수입이 줄었으니 만나는 여자의 숫자도 줄었다. 여자의 수가 줄었다기보다 데이트 횟수가 줄었다. 어떻게든 현상유지를 해보려고 중학생한테 수학을 가르쳤다. 과외를 두 개나 하는데도 관리비 내고 식료품비 충당하고 나면 끝이었다. 독립할 때 전세금을 받아 그나마 월세 부담은 없었다. 아버지의 유산 중 어머니가 정한 내 몫이었다. 어머니는 사망신고를 하기 전에 아버지 명의의 예금을 몽땅 인출했고 보험금도 챙겼다. 나한테 상속포기각서에 도장을 찍으라고 했다. 얼음처럼 차가운 남자랑 사느라 골병든 값이라고 했다. 얼음과 불. 가까이 가려고 하면 얼음은 불을 꺼트리고 불은 얼음을 녹였을 것이다. 나는 군말 없이 도장을 찍었다. 뼈가 시리게 외로웠다는 어머니 말에 한밤중 컴컴한 거실에서 마주친 아버지와 내가 그림자놀이 하듯 할 말을 잃고 서 있던 장면이 떠올랐다.

실업 넉 달째 접어들었을 때 대학 동기한테 그럴듯한 이야기를 들었다. 한국에서 안 될 때는 국내만 고집할 게 아니라 해외로 시야를 넓혀보는 것이 어떠냐는 제안이었다. 삼촌이 태국에서 옷 공장을 하는데 매니저급의 한국인 직원이 필요하다는 전화를 받았다고 했다. 그때는 눈이 번쩍 뜨이는 얘기라 그 좋은 자리에 왜 너는 안 가느냐고 물어보지 못했다. 그는 자기한테 친구가 여럿 있지만 모든 면에서 내가 적임자라서 추천하는 거라고 했다. 실업자 친구를 챙겨주는 그가 눈물 나게 고마워서 이것저것 따져보지 않고 바로 태국으로 건너갔다.

상황은 듣던 바와는 딴판이었다. 매니저라는 건 직함뿐이고 업무내용은 논산훈련소의 조교 아니면 기숙사 사감과 다를 바 없었다. 월급은 적었고 일은 밤낮이 없었다. 언제든 불려나갈 수 있게 숙소도 공장 안에 있었다. 나를 위한 인간적인 배려라고는 찾아볼 수 없는 최악의 시설이었다. 그걸 불평할 상황이 아니었다. 내가 이럴진대 직원들은 오죽하겠는가. 대부분 월 기본급 80달러로 중노동에 시달렸다. 1970년대 한국의 청계천 봉제공장 기사를 읽은 적이 있는데 딱 그 수준이었다. 기계 사이를 오가며 게으름 피우는 직원을 다그치는 것이 내 일이었다. 일거수일투족을 감시하면서 혹독하게 몰아붙여 딴짓 못하게 하라고 아침마다 사장이 녹음기처럼 같은 말을 반복했다. 화장실을 맘대로 못 가는 건 물론이고 옆 직원과의 대화도 금지였다. 양계장의 닭처럼 제자리에 앉아 일만 해야 했다. 화장실을 왜 그렇게 자주 가느냐? 옆 사람하고 무슨 얘기를 하는 거냐? 따위의 말을 종일 떠들어대야 하니 죽을 맛이었다. 나는 착한 사람은 아니었지만 독한 사람도 못됐다. 사회생활에서는 매정하고 독한 성격도 능력이었다. 하루하루 지옥이 따로 없다 생각하며 한 달을 버틸 때였다. 삼촌이라는 인간이 친구와 통화하는 소리가 열려 있는 문 밖까지 들렸다.

"야, 넌 어디서 저런 어리버리한 걸 보냈냐? 불독 같은 놈 하나 보내랬더니. 뭐? 똑똑해? 참나, 똑똑한 놈 다 얼어죽었냐 새꺄! 뭐가 앞가림은 해. 저놈 하는 짓 보고 있으면 속이 터져서 혈압이 팍팍 올라간다. 눈치를 줘도 모르고 내가 미쳐버리겠다."

얼굴에서 열이 뻗쳐 사무실 문을 열어젖히고 들어갔다. 멱살을 틀어잡고 싶었지만 참고 그만두겠다며 모자를 벗어 던졌다. 사장은 자청해서 그만두는 거니까 퇴직금은 없고 조카를 봐서 월급은 한 달치를 주겠다며 선심을 썼다. 되지도 않는 감시원 노릇 오늘로 끝! 이제 해방이었다. 해외취업은 무슨, 내 주제에. 당장 서울로 돌아가야지. 그날 밤 쓰디쓴 태국커피를 마시며 찬찬히 생각을 해보니 너무나 억울했다. 본전 생각이 났다. 이왕 끊어온 비행기표도 육 개월짜리인데다 이때 아니면 언제 외국여행을 해보겠냐 싶었다. 친구를 원망하고 줄어드는 돈을 걱정하던 마음은 곧 사라졌다. 갑자기 이리 갔다 저리 갔다 하다가 낙동강 오리알도 되는 게 인생이었다. 어차피 망한 거 당분간 여기서 편안히 놀다가기로

했다.

　결정을 하고 나자 시간이 갈수록 마음이 편안했다. 관광객이 비교적 적다는 피피섬으로 가서 가장 싼 게스트하우스에 짐을 풀었다. 낮에는 해변에서 놀고 저녁때는 돌아와 방에서 빈둥댔다. 책도 잘 읽혔다. 소설책 한 권과 자기계발서 두 권, 영어회화 책 한 권을 가지고 왔는데 번갈아가며 읽었다. 평소와 달리 감정이입이 잘 돼 작가가 무슨 말을 하려는지 다 알아들었다. 사소한 것을 발견하고 관찰하고 진지하게 궁구하는 것이 자기의 일이라는 작가의 말 한마디 한마디가 더없이 위로가 되었다. 머리칼은 희고 주름살은 많아도 심장만큼은 뜨겁고 단단해 보였다. 가난이 삶의 일부분임을 인정하고 끝내 벗어나지 못한다 해도 어쩔 수 없다는 자기고백은 마치 지금의 나를 보고 쓴 것 같았다. 그가 말한 가난의 주체가 돈이 아니라 영혼일지라도 고마운 일이 아닐 수 없었다. 재미있는 소설은 재미있게 읽고, 재미없는 책도 재미있게 읽었다. 내 머리가 완전히 콘크리트가 된 건 아니었다.

　외롭고 심심해도 한국 사람을 만나는 건 되도록 피했다. 언어가 통하는 사람은 만나고 싶지 않았다. 판박이 질문을 해댈 것이고 그런 대화는 상상만으로도 하품이 났다. 모처럼의 자유를 그렇게 허비할 수는 없었다. 이대로 모든 것이 만족스러웠다. 해변에 누워 낮잠을 자다 발가락 사이에 낀 모래가 말라서 부슬부슬 떨어져 나갈 때의 부드러운 간지럼도 기분 좋았다. 파파야를 베어 물자마자 붉은 즙이 입술 양쪽으로 흘러내릴 때의 그 달콤한 끈적임은 얼마나 관능적인가. 그런 생각을 하자마자 말초신경이 맹렬하게 곤두섰다.

땀이 흐르건 말건 배가 고프건 말건 더는 참을 수 없는 지경에 이를 때까지 꼼짝도 않고 나를 내버려두었다. 내 감각이 나 자신에게 저항하는 것을 즐겼다. 있는 대로 배가 고프고 입술이 마를 때까지 목마름을 참은 다음 회심의 미소를 지으며 근처 식당으로 갔다. 차가운 타이거 맥주 한 잔에 얼음을 채워 들이켰다. 목구멍까지 얼얼해지는 첫 모금을 마시며 나는 승리감에 온몸을 떨었다. 맥주 한 병을 비운 뒤 먹는 쌀국수의 맛은 또 얼마나 환상적인지. 처음에는 고약했던 향채 냄새도 거뜬히 이겨냈다.

배가 든든해져서 돌아오면 이제나 저제나 하고 기다렸다는 듯 도마뱀이 나타난다. 일자형 싸구려 형광등 옆에 붙어서 나를 쳐다본다. 나는 침대에 걸터앉아 도마뱀과 눈을 맞추고 노려보았다. 눈싸움으로는 도저히 도마뱀을 당할 수 없어 부채로 허공을 휘저었다. 도마뱀은 놀라서 몸을 날리듯 내려와 침대 뒤로 사라졌다. 잠시 후 어디쯤에서 나타날지 나는 알고 있다. 이미 동선을 다 파악했다. 나는 방문 옆 벽 모서리쯤에 앉아서 기다렸다. 내 예상은 빗나가지 않았다. 도마뱀이 벽을 타고 내려왔다. 중간쯤 왔을 때 잽싸게 도마뱀에게 손을 뻗었다. 도마뱀이 손에 잡혔다. 내가 가늠한 거리와 팔의 길이가 정확하게 맞아떨어졌다. 차갑고 미끄러우면서도 까끌까끌한 작은 생명체의 감촉을 느끼려는 순간 도마뱀은 달아나버렸다. 꿈이 아니라는 듯 내 손에 남은 도마뱀의 꼬리가 꿈틀거렸다. 제 꼬리를 떼어버리고 도망친 것이다. 제법인걸. 이제 난 너를 더 잘 알아볼 수 있다. 꼬리 없는 놈. 딱 걸렸다.

그날도 다음날도 내 방에 꼬리 없는 도마뱀은 나타나지 않았다. 나한테 겁먹고 아예 발길을 끊은 건가. 하루 동안 새 꼬리가 돋아난 건가. 이유는 지금도 모른다. 어쨌거나 나는 잘 지냈다. 내 인생을 내 마음대로 하고 있다는 감정은 세상에 태어나서 처음 느껴보았다. 손가락 사이로 모래가 빠져나가듯 지갑의 돈이 매일 줄어들고 있다는 불안감만 빼면 다 좋았다. 돈은 결정적이며 그걸 걱정하는 것이 현실감각임을 굳이 깨달을 필요는 없었다. 옳고 명백한 사실이라면 언제 깨달아도 옳고 명백하므로 시점은 중요하지 않았다. 기간을 연장할 수 있다면 최대한 연장하는 것도 나쁘지 않다. 막다른 골목에 다다르니까 배짱만 늘었다.

시간이 흐른다는 게 뭔지, 시간이 흘러가면서 어떤 일들을 벌이는지도 알게 되었다. 시간은 내게서 뭔가를 가져간다. 돈이든 체력이든 자신감이든, 마침내 젊음이든. 그 목록을 적을 필요를 느끼지 않지만 당장 보이는 건 지갑의 두께였다. 더 확실한 건 점점 뜸해지는 여자 친구의 연락이었다. 이러다가는 곧 나한테 아무것도 남지 않으리라는 신호였다. 내 잘못이 크다. 한국만큼 무선인터넷이 잘 되지는 않지만 일 층 휴게실에 가면 와이파이가 터진다. 문제는 휴게실에 잘 가지 않는다는 거다. 방에서 인터넷에 접속하려면 엄청난 데이터 사용료가 나왔다. 근면이 돈이었다. 나는 근면하지 않았다. 그걸 여자 친구가 모를 리 없었고 화날 만했다. 어제 보낸 메일은 내용이 달랑 두 줄 뿐이었다.

"언제 오는데? 오긴 오는 거야?"

긴 사연보다 많은 메시지가 전해졌다. 행간에 숨은 엄청난 말들이 정신을 번쩍 들게 했다. 읽고 또 읽었다. 수만 가지 감정이 들어 있었다. 너 그러다 영영 안 오겠다. 뭐 하고 자빠져서 서울은 까맣게 잊고 있는 거냐? 결론은 언젠가 오긴 오겠지만 나를 찾지는 말아라. 그녀의 반응이 놀랍지 않았다. 지리적으로 멀어지니까 심리적으로도 멀어졌던 건 사실이다. 서울이 아득히 멀었다. 그녀가 그립기는커녕 내가 그녀를 만난 적이 있었던가 싶게 기억도 감정도 희미했다. 오히려 돌아가 그녀를 다시 만날 일이 걱정스러울 정도였다. 얼마나 어색할까, 태국 생활에 대해서는 뭐라고 둘러댈까, 아뜩했다. 뭐 닥치면 어떻게 되겠지만 말이다.

서울로 돌아오니 실제로 어떻게든 굴러갔다. 태국에서 했던 여러 예측 가운데 가장 낙관적인 전망이 현실로 나타났다. 번듯한 회사는 아니지만 다시 취직을 했다. 전에는 그토록 힘들게 수십 장의 이력서를 써도 잘 안 되던 취업이 단 한 장의 이력서로 딱 붙어버렸다. 면접도 연수도 쉽게 통과했다. 더 이상 칠 바닥도 없다고 생각하니 대담해졌다. 전처럼 떨리지도 않았고 조급함도 없었

212

다. 누가 마법이라도 걸어놓은 것 같았다. 열심히 회사를 다니며 나무랄 데 없이 무난한 예전의 회사원 생활로 돌아갔다.

출근을 시작하고 한 달이 지난 어느 일요일 저녁, 여태 정리하지 않은 여행 가방을 책상 밑에서 발견했다. 뭐 정리하고 말 것도 없었다. 그때는 한가롭게 가방을 정리하고 어쩌고 할 정신이 없었다. 짐이라고 해봤자 세면도구와 필기도구, 책 몇 권이 전부였다. 옷만 꺼내서 빨고 나머지는 그대로 방구석에 팽개쳐두었다. 나는 자못 감상에 젖어 한동안 낯선 곳을 같이 헤맨 가방을 거꾸로 들고 내용물을 바닥에 쏟았다. 짐 속에서 도마뱀이 튀어 나왔다. 나는 도마뱀 두 마리를 냉장고에 붙였다. 도마뱀은 천장에 붙어 있던 그 모습 그대로 냉장고 문에 바짝 붙어서 나를 쳐다보았다.

물을 마실 때도 맥주를 꺼낼 때도 반찬을 찾을 때도 도마뱀과 대면했다. 서울에서는 상황이 바뀌었다. 도마뱀이 나를 보러 오는 것이 아니라 내가 도마뱀을 보러 냉장고로 갔다. 도마뱀을 볼 때마다 미소 짓곤 했다. 왜 미소가 떠올랐는지, 무슨 의미인지는 모른다. 저절로 미소가 지어졌다. 손을 뻗어 우툴두툴한 몸을 만져보기도 했다. 어떤 때는 내가 태국의 어두침침한 게스트하우스에 머무는 것 같은 착각이 들었다. 그럴 때면 베란다로 들이치는 환한 빛을 보며 서울로 돌아왔음을 일깨웠다. 나는 출근을 해야 했다. 여행과 일상을 명확하게 구분 지어주는 출근. 나는 출근이 얼마나 대단한 일인지 잘 알고 있다. 세상에서 내가 해야 할 모든 일이 출근 하나로 수렴된다. 일, 인간관계, 놀이, 돈, 사람 구실까지. 출근을 하지 않는다면 내가 무얼 해서 그 많은 걸 감당하고 수행한단 말인가.

여자 친구랑은 깔끔하게 헤어졌다. 둘 다 밀린 일을 처리한다는 듯이 한 번의 만남으로 매듭지었다. 지금은 회사의 다른 부서 여직원과 밀당 중이다. 예감이 좋다. 다음 달 내 생일에 집으로 초대할 계획이다. 얼굴이 하얗고 마른 데다 말수도 적어서 눈에 잘 띄지 않는 타입인데 자꾸 내 주위를 서성댄다. 근처 복사기 놔두고 내 자리에 있는 복사기까지 온다. 그 옆의 정수기에서 물을 하루에 열 번은 마신다. 엊그제는 나한테 커피까지 타다주었다. 지난번 복사기 고장 났을 때 도와줘서 고맙다고 했다. 복사기 옆에 적혀 있는 A/S 센터에 전화 한 통 해줬을 뿐이다. 종종 부탁드릴게요. 그녀는 어깨까지 내려오는 생머리를 찰랑거리며 수줍게 말했다. 저 다소곳함이 바로 내가 여자들에게 바라는 것이다. 마리 로랑생의 그림에 나오는 소녀를 닮았다. 우유만 먹고 사는 사람처럼 희고 맑고 조용했다. 바로 앞사람만 들을 수 있는 작은 목소리로 얘기한다. 한번 말을 트고 나니까 관계는 일사천리로 발전해나갔다. 두 번 점심을 같이 먹고 저녁식사에는 세 번 초대했다.

어제는 내 생일이었고 그녀가 집에 놀러왔다. 생일파티라는 언질은 주지 않았다. 그녀는 초대에 대한 답례로 와인을 한 병 들고 왔고 나는 미리 케이크와 꽃을 사다놓았다. 이런 경우 보통 상상하는 수준의 오붓한 시간을 보냈다. 그녀는 내가 혼자 사는 남자치고 정리도 잘하고 청소도 깨끗이 한다며 감동했다. 여자가 남자를 볼 때 저 사람의 저 버릇이 결혼한 뒤 나를 얼마나 피곤하게 할까 생각한다는 것쯤은 상식으로 알고 있다. 그녀는 안심했을 것이다. 지저분하게 어지르고 사는 남자는 아니군. 그녀는 일주일에 한번은 우리 집에 왔다. 커피나 맥주를 마시고 테이크아웃 음식을 데워 먹고 키스도 했다. 그녀는 내가 직접 요리한 음식을 대접하지 않는 것에 약간 실망한 듯했다.

"인터넷 뒤지면 없는 레시피가 없더라구요. 연습 삼아 한번 해보세요."

그녀가 세련된 방식으로 충고하지 않더라도 요리라면 나도 할 만큼은 한다. 지금은 요리를 별로 하고 싶지 않을 뿐이다. 그녀와 한두 번 잘 기회도 있었지만 나는 의도적으로 그 기회를 흘려보냈다. 지난번 연애가 너무 육체에 탐닉해서 금방 식어버린 거라고 판단했기 때문이다. 공연히 밀어붙였다가 연약한 그녀가 놀라 도망갈까 걱정되기도 했다. 천천히 해도 늦지 않다. 내 육체는 아우성이었지만 명분 있는 금욕이니 참을 수 있었다. 나는 확실히 예전보다 성숙한 인간이 되었다.

마침내 그녀와 섹스를 했다. 만난 지 두 달, 우리 집에 온 지 한 달 만이었다. 그녀는 머뭇거리며 내 팔에 안겼다. 예민하게 반응하면서 내가 이끄는 대로 잘 호응했다. 넘치지도 모자라지도 않았다. 능숙하게 몸의 리듬을 읽어냈다. 내 체온과 동작에 익숙해지자 그녀도 적극적으로 욕망을 표현했다. 그녀가 내 귓불에 키스를 하며 숨을 불어넣을 때는 작은 새가 푸득거리는 느낌이었다. 청순한 외모와는 대조적인 은근하면서도 뜨거운 섹스였다. 눈 오는 날 마시는 코코아 맛이었다. 기다린 보람이 있었다.

한두 달 더 지나 우리는 결혼에 대한 얘기를 나누었다. 서두를 건 없지만 둘 다 서로를 결혼 상대로 괜찮다고 생각하고 있었다. 그녀는 나보다 세 살이 어리니 내년이면 서른이 된다. 친구의 결혼식에 빗대어 자신의 희망사항을 얘기했다. 여태껏 여자를 만나 결혼을 구체적으로 생각한 적이 없어서 그것조차 신선했다. 둘만의 미래에 대해 조곤조곤 얘기하는 것은 참 행복한 일이었다. 왜 다들 결혼 준비가 얼마나 힘든지 아냐며 엄살이었을까.

"나는 자기가 좋으면 다 좋아요."

그녀가 돌아가고 나면 그 따사로움에 취해 침대 위에 한참 누워 있었다. 아, 그녀와 한집에서 산다면, 나는 실없이 웃었다. 갑자기 맥주 생각이 났다. 태국에서처럼 얼음을 띄워서 마시고 싶었다. 냉장고로 갔다. 뭔가 이상했다. 냉장고 문을 열려다가 다시 닫았다.

'도마뱀이 없어졌다!'

한 마리는 없어지고 한 마리만 남아서 나를 멀뚱히 바라보고 있었다. 지난 주말에 분명히 두 마리를 보았다. 어디로 갔지? 맥주 생각은 싹 사라졌다. 냉장고와 부엌 주변을 샅샅이 뒤졌다. 어디에도 없었다. 기분이 나빴다. 밤새워 한 방학숙제를 잃어버린 기분이었다. 당첨된 복권을 주머니에 넣은 채 세탁기를 돌려버렸을 때 이런 기분일 것 같았다. 머리가 뜨거워지면서 가슴에 수증기가 가득 찬 것처럼 갑갑했다. 냉장고 자석일 뿐이야. 3달러짜리 자석 때문에 이러는 건 너무 웃기잖아. 그런데 잠자리에 누워도 잠이 오지 않았다.

다음 일요일에는 그녀에게 처음으로 요리를 해주려던 계획도 취소하고 대청소를 했다. 내친김에 침대 밑과 옷장 아래까지 찾아보았다. 역시나 없었다. 찾기를 포기했을 때는 해가 지고 있었다. 베란다에 나가 어둠이 내리는 창밖을 내다보며 실로 오랫동안 잊고 있었던 불안이 가슴속에서 되살아나고 있음을 느꼈다. 어제까지 내 인생이라고 믿고 있던 것이 갑자기 없어지는 절망은 내게 낯익다. 베란다에서 혼자 우는 아버지를 훔쳐볼 때, 첫사랑의 청첩장을 받았을 때, 회사가 도산했을 때, 태국 회사에서 쫓겨났을 때 나는 절벽 끝에서 한 발을 들고 서 있는 심정이었다. 위태로움이나 절망이라는 말로는 부족하다. 롤러코스터에서 내릴 때처럼 세상 전체가 흔들리고 울렁거렸다. 호수의 얼음장이 깨지듯 가슴에 금이 쩍 가고 발밑이 꺼지는 느낌이었다. 밤새 악몽을 꾸며 잠을 설쳤다. 뚜렷한 내용도 없이 내가 어딘가를 마구 돌아다니는 잡꿈이었다. 간신히 일어나 출근을 했다. 사무실에서 마주친 그녀는 내 얼굴을 몇 번이나 살펴보며 몸살을 앓았느냐고 물었다. 눈이 쑥

들어가고 피부도 까칠하다고 했다.

"귀신 보고 놀란 사람 같아요. 피곤한가 봐. 저녁 때 맛있는 거 같이 먹어요."

고맙고 따뜻한 말에 감동 받아서 어젯밤의 악몽이 씻기는 것 같았지만 표정이나 말로 표현되어 나오지 않았다. 고작 한다는 말이 이거였다.

"이따 상황 봐서."

종일 전화로 거래처에 대금 결제를 독촉하고 은행에 들러 대출 건을 상담하고 오는 내내 머리에 들러붙어 떨어지지 않는 이미지가 있었다. 꼬리를 끊어버리고 도망간 도마뱀이다. 살아 있는 도마뱀은 공격에 대비해 꼬리를 끊고 도망갈 수 있지만 자석 도마뱀은 통째로 사라질 수밖에 없다. 몸의 한 부분을 잘라내는 것은 살아 있는 것들의 생존법이었다.

퇴근시간이 되자 더 버틸 힘이 없어서 일찍 귀가했다. 라면을 끓여먹고 숙면을 돕는다는 캐모마일차를 마시려는데 까맣게 잊었던 그녀의 말이 생각났다. 이제라도 전화를 해서 저녁을 같이 먹지 못해 미안하다고 변명해야 하는데 너무 피곤했다. 양치질만 간단히 하고 침대에 누웠다. 캐모마일차는 효과가 없었다. 잠은 오지 않고 피곤은 더욱 깊어졌다. 몸이 돌덩이 같았다가 젖은 솜 같았다가 했다. 나는 천장을 올려다보았다. 커다란 원형의 할로겐 전등이 눈부셨다. 저기에 도마뱀이 나타나서 나를 감시하듯 내려다본다면. 전처럼 아무 일도 안 하고 아무도 안 만나고 살아도 매일 웃을 수 있을 것 같았다. 여기는 태국이 아니야, 혼자 중얼거렸다. 상실감 때문에 내장이라도 들어낸 것처럼 몸이 휑했다.

잠은 점점 더 멀리 달아났다. 한번 내리막길을 달리기 시작한 감정은 쉽사리 회복되지 않았다. 사라지다, 라는 단어를 떠올렸다. 그 단어는 도마뱀처럼 머리에 달라붙었다. 사라지다, 몇 번이나 되작이며 붙잡고 놀았다. 사라지다, 흥미진진한 게임의 이름 같았다. 북유럽 공주의 이름, 남미 인디언의 맛없는 요리 이름 같기도 했다. '사라지다.' 되뇔수록 내가 애초에 이 단어를 떠올렸던 이유는 사라지고 온갖 잡념과 망상이 머릿속에서 움을 텄다.

아버지의 등이 생각났다. 내가 가장 많이 봐온 아버지의 신체 부위는 등이었다. 베란다에 서서 담배를 피우고 화분에 물을 주거나 쓰레기 분리수거를 하는 아버지의 뒷모습. 아버지는 말을 버렸다. 집에서 아버지가 자신을 주장하는 방법은 그것뿐이었다. 퇴근 후 현관문을 열고 들어올 때도, 밥을 먹을 때도, 텔레비전을 볼 때도 결코 입을 열지 않았다. 어머니는 주기적으로 발광하듯 욕까지 하며 아버지의 침묵과 싸웠다. 그래도 아버지는 입을 열지 않았다. 아버지가 말을 하면 그건 도마뱀의 꼬리처럼 어머니한테 붙잡혀 잘리고 말 것이다. 아버지 스스로 꼬리를 잘라버렸다. 아버지는 차갑고 단단하고 메마른 표정으로 어머니를 견뎠고 어머니를 학대했다. 뻔뻔하지 않은 아버지는 두 가지 감정을 가질 수 없었으므로 나에게도 똑같이 차가웠다.

내가 고등학생이었던 어느 밤이었다. 자다 깨서 화장실에 다녀오다 베란다에 서 있는 아버지를 발견했다. 담배를 피우지도 화분에 물을 주지도 않았다. 두 손으로 얼굴을 가리고 어깨를 조금씩 들썩이고 있었다. 나는 반사적으로 베란다 새시문이 열려 있나 눈을 부릅뜨고 살폈다. 문은 잠겨 있었다. 내 방에 들어와서 베란다 쪽 창문을 조금 열고 아버지를 지켜보았다. 오 분, 십 분쯤 지난 뒤 아버지는 얼굴에서 손을 뗐다. 얼마를 더 허공을 내다보고 서 있었다. 창문을 열지는 않았다. 잠시 후 돌아서서 아버지 방으로 갔다. 이후로 나는 아버지를 볼 때도 어머니를 볼 때도 그날 밤의 풍경이 배경에 있었다. 일종의 필터처럼 어떤 일도 어떤 말도 그 장면을 거쳐서 내게 입력되었다. 아버지가 몸 전체를 사라지게 하지 않고 말만 버린 것이 나는 고마웠다. 아버지의 모든 것을 용서하고 남을 만큼. 생존하기 위해 꼬리를 자를 수밖에 없는 자의 공포와 외로움이 옮겨 붙을까 봐 나는 아버지를 모른 척했다. 아버지가 죽은 뒤로 잊고 있던 그날 일이 어제 일처럼 생생했다.

도마뱀이 또 사라졌다. 그녀가 열 번쯤 왔던 날 남은 한 마리마저 사라졌다. 이제 그녀는 내 집을 자기 집처럼 들락거렸다. 우리는 마치 부부처럼 바깥보다 집에 있는 게 더 편했다. 기이한 일이다. 그녀가 왔다 간 날마다 도마뱀이 없어졌다. 더 정확히 말하면 그녀가 왔다 간 다음 도마뱀이 사라진 것을 발견했다. 그녀가 다시 왔을 때 혹시 도마뱀 못 봤냐고 물어봤다. 그녀는 그딴 건 알지도 못한다는 의아한 얼굴로 나를 쳐다보았다.

"잘 생각해봐. 냉장고에 붙어 있던 귀엽고 특이하게 생긴, 무지개 색깔 도마뱀 말이야."

"도마뱀이 냉장고에 붙어 있었다고?"

이마에 주름을 잡고 인상을 찌푸리며 물었다. 이제 그녀는 종종 반말을 했다.

"아이 참, 진짜 도마뱀이 아니라 냉장고 자석."

그제야 그녀는 어깨를 내리고 안심하는 표정을 지었다. 일 분쯤 지나 그게 더 희한하다는 표정으로 그래서 뭐가 어쨌다고? 라며 지루하다는 감정을 표현했다.

"이상하게 들릴지 모르지만 나한텐 중요한 거야."

그녀는 더 이상 내 얘기를 듣고 있지 않았다. 입술을 짜증스럽게 앞으로 내밀고 눈을 가느스름하게 치켜떴다. 그녀에게도 이런 표정이 있다니 놀라웠다. 그녀는 신경질적이고 심술 사나운 소녀처럼 손톱으로 탁자를 꾹꾹 누르며 짜증을 참고 있었다. 어젯밤에 느꼈던, 가슴이 울렁거리며 발밑이 꺼지는 느낌이 되살아났다. 나는 한숨을 몰아쉬며 감정을 누그러뜨리고 그녀에게 물었다.

"그게 왜 중요하냐고 안 물어봐? 나한테 중요한 거라는데 이유가 궁금하지도 않아?"

"알고 싶지 않아요. 내가 그런 것까지 알아야 해요?"

그녀는 말의 내용에 걸맞지 않는 조용한 목소리로 내 눈을 빤히 보며 말했다. 정직한 말이었다. 돌아보면 그녀는 알고 싶은 게 별로 없는 사람이었다. 뭘 물은 적도 없고 궁금해하지도 않았다. 모든 것을 수긍하고 모든 것을 나한테 맡겼다. 그 수긍은 납득이라기보다 체념이나 방기에 가까웠다. 몸 전체를 부려버리는 의존이었다.

"그래도 난 좀 더 얘기를 해야 할 것 같은데."

그녀는 희미하게 웃음을 지어 보이며 나를 쳐다보았다.

"그러면 얘기해요."

"네가 왜 궁금해하지 않는지가 궁금해. 나는 그 이유를 알고 싶어. 정말 이상하잖아."

그녀의 얼굴에서 웃음기가 사라졌다. 얘기를 더 진행시키지 말았어야 했다. 하지만 나는 참을 수 없었다. 내가 그런 것까지 알아야 해요? 라니. 얼마나 무서운 말인가. 애인이 중요하다는 걸 알고 싶지 않다는 말이 도무지 무슨 뜻인지 이해할 수 없었다. 그렇다면 굳이 시간과 정열을 쏟으며 함께 있을 이유가 뭐란 말인가. 그녀가 가방을 들고 일어섰다. 우리에게 할 말이 남아 있지 않다는 말을 입에 올리는 수고는 하지 않았다. 나는 그 자리에 가만히 서서 그녀의 뒷모습을 지켜보았다. 잠금장치 버튼을 누르고 문손잡이를 잡은 채 그녀는 나를 돌아보았다. 심술궂은 소녀에서 변덕스러운 노파의 표정으로 바뀌어 있었다. 나는 움직이지 않았다. 손을 붙잡아 집 안으로 끌어들이지도 않고 배웅을 해주지도 않았다. 그녀가 원하는 게 그거였다면 실망했겠지만 지금 내게 그건 하나도 중요하지 않았다. 그녀가 뭔가를 물어봐주었다면 달라졌을까. 그렇지는 않을 것이다. 아니, 그럴지도 모른다.

　문은 닫혔다. 나한테는 뭐가 올 때는 한꺼번에 오고 갈 때는 또 한꺼번에 간다. 지금은 다 가는 시기인 것이다. 내가 진짜 잃은 것은 무엇일까. 내 옆에 있으면서 나를 바라보는 듯 바라보지 않는 듯 주변을 어슬렁거리는 도마뱀 같은 존재였을까. 나를 도와주고 돌봐주고 지켜주는, 사랑을 쏟아 부을 대상을 원했던 것일까. 분명한 건 나한테 도마뱀이 필요하다는 사실이다. 적어도 지금은. 온몸으로 벽의 표면을 밀고 다니며 적당한 거리에서 나를 봐주는 존재. 도마뱀만 있다면 내가 무능해도 돈이 없어도 고립되어 혼자 낯선 땅을 떠돈다 해도 외롭지 않을 테니.

　한번 없어진 도마뱀은 돌아오지 않았다. 도마뱀을 찾으러 다시 태국 바닷가나 게스트하우스를 헤맬 수도 있지만 지금은 때가 아니었다. 손바닥에서 사라진 비둘기가 모자나 주머니에서 나오듯이 도마뱀이 가방이나 신발장 안에서 불쑥 발견될지도 몰랐다. 절대 일어날 수 없는 일이라고만은 할 수 없다. 일어나기로 든다면 간단히 한순간에 일어날 수도 있다. 함께 길을 가던 친구가 정신병자의 칼에 맞아 죽기도 하고, 같이 나들이 갔던 친구가 바로 옆에서 번개를 맞아 죽기도 하는 것이 인생이다. 거기 비하면 잃어버린 사물이 엉뚱한 장소에서 발견되는 일쯤이야 얘깃거리도 안 된다.

몇 달 전까지만 해도 어깨에 손이 스치거나 야한 농담을 건네면 범죄 의혹을 받을 회사 여직원이 지금은 내 집을 제 집처럼 들락 거리고 내 몸을 자기 몸처럼 만진다. 내 물건을 자기 편한 자리에 놓고 새로운 물건을 사다놓기도 한다. 나한테는 필요하지도 않고 나는 좋아하지도 않는 물건들이 대부분이다. 공작 꼬리 장식이 있는 티스푼이나 앙증맞은 찻잔들, 소녀 취향의 욕실매트와 타월. 밤 중에 화장실 가다 헬로 키티가 그려진 매트를 보고 깜짝 놀란 게 한두 번이 아니다. 내가 도둑질을 해서 감옥에 가거나 외국 여자 와 결혼하겠다고 선언하는 것에 비해 사소한 일이라고 생각하지 않는다.

잠정적 결별 상태에서 여자 친구한테 전화가 왔다. 받기를 망 설였다. 먼저 전화를 해서 화해의 제스처를 취해준 것이 고맙지 도 반갑지도 않았다. 십 분 후 카톡 신호음이 울렸다. 바빠요? 한 단어에 실린 무수한 감정의 파고를 가만 바라보았다. 역시 별 감 흥이 없었다. 여태까지 그녀를 상대로 꾸었던 꿈은 지난밤 꿈처럼 사라져버렸다. 바쁜 것도 아니고 안 바쁜 것도 아니다. 답을 하지 않았다. 굳이 답을 요구한다면 망설임에 이은 무응답이 답이었다. 오늘도 그녀에게 아무 연락도 안 하고 곧장 집으로 왔다. 외근할 때는 무슨 핑계를 만들어서라도 회사에 들러 그녀를 보곤 했는데 들러서 놓고 갈 서류가 있음에도 가지 않았다.

　집에 돌아와서는 거하게 식탁을 차려서 와인까지 곁들여 저녁을 먹었다. 혼자 먹긴 많군. 모차렐라 샐러드, 굴비구이, 소시지볶음, 두세 사람이 맥주 한 팩을 놓고 먹기 알맞은 양의 음식이었다. 그게 내 요리 스타일이었다. 혼자 먹을 때는 밥에 국이나 찌개, 반찬 한 가지면 끝이다. 맘먹고 요리를 할 때는 꼭 누군가를 염두에 둔다. 나는 요리를 못하지 않는다. 이 시점에서 한 여자 얼굴이 떠올랐다. 꽤나 열심히 음식을 만들어서 먹였던 여자. 음식에 관심이 없고 음식 먹는 걸 즐기지도 않는 그녀는 식당에 가서 일 인분을 시키면 절반도 먹지 않았다. 그때마다 핑계를 댔다. 짜다거나 싱겁다거나 소스 냄새가 역겹다거나 비린내가 난다고 했다. 나는 요리책을 사서 공부까지 해가며 그녀를 위해 식탁을 차렸다. 다행히 그녀는 내가 만든 음식을 좋아했다. 그녀와 사귀던 일 년, 나는 요리사 수준으로 다양한 요리를 선보였다.

　"자기가 꼭 내 엄마 같다."

　그녀는 내가 만든 비빔메밀국수를 앞에 두고 말했다. 전혀 기쁘지 않은 목소리였다. 그녀는 자기가 음식 맛을 잘 모르는 이유를 설명했다. 약사였던 엄마는 그녀에게 거의 음식을 해주지 않아서 늘 사먹거나 파출부 아줌마가 해놓은 음식을 혼자 먹어야 했다. 그녀에게 음식은 목숨을 부지하려고 먹는 모이나 사료 같은 거였다. 그날 그녀는 메밀국수를 절반도 먹지 못했다. 그러길래 밥 먹을 때 심각한 얘기를 하는 게 아니지, 그녀를 나무랐다. 그녀는 고마워, 한마디 하고는 더는 먹지도 말을 하지도 않았다. 얼마 후 우리는 헤어졌다. 특별한 이유가 있었던 건 아니었다. 어쩌다 헤어졌고 그녀를 잊었다. 얼굴과 다리가 통통 붓고 생리불순에 시달리는 열아홉 살짜리 여자애를 닦달해 야근시키던 일도 잊었다. 잊지 않고 어찌 살겠나. 여차하면 나를 떠나 더 나은 조건의 남자에게 가겠다는 암시를 하는 여자 친구를 설득할 말이 없어 실없는 유머를 남발하던 모멸감도 잊었다. 내 뇌는 현재만을 살도록 설계되어 있는 게 분명하다. 지금 그녀와 헤어져도 곧 잊고 또 새로운 사람을 만날 것이다. 여태 그래왔던 것처럼. 살기 위해 몸뚱이 대신 꼬리 하나를 떼어낸 셈이니까.

그런데 왜 사라진 도마뱀은 내 머리를 떠나지 않는 것일까. 열렬히 사랑한 것도 아니고, 지지고 볶거나 아름다운 사연을 만든 것도 아닌데. 내가 바닥을 쳤던 태국에서의 몇 달 동고동락이 이유라면 이유다. 아침에 일어나면 듣는 새소리나 열대의 바람결에 실린 꽃 냄새처럼 그냥 스쳐 지나간 존재였다. 그 도마뱀은 지금도 태국의 어디를 돌아다니고 있겠지. 나는 도마뱀을 그곳에 두고 왔다. 그러면 끝난 것이다. 이성적인 방식으로 나를 설득하려고 했다. 내게도 사라지지 않는 기억이 있다. 그 방의 눅눅한 공기가 주었던 위안과 평화.

나는 깜깜한 창밖을 내다보며 와인을 한 모금 마셨다. 와인이

226

혀에서 목으로 넘어가며 떫다가 시다가 쓰다가 결국은 달콤한 유혹이 되어 위장으로 흘러갔다. 몸도 마음도 평화롭고 안온하다. 샐러드는 다 먹었고 소시지는 하나 집어 먹었다. 비린내가 지독한 굴비도 와인과 뜻밖에 잘 어울렸다. 가운데 도톰하고 매끈한 살점을 떼서 입안에 넣고 와인처럼 굴려 씹어 삼켰다.

'이대로 모든 것이 완벽하여 너무나 좋구나.'

이 순간 누군가의 부음을 전해 듣는다 해도, 내가 지극히 사랑하는 사람의 죽음을 통보받아 통화를 마치지 못하고 대성통곡하는 일이 있다 해도 이 행복이 줄어들 것 같지 않았다. 서른이 되면서 내 인생은 소식을 기다리는 일로 허비했다. 기다리던 소식은 올 때도 있고 안 올 때도 있었다. 축전일 때도 있고 비보일 때도 있었다. 세상에 깜짝 놀랄 일은 없었다. 합격 소식, 이별 메시지, 실직 통보. 처음엔 마른하늘에 날벼락이었지만 매해 번갈아 일어났다. 죽을 때까지 반복될 일상이었다.

어떤 일이 기다리고 있든 내 인생에 속지 말자고 다짐한다. 좋은 것, 나쁜 것을 따로 정하지 말자. 그래야 인생에 휘둘리지 않는다. 어차피 일어날 일은 다 일어난다. 놀랄 준비를 하고 기다리는 사람은 항상 놀라게 되어 있다. 누군가의 죽음은 충격이지만 나도 느리게 죽어가고 있다는 걸로 비기면 된다. 실연도 실직도 그 순간만 엄청나다. 중요한 게 하나 빠져나간 내 인생에 죽을 것처럼 힘들어하다가 곧 적응한다. 나빠진 것도 좋아진 것도 아니다. 이

한 잔의 와인은 그렇게 새로 시작되는 내 인생에 대한 축배다. 도마뱀을 기다리지 않는다. 이번에는 도마뱀이 나를 찾아올 차례다.

당신의 손은
당신의 입보다 가깝고

1

그녀는 스타카토로 한 단어씩 끊어서 말했다.

"손 좀 치워줄래요. 제, 발, 요."

팔을 잡고 있는 그의 손이 끔찍한 물건이기라도 한 듯이 몸을 꼿꼿이 세우고 진저리를 쳤다. 그녀의 겨드랑이 바로 아래쪽 팔을 더듬던 그는 무슨 소리인지 몰라 그녀를 멍하니 쳐다보았다. 그녀는 좀 더 강력한 의사표시인 양 몸을 뒤로 뺐다.

"아아아, 당신 손이 닿는 게 정말 싫어요!"

그는 손을 뗄 수도 움직일 수도 없었다. 시선을 그녀의 입에 둔 채 멍청히 서 있었다.

"키스도 좋고 섹스도 좋아요. 포옹도 체취도 다 좋아요. 그런데 말이에요……."

그녀는 그의 눈을 똑바로 쳐다보며 잠깐 말을 멈추었다. 침을 한 번 삼키고 말을 이었다.

"당신 손의 감촉이 싫다구! 당신이 부드럽게 쓰다듬을수록 나는 더 이를 악물어요."

그는 두 손을 거두고 마주 비비며 그녀를 쏘아보았다. 무안한 표정을 감추기엔 연출할 시간이 모자랐다. 너무나 갑작스러운 말이었다. 방금 전까지 그는 그녀를 무릎에 앉히고 목덜미와 쇄골에 키스를 퍼부었다. 그녀는 낮은 신음소리를 내며 그의 목에 매달렸다. 그가 손가락 끝으로 옆구리를 문지를 때는 입술을 말고 입을 앙다물었다. 그는 코에서 뜨거운 바람을 뿜어내는 그녀를 흥분해서 앙탈부리는 고양이쯤으로 여겼다. 참기 위해 이를 악물었던 거라니 할 말이 없었다.

"…… 그러니까 우리 헤어져요."

그의 얼굴은 귀밑까지 빨개졌다.

"넌 그게 말이 된다고 생각하니? 도대체 왜 이러는 건지 뭐가 문젠지 사실대로 말해! 내가 뭘 잘못하기라도 한 거야?"

그녀는 고개를 옆으로 돌리고 방바닥만 내려다보았다. 그는 침대 아래 흘러내린 구겨진 시트로 눈을 돌렸다. 침대 위를 떠도는 비릿한 냄새조차 그를 더욱 미궁에 빠뜨릴 뿐이었다. 방금까지 그

녀는 그와 절대 떨어지지 않을 듯이 엉겨 붙어서 서로의 육체를
탐했다.

"빨리 말해. 진짜 문제가 뭐냐구?"

그녀의 표정은 아무 소용도 없는 말을 해야 하는 낙담과 빨리
이 순간을 모면하고 싶은 조바심으로 더욱 차갑고 딱딱해졌다. 끝
내 그녀가 그의 손이 싫다고 뿌리치자 이번에는 그가 그녀를 맹렬
하게 공격하기 시작했다. 길고 매끄러운 팔에 난 우두 자국과 주
근깨를 가리켰다. 말할 때 턱을 매만지는 습관은 또 얼마나 구질
구질해 보이는지 아느냐고 빈정거렸다. 그녀의 눈동자에 붉은 그
물 같은 핏발이 섰다. 그는 물러서지 않았다. 양팔로 그의 목을 끌
어안고 두 다리로 허리를 감아 비틀며 지르던 소리는 뭐였냐고 다
그쳤다. 색골이면 색골답게 굴라고 했다. 팔의 감촉도, 낮고 긴 신
음소리도, 포옹할 때면 목으로 파고드는 버릇도 다 싫었다고, 역겨
움을 참느라 힘들었다고 소리쳤다.

그러니까 우리 헤어져요. 그녀는 그 말만 반복했다. 나는 당신
손이 싫어요. 아무리 협박과 회유, 읍소를 해도 그녀의 대답은 똑
같았다. 이별의 이유가 정말 그게 다일까. 아닐 것이다. 하지만 그
녀는 그게 다라고 했다. 다른 이유 같은 건 없다고 오로지 그것만
이 진실이라고 주장했다. 그는 그녀의 뺨을 세게 후려쳤다.

"고마워요. 우린 이제 서로에게 빚이 없어요."

그녀는 그의 손바닥 자국이 뚜렷하게 찍힌 뺨을 그가 있는 쪽으

로 돌리며 말했다. 서두르지 않고 옷을 챙겨 입은 다음 손바닥 무
늬가 있는 뺨에 엷은 미소를 띠며 신발을 신었다. 그녀가 보여준
것은 남자와 헤어지려는 여자가 가질 법한 상실감이나 권태의 표
정이 아니었다. 깊은 환멸, 존재에 대한 멸시 같은, 상대에게 치명
상을 입히는 냉소였다. 그 표정 하나로 그와 나누었던 모든 감정
을 다 거둬들이겠다는 자세였다. 그는 적지 않은 여자와 만나고
헤어졌지만 이런 상황에 대한 대비는 전혀 되어 있지 않았다. 그
녀가 가방을 들고 문손잡이를 돌릴 때까지 그는 그녀 뺨의 온기가
남아 있는 손바닥을 아래로 늘어드린 채 서 있었다.

"그러니까 우리 헤어져요."

이 세 마디의 문장은 그녀가 열고 나간 문을 빠져나가지 못하
고 방 안을 떠돌았다. 지난 일 년을 정리하는 압축파일 같은 말.
하나 더 있다. 나는 당신 손이 싫어요. 골목길에서 누가 갑자기 나
타나 얼굴에 뜨거운 물을 부었다 해도 이렇게 황당하지는 않을 것
같았다.

그는 그녀와 단 한 번도 싸우지 않았다. 서로 화를 낸 적도 없었
다. 그는 여자를 다루는 데 서투르지 않았고 약속을 안 지키거나
쓸데없이 상대를 약 올리지도 않았다. 그는 그렇게 믿었다. 자신은
좋은 매너를 가진 더할 나위 없이 성실한 남자라고. 적어도 그녀
에게는 그랬다. 그녀는 조용하고 단조로운 삶을 사는 여자였다. 원
하는 것도 많지 않고 극적인 걸 좋아하지도 않았다. 오늘 일어난

일은 정말 그녀답지 않은 행동이었다.

그녀가 나간 문을 바라보다 그는 소파에 주저앉았다. 손이 부르르 떨렸다. 폭발하는 분노를 감당해야 할 그녀는 이제 가버리고 없다. 그녀가 그리도 끔찍했다는 손을 어디 두어야 할지 몰랐다. 작년 겨울 가느다란 끈이 달린 슬립을 입은 그녀의 팔을 보면서 했던 결심을 떠올렸다. 빨리 여름이 와서 그녀 팔뚝의 맨살을 맘껏 쓰다듬을 수 있다면. 그 바람은 너무도 간절해서 그 이유 때문에라도 여름이 오기를 기다렸다. 여자의 가늘고 매끈한 팔은 정말 매혹적이었다. 그 팔에 손끝이 닿을 때 그는 흥분으로 이마까지 뜨거워졌다.

여름이 왔고 여름이 갔고 이제 가을이다. 지난여름 그녀의 팔을 실컷 쓰다듬었던가. 그런 것 같기도 하고 그러지 못한 것 같기도 하다. 둥그런 어깨 아래로 늘어뜨린 탄력 넘치는 팔은 언제나 그의 손을 불러들였다. 어깨뼈의 작은 돌기를 매만지다 저절로 입술을 갖다 대곤 했다. 모델답게 우아한 손가락의 움직임, 등을 쭉 편 오만한 자세, 다채롭고 풍부한 얼굴 표정을 볼 때마다 그는 자신이 만든 조각상과 사랑에 빠진 피그말리온이 된 기분이었다. 그녀의 몸 구석구석 어디 하나 아름답지 않은 데가 없었다. 감정이 상승기류를 타고 있는 이때 갑자기 왜? 그는 자신에게 일어난 일을 도무지 이해할 수 없었다.

그는 운동화를 끌고 동네 포장마차에 가서 그 황당한 기분을 씻어내기에 충분한 양의 소주를 마셨다. 술잔을 들 때도 오이를 집을 때도 그의 눈은 자신의 손에서 떠나지 않았다. 손을 움직여도 무릎에 올려놓아도 거추장스럽긴 매한가지였다. 마침내 그는 손으로 술잔을 꽉 쥐어 깨뜨렸다. 주인과 시비가 붙고 몇 사람이 나서서 싸움을 말렸던 것 같다. 그 후의 일은 하나도 기억나지 않는다. 이상하게 불쾌했을 때 일은 잘 기억하지 못한다. 그녀의 마지막 말도 그렇게 잊어버렸으면. 기분이 기억에 미치는 영향은 어느 정도일까.

2

머리에 온통 바늘을 꽂고 있는 공포영화의 단골캐릭터, 핀헤드를 고안해낸 사람은 분명 두통에서 힌트를 얻었을 거라고 그는 관자놀이를 누르면서 생각했다. 수천 개의 바늘이 한꺼번에 날아와 박힌 것처럼 머리가 깨질 듯 아팠다. 맹렬하게 위벽을 긁어대는 위액의 기세에 입을 열 수도 똑바로 서 있을 수도 없었다. 고통이 몸을 정화시켜주었으면. 터무니없는 소원을 빌 만큼 숙취는 지독했다. 그는 몸을 끌다시피 해서 사무실에 도착했다. 휴일을 빈 사무실에서 혼자 보낸 책상은 마치 고독을 탄원하듯 엉망으로 어질러져 있었다. 연필꽂이는 쓰러져 있고 서류와 책이 마구 흩어져 있었다.

"누가 내 자리에 왔다 갔습니까?"

옆자리 송 대리는 아는 바가 없다며 어깨를 으쓱했다. 너 원래 어수선한 인간이었잖아. 뭘 새삼스럽게 난리야. 그런 말을 내뱉기 직전의 표정으로 그를 쳐다보았다. 잦은 야근에다 과잉 충성하는 그를 가장 못마땅해 하는 사람이었다. 그런 반응은 그다지 놀랄 일도 아니다. 그는 어디를 가도 친구가 없었다. 자신의 유능함이 그들의 열등함을 부각시키기 때문에 시기의 대상이 되는 건 당연하다고 생각했다. 그가 만난 모든 여자들은 항상 그의 일중독을 나무랐다. 그의 변명은 한결같았다. 단지 습관일 뿐이야. 밥을 먹거나 아침에 화장실을 가듯 일을 하는 것뿐이라고.

송 대리의 뜨악한 표정이 그의 기억을 일깨웠다. 지난 금요일도 홈페이지에 올릴 시안을 작성하느라 혼자 야근을 했다. 부장이 닦달하지 않았어도 미뤄둘 그가 아니었다. 보고서는 예상보다 까다로워 밤 열두 시가 다 돼서 겨우 끝냈다. 장마철이 긴 우리나라 기후를 고려해 곰팡이 방지와 항균 기능까지 추가한 신제품 출시에 맞춰 홈페이지를 새로 만드는 작업이었다. 웰빙아파트 건설 붐에 편승해 친환경 수성페인트의 매출은 꾸준히 늘어났다.

"내 사생활도 누가 좀 이렇게 폼 나게 안 만들어주나."

그는 불평 아닌 불평을 하면서 며칠 밤을 고스란히 회사에 바쳤다. 홈페이지가 멋들어질수록 그의 책상은 메모지와 파일로 너

저분해졌다. 책상을 치운 뒤 결재서류를 올리고 나서 커피부터 한 잔 마셨다. 간절히 어디 아무 데나 드러눕고 싶었다.

속을 달래려고 시킨 설렁탕은 맹물인지 고깃국물인지 분간이 안 갈 정도로 묽었다. 깍두기도 너무 푹 익어서 씹기도 전에 입안에서 뭉그러졌다. 국물만 마시다 국수 몇 젓가락 건져먹고 일어섰다. 신발을 신으려는데 구두가 없어졌다. 지난 생일에 그녀가 사준 한 달도 안 된 새 구두였다. 뭐 하나 되는 일이 없군. 식당 주인과 옥신각신하다가 고무 슬리퍼를 신고 사무실로 돌아왔다. 모니터 화면에 노란색 포스트잇이 붙어 있었다. '김창수 씨 전화요망.' 모르는 이름이다. 그는 전화를 걸지 않았다. 휴대전화 번호를 모르는 사람이라면 중요한 용건일 리 없다고 속 편하게 생각했다. 두통 때문에 생각이라는 걸 할 수도 없었다.

한 시간 뒤 김창수라는 사람에게 다시 전화가 왔다. 고등학교 동창이라고 자신을 소개했다. 그 말을 듣자마자 짜증이 치밀었다. 고등학교 동창이란 게 무슨 유대관계 축에나 끼나. 걸핏하면 그 명분으로 전화를 걸어온다. 바쁘다며 황급히 전화를 끊으려는데 저쪽에서 일격을 가한다. 너 우성국 알지? 우성국, 그 이름이라면 기억이 났다. 3학년 때 짝이었다.

"고등학교 때 너랑 제일 친했던 성국이가 오늘 죽었다."

그의 머릿속에서 빨간불이 반짝였다. 이런 느낌을 안다. 곧 무슨 일이 일어나겠구나, 하는. 원치 않는 일, 그것도 아주 고약한 일에 말려들 것 같은 예감이 들었다. 김창수는 병원 영안실 위치를 알려주었다. 제일 친했던 친구? 내가? 제일 친한 친구를 졸업하고 한 번도 안 만날 수 있느냐고 물으려다 그만두었다. 죽은 사람을 두고 그런 시비를 가린다는 게 치사한 생각이 들어서 일단 알았다고 했다. 전화를 끊고도 그는 얼른 자리에서 일어나지 않았다. 입에 침이 마르면서 가슴이 답답했다. 긴장할 때 나타나는 증상이다.

그는 우성국의 '지킴이'였다. 반에서 왕따였던 우성국을 보호하기 위해 담임이 궁여지책으로 생각해낸 게 지킴이 제도였다. 공부 잘하고 아이들에게 신임도 얻은 똑똑한 애 하나를 붙여줌으로써 다른 애들이 함부로 건드리지 못하게 했다. 자신의 골칫거리를 덜어보려는, 혹은 떠넘기려는 계산이었을 것이다. 담임의 예상은 빗나갔다. 반에 왕따가 없어지기는커녕 한 명 더 늘어났다. 애들은 그와 우성국을 묶어서 함께 괴롭혔다. 교실에서 누군가는 그 역할을 맡아야 했던 것이다. 우성국은 대놓고 공격할 수 있는 만만한 대상이었고 꼬투리 잡기가 쉽지 않은 그는 표 안 나게 공격해야 하는 대상이라는 차이뿐이었다. 그가 호락호락 당할 사람은 아니었지만 점점 교묘해지는 애들의 계략에 맞서느라 몸도 마음도 너덜너덜해져 졸업할 날만 손꼽아 기다렸다. 어떤 때는 책가방이 날카로운 면도칼로 찢겨 있었다. 교과서가 난도질돼 있는 날도 있었다. 체육복 등판에 춘화 비슷한 그림이 그려져 있기도 했다. 그 기억이 떠오르자 다시 멀미 같은 현기증이 몰려왔다. 한순간도 긴장을 풀지 못했던 그때가 어제 일처럼 생생히 되살아났다.

우성국은 모든 유품을 그 앞으로 남겼다. 미칠 노릇이다. 찌질하기로 말하면 누구도 못 따라갈 그 애 인생이 몽땅 자신에게 옮겨온 것 같아 뒷골이 당겼다. 성국에 대해서 단 한 가지의 유쾌한 기억도 없는 자신이 떠맡기엔 큰 짐이었다. 유품의 내용은 유품이라는 말이 무색할 만큼 별게 없었다. 책 열 권은 검은색 서류 가방에 따로 챙겨져 있었다. 그는 책 제목을 훑는다. 성국이 어떤 인간이었느냐에 대한 단서는 그것뿐이다. 덤벨, 다기 세트, 진회색 스웨이드 점퍼, 노트북과 가방, 그리고 일기장이 든 수납박스가 가방 옆에 놓여 있었다. 으레 이런 품목에 끼어 있어야 어울릴, 누구나 그러하리라 짐작할 상투적인 물건들이다. 일기장에 뭐 대단한 내용이 적혀 있지도 않았다. 대부분 자신의 생활이나 심사에 대한 메모였다. 예상대로 루저의 트레이드마크인 비참하고 우울한 내용들이었다. 그것조차 성국이 그를 지목할 만한 어떤 단서도 제공하지 못했다. 반으로 접혀 일기장에 끼여 있던 유서가 그나마 이 사태에 대해 옹색한 설명을 해주었다.

어느 날 성국이 재활용 쓰레기 창고에서 집단 구타를 당했다. 마침 그 앞을 지나던 그가 창고로 뛰어 들어와 애들과 대신 싸우면서 성국한테 도망가라고 했다. 그 일은 성국이 살면서 받았던 가장 큰 친절이었다고 했다. 그는 기분 참 드럽네, 라는 말로 자신의 심경을 김창수에게 토로했다. 김창수는 살이 쪄서 윤곽이 무너진 턱으로 허공을 찍으며 소주를 따라주었다. 헬스클럽에 다니며 꾸준히 몸을 만들어온 그로서는 자기 몸이 저렇게 되도록 내박쳐두는 인간들이 더없이 한심했다. 그는 소주잔을 받아서 한 입에 털어 넣었다. 그때 휴대전화의 진동이 울렸다. 그녀의 카톡메시지였다.

"놀랐다면 미안해요. 그동안 베풀어준 친절은 잊지 않을게요."

빌어먹을! 왜 다들 난리야. 내가 뭘 어쨌다고 친절 운운하는 거냐고. 그는 그곳이 영안실이라는 것도 잊고 전화기를 탁자 위로 세게 집어 던졌다. 뭐라고 나무랄 조문객조차 없었다. 빈소는 성국의 누나가 지키고 접객실에는 일하는 아줌마 혼자 앉아 있었다.

"너 뭣 땜에 화가 난 거냐? 설마 내가 연락했다고 화난 건 아니겠지? 너 옛날에도 그랬어. 성국이 보호해준답시고 네가 한 일이 뭐가 있냐? 지킴이 핑계대고 성질부리고 싶은 대로 다 부린 것밖에 더 있어. 솔직히 성국이가 얼마나 너를 끔찍이 생각했는데 어떻게 졸업하고 연락 한번 안 하고 살았냐? 이 나쁜 놈아."

김창수는 인상을 쓰면서 전화기를 집어 그의 국그릇 옆에 갖다 놓았다. 그는 김 부장이 아까 했던 말을 떠올렸다. "모르겠어, 모르겠단 말이야." 볼 일이 있어서 잠깐 나갔다 오겠다니까 왜 꼭 바쁠 때 외출하느냐고 정색을 했다. 요즘 까다로워진 소비자 심리를 반영한 한국리서치의 보고서라며 파일을 책상 위에다 툭 던졌다. 꼭 싫은 소리를 꼬리표처럼 붙이는 게 김 부장의 말버릇이다. 지금 하든, 나중에 하든 어차피 그가 해야 할 일이었다. 그의 기분과 달리 얼굴에는 명심하겠다는 결의에 딱 맞는 표정이 만들어졌다. 김 부장은 그 틈을 놓칠세라 계발부에서 한창 열 올리고 있는 신제품 목록을 체크해보라고 지시했다. 새집증후군이다 중금속이다 뭐다 해서 페인트 알레르기가 있는 사람을 위한 신제품이었다.

"페인트 냄새 안 나는 것 정도 갖곤 안 되지. 허브 향에다 원적외선까지 방출하는 제품이래. 피부에 닿아도 무해하다니까 그걸 잘 좀 부각시켜봐."

말로는 간단하다. 광고 시안을 홈페이지에 올리는 일도 그의 몫으로 떨어졌다. 그는 당신의 말이 지상명령이라는 처음의 표정을 거두지 않았다. 순종적이면서도 자신 있는 말투와 예측 가능한 행동만이 요구되는 직장생활에 잘 적응한 부류에 속했다. 승진도 빨랐다. 회사도 그의 충성심을 한껏 이용했다. 그 점을 지적해준 동료에게 그는 대수롭지 않게 말했다.

"서로에게 필요한 걸 제공해주는 거니까 공평하잖아. 이만하면 윈윈 아냐?"

김 부장은 몸을 돌려 자기 자리로 돌아가려다 혼잣말인 듯 중얼거린다. 모르겠어, 모르겠단 말이야. 당최 속을 알 수가 없어. 색깔이 그리 불투명해서 어떻게 페인트를 팔아먹겠나. 그는 부장의 농담을 제대로 알아들었다. "너와는 커뮤니케이션이 안 돼. 그러니

지시한 일이나 착실히 해놔.”

　오늘은 술을 마시지 말았어야 했다. 머리가 둔기로 얻어맞은 것처럼 지끈거렸다. 어제 마신 것까지 한꺼번에 올라오는 기분이다. 중지로 관자놀이를 누르는 순간 그녀에게 답장을 보내고 싶은 충동이 두통을 뚫고 나왔다. 그보다 먼저 그의 머릿속에 등장한 건 그녀의 알몸이었다. 그것은 관계가 끝난 지금뿐만 아니라 첫 만남이 이루어진 날부터 그와 함께 했다. 그녀와 보낸 모든 순간에 그녀의 몸이 있었다. 잡지사에 다니는 후배 녀석이 인터뷰하다 알게 된 여자라며 술자리에 동석시켰다.

　“미인을 감상하는 게 형 취미잖아.”

　아름다운 대상은 소유까진 몰라도 가능하면 여러 사람이 감상해야 한다는 게 그의 지론이다. 그녀가 멋진 몸을 가졌다는 걸 첫눈에 알아보았다. 목에서 쇄골로 이어진 선과 손 움직임은 섬세했고 말랐지만 꽤 볼륨감이 있는 몸매였다. 유난히 크고 검은 눈과 가무잡잡한 피부는 지중해 바람과 햇볕에 그을린 남유럽 여자 분위기가 났다. 술자리는 단숨에 그녀를 중심으로 흘러갔다. 그녀는 튀지도 처지지도 않는 말솜씨로 좌중을 사로잡았다.

　그녀의 직업이 누드모델이라는 말을 들어서인지 그녀와 눈을 맞추고 얘기하는 동안에도 자꾸 옷 벗은 모습을 상상하게 됐다. 동물적인 반사작용이었다. 옷을 벗기고 싶은 충동을 느낄 만큼 충분히 성적으로도 끌렸다. 글래머는 아니었지만 저런 몸을 가진 사람은 어떤 섹스를 할까 궁금했다. 주저리주저리 늘어놓을 것도 없이 한마디로 같이 자고 싶은 여자였다. 손가락으로 여기저기 눌러 거기에 반응하는 그녀의 표정과 몸짓을 보고 싶은 욕구로 그의 피는 들끓었다. 교성을 지를 때의 표정, 가녀린 등의 실루엣, 질의 온도와 탄력, 손가락의 움직임, 확인해보고 싶은 게 많았다. 그날 밤내내 그는 그녀의 빈틈을 노렸다. 물론 행운은 그의 편이었다.

나는 미친놈이다, 그는 술잔을 내려놓으며 자책했다. 헤어진 마당에, 그것도 보기 좋게 차인 마당에, 상갓집에서 여자의 알몸과 섹스를 떠올리다니. 더구나 청춘의 정점에서 자살이라는 죽음의 방식을 선택한 친구의 장례식장에서 말이다. 아무리 인간이 에로스와 타나토스의 본능을 동전의 양면처럼 지닌 존재라 해도 변명의 여지없이 파렴치하다. 그렇게 생각해야 여기서 끝낼 수 있다. 안 그러면 그녀에게 답장을 하고 말 것이다. 그리고 싹싹 빌 것이다. 창수, 네 말이 맞다. 나는 나쁜 놈이다. 구질구질하게 굴지 말자. 답장키를 누르려던 손가락으로 삭제키를 세게 눌렀다. 제발 손 좀 치워줄래요. 그 말을 할 때의 그녀 눈빛과 목소리가 식은땀처럼 등을 훑고 지나갔다. 그녀의 얼굴은 단 한 치의 여지도 없었다. 어쩌면 더 일찍 결심을 굳힌 상태에서 그를 만나온 게 아닌가 의심스러울 만큼 싸늘했다.

3

　상자에 담긴 유품을 품에 안은 채 그는 택시를 타고 집으로 돌아왔다. 먼 길을 돌고 돌다 원점으로 돌아온 것처럼 기진맥진이었다. 미터기의 요금은 팔천구백 원이었다. 그 액수가 이십 분도 안 되는 거리라고 말해준다. 손가락 하나 들 힘도 없었다. 사무실에서 신던 낡은 구두에 구겨진 양복, 술기운이 남아 있는 까칠한 얼굴, 몰골이 가히 가관이었다. 몸에 찬물만 대충 끼얹고 누웠지만 죽도록 피곤한데도 잠이 오지 않았다. 이불을 둘둘 말고 누워 잠과 밀고 당기는 씨름을 하다 벌떡 일어났다. 냉장고 문을 열어 캔맥주를 꺼내려다가 다시 집어넣었다. 옆 사무실 동기의 충고대로 와인을 한 병 사다놓을 걸 그랬다. 요즘 와인에 맛을 들인 동기는 와인을 간단히 정의했다. 혼자 마시기 딱인 술이야. 냉장고 안을 기웃거리다 칼을 뽑듯 생수병을 꺼냈다. 물을 마셔도 갈증은 사라지지 않았다.

　다섯 개 더하기 다섯 개, 열 개. 손가락 길이도 다 다르고 자세히 들여다보면 모양도 제각각이다. 잔털과 굵은 털, 주름과 힘줄, 마지막으로 대미를 장식하는 손톱까지 샅샅이 살펴본다. 더도 덜도 아닌 삼십 대 후반 남자의 평범한 손이다. 그는 오른손을 들어 왼손 손등을 쓸어 올린다. 손가락을 쭉 펴서 미끄러지듯 손등을 지나 팔뚝까지 훑어본다. 약간의 온기 말고는 아무런 느낌도 전해지지 않는다. 그는 손을 허벅지에 내려놓았다가 다시 식탁에 올려놓고 손가락으로 피아노 치듯 식탁을 두들긴다. 처음 보는 물건처럼 손 모양이 생경했다. 두 손을 깍지 껴서 턱 아래 고인다. 가슴에서 시작된 불길이 손으로 옮겨붙은 것처럼 손바닥이 뜨거웠다. 머릿속이 잠재워지지 않는다. 이대로는 아무것도 할 수 없을 것 같다. 격렬한 섹스를 하고 나면 나른하고 노곤한 잠을 잘 수 있지 않을까, 부질없는 상상을 하려는 찰나 전화벨이 울렸다. 그는 화들짝 놀라 전화기를 집어 들었다. 옛날 친구, 아니 엑스걸프렌드 혜인이었다.

"잠이 안 와서. 며칠째 잠을 못 잤어."

그녀는 며칠 만에 입을 여는 것 같은 가라앉은 목소리로 전화 건 이유부터 말했다. 방금 전의 상상 탓인지 아랫도리에 힘이 들어갔다. 이어 잠옷을 입었거나 속옷만 걸쳤거나 아예 알몸인 그녀를 그려본다. 괜찮을 것이다. 앙증맞고 탐스러운 가슴과 엉덩이가 여전하다면. 쉬지 않고 발바닥을 비비는 파리처럼 앵앵거리는 목소리만 빼면 그럭저럭 매력 있는 여자다. 지금은 비음 섞인 그녀의 목소리도 들어줄 만하다. 타이밍을 제대로 맞춘 셈이다. 그러고 보면 거절이나 박대를 당하는 대부분의 이유는 부적절한 타이밍 때문인지도 모르겠다. 전화 안 받을 줄 알고 걸었는데 막상 목소리를 들으니까 할 말이 없네, 혜인은 힘없이 말했다. 받지 않기를 바라면서 전화 거는 심정이라면 그도 안다. 휴대전화가 나오기 전 얘기다. 상대의 액정 화면에 자기 번호가 뜨는 걸 알면서 그런 기분을 누릴 수는 없었다. 이즈음 그의 행동은 명료하다. 하거나, 하지 않거나 둘 중 하나다. 망설이거나, 걱정하거나, 두리번거리는 일이 별로 없다.

"여기 뉴욕이야."

뭐, 뉴욕? 그럼 지금 아침이겠네. 그는 놀란다. 솔직히 말하면 그녀가 불러도 올 수 없는 곳에 있다는 게 서운하기까지 하다. 당황스러운 감정이다. 평소의 그라면 그녀가 멀리 있다는 걸, 그래서 만나주지 않아도 된다는 사실을 기뻐해야 한다. 뉴욕과 서울의 물리적인 거리가 마음의 벽을 흔든다. 그녀를 향한 문이 조금 열리는 것을 느낀다. 지루하고 빤하다고 생각했던 그녀의 머릿속이 조금 궁금해졌다. 너는 현이 한 줄밖에 없는 악기 같다고 핀잔을 주었었지.

"한참 연락 없다가 전화하는 사람 안 반갑다. 넌 또 무슨 일인데?"

그녀는 잠시 말을 끊고 한숨을 쉰다. 그의 머릿속에서 그녀의 누드는 어느새 사라졌다.

"니 꿈을 꿔서. 둘이 식당에 마주앉아 있는데 아무리 기다려도 밥이 안 나왔어. 너는 마구 화를 내고. 너는 어째 꿈에서도 참을성이 없드라."

영 터무니없는 꿈은 아니었다. 지금 그의 상황과 겹치는 부분이 있다.

"꿈같은 거 신경 쓰지 말고 행복하게 지내. 여행 가서 여기 생각은 뭐 하러 하냐?"

행복해지려고 인생 전체를 재구성하는 일은 게으른 혜인에게 불가능한 일에 속할 것이다. 불확실한 행복을 위해 행해야 할 구체적인 노력들이란 밑천이 딸리는 도박 같은 거다. 여행 정도로 수정되는 게 인생이라면 무슨 문제가 있겠냐. 그의 입에서 한숨이 새나왔다. 혜인의 목소리를 들으니 헤어진 그녀가 더 그립다. 말없이 어깨를 두드려줄 그녀는 지금 그의 곁에 없다. 그는 미치도록 그녀가 보고 싶었다. 당장 그녀에게 달려가 네가 그렇게 싫어한다면 내 손을 잘라버리겠다고 맹세하며 무릎 꿇고 빌고 싶은 심정이었다.

"혹시 말이야, 내가 친절한 남자였니?"

하하하하. 오랫동안 웃음소리가 이어진다. 친절? 네가? 작작 좀 웃기라면서 혜인은 자신의 뺨을 때린 일까지 들먹였다. 여자라면 엄마한테도 칭찬을 들어본 기억이 없다. 물론 그걸 신경 쓴 적도 없었다. 어제 오늘 일어난 일들은 대체 뭐지? 그는 이마를 손등으로 두들긴다.

"무슨 일 있어?"

다정한 목소리를 들으니 그는 자신이 불쌍한 처지에 놓였다는 게 실감났다. 혜인이 이렇게 차분한 목소리로 얘기할 줄 아는 여자였나. 체념, 피로감 혹은 성찰, 나이 들어가는 이런 징후들이 지겹다. 혜인은 요즘 어떤 여자를 사귀고 있냐고 물었다. 그는 어제 헤어졌다고 대답했다. 그랬구나, 어쩐지 전화가 걸고 싶더라니. 그녀는 아무렇지도 않게 말한다.

"빈말이라도 위로 같은 거 해야 되는 거 아니냐. 참, 너 혹시 내 손 기억나?"

"손? 글쎄. 갑자기 손은 왜?"

그녀의 목소리에 긴장이 실린다. 그는 한결 부드러운 목소리로 자신의 손이 닿을 때의 느낌이 어땠는지 물었다. 그녀는 특별히 기억나는 건 없다고 했다. 둔한 편이었으니 그런 세세한 것까지 기억할 리 없었다. 자기 손을 많이 잡아준 건 좋았다고 선심 쓰듯 말했다. 그는 마치 혜인을 마주보고 있는 것처럼 고개를 끄덕인다. 의견이 이렇게 달라서 어디 참고가 되나. 손 좀 치워줄래요? 그 말을 잊을 수가 없다. 인간성이 나빠서, 가난해서, 또는 무능해서 헤어지자는 것보다 훨씬 상처가 되는 말이다. 이별의 이유가 정신적인 것보다 육체적이고 구체적인 것일 때 그 상처가 더 크다는 걸 뼛속까지 실감한다.

"야, 이제 그만 전화 끊어야겠다. 너 혼자 됐다니까 괜히 맘 흔들린다. 뭐 힘든 일 있는 것 같은데 일단 피의 온도를 좀 낮춰봐. 안녕!"

조금의 망설임도 없이 전화는 끊어졌다. 그는 다시 혼자가 되었다. 남녀관계는 이런 것이다. 아무리 좋아하거나 친해도 연인이 아니면 해줄 수 있는 게 많지 않다. 가끔은 부부가 아니면 해줄 수 없는 것들이 튀어나온다. 같이 살아야만 해결되는 것들은 나이가 들수록 점점 많아질 것이다. 오늘처럼 기분이 엉망인 날은 잠깐이라도 그런 관계들이 필요하다. 하룻밤만 자고 나면 픽, 하고 웃고 말겠지만. 내일 반드시 그렇게 되길 바란다. 가끔 찾아오는 필요를 위해 인생 전체를 저당 잡힐 순 없는 노릇이라고 그는 자신에게 알려준다.

4

덤벨은 형광빛이 나는 분홍색이었다. 여자들이나 유행에 민감한 남자가 고를 법한 디자인이다. 그는 성국이 비쩍 마른 데다 하얀 얼굴에 여드름이 다닥다닥 났었다는 걸 기억해냈다. 여전히 그 체형을 유지했음이 틀림없다. 근육질의 덩치 큰 남자라면 이런 덤벨을 사지 않을 것이다. 그는 또 가슴이 갑갑해지며 통증을 느낀다. 그녀가 그에게 줄넘기 줄을 사준 적이 있었다. 자주 다리가 뻣뻣하고 어깨가 당긴다고 하니까 매일 줄넘기를 백 번씩 하라고 했다. 일 좀 줄이라는 잔소리 대신 그녀는 운동을 권했다. 말로는 소용이 없자 그녀가 운동기구를 직접 사가지고 왔다. 전화할 때마다 어제는 줄넘기 몇 번 했냐고 물었다. 매번 거짓말을 할 수도 없고, 안 했다고 뻗대기도 뭐해서 조금씩 하다 보니 차츰 이력이 붙었다. 용케도 그가 매일 안 빼먹고 줄넘기를 하면서부터는 그녀도 묻지 않았다.

그는 성국의 일기장을 꺼냈다. 피해망상과 조울증이 심해서 다니던 회사에 석 달이 멀다하고 병가를 냈었다고 했다. 최근에 회사를 나왔고 입원치료를 받다 퇴원한 지 한 달도 안 됐다. 부모님은 안 계시고 부산에 누나가 한 명 산다고 전해주던 김창수는 어떻게 연락할 사람이 세 명뿐이냐고 되레 그한테 물었다. 그와 김창수와 누나. 부모가 죽은 뒤 친척들과도 연락을 끊고 지낸 모양이었다. 그는 성국이 그에게 남긴 유서를 다시 읽어본다.

그날을 생각한다. 이제 곧 깊은 잠에 빠질 거라고 생각하니 몇 가지 기억만 반복해서 떠오른다. 그때 너와 나, 열아홉 살이었지. 햇볕 뜨거운 유월의 교정은 아카시아 잎으로 푸르렀다. 나는 항상 너를 기다렸던 벤치 앞에 서 있었어. 네 말대로 먼저 도망쳐서 '니가 맨날 나 기다리던 거기'로 오긴 했는데 그때서야 네가 걱정되기 시작했다. 애들이 너를 곤죽으로 만든 건 아닐까, 혼자 먼저 도망친 내가 죽이고 싶게 한심했다. 그때 저 앞에서 네가 손으로 교문을 가리키면서 뛰어왔다. 우리는 교문 밖까지 함께 뛰어나가 택시를 잡아탔다. 택시 뒷좌석에 앉아 눈을 감았다. 너의 숨소리가 정말 크게 들렸다. 눈이 마주치자 너는 내 어깨에 손을 얹었어. "괜찮아.

겁먹지 마, 인마." 딴 때 같았으면 너는 화를 내거나 나를 윽박질렀을 것이다. 내 어깨에 얹은 네 손은 떨고 있었다. 파닥거리는 뜨거운 손이 내 어깨를 힘주어 잡았다. 넌 남자답고 당당했는데 네 손을 보고 있으면 쩔쩔맨다는 느낌이 들었어. 잠시도 손을 가만히 놔두지 못하고 꼼지락대잖아. 몇 분 후 너는 그 손으로 내 등을 툭 치며 내리라고 했어. 내 기억은 거기까지다. 너의 손과 놀란 표정, 고르지 못한 숨소리, 멀리서 우리한테 보내는 애들의 야유. 십 년도 더 지났는데 어제 일처럼 선명하다. 내 인생이 좋았거나 나빴거나 그 흔적을 너에게 남긴다. 이제 마음이 놓여. 고맙다는 인사 미리 할게.

뭔가를 부탁하는 편지여서인지 공들여 쓴 글 솜씨였다. 맞다, 여자애처럼 다이어리 예쁘게 꾸미며 혼자 놀던 녀석이었지. 그는 성국이가 한참 망설이다 쓴 듯한 뒷부분의 메모를 읽는다. 그가 잊었을 거라면서 몇 번이나 이제 와서 그 얘기를 하게 돼서 미안하다고 했다. 기억난다. 그도 잊지 않았다. 그놈들이 창고에서 성국이한테 바지를 벗으라고, 여자인지 남자인지 보겠다고 할 때 밖에서 잠시 망설였다. 들어갈까 말까, 모른 척하고 싶었다. 그중 한 놈이 강제로 바지를 벗기려고 할 때 그는 문 옆에 있던 삽을 들고 가서 성국이한테 도망치라고 했다. 엎치락뒤치락 몸싸움을 하다 간신히 빠져나왔지만 심장이 튀어나올 것만 같았다. 무서웠다. 성국이 어깨에 손을 얹은 것도 두려워서였다. 그놈들이, 구경꾼들이,

내일이 기다리고 있다는 게 너무나 무서웠다. 손에 닿는 건 뭐든 잡고 매달리고 싶었다.

성국이가 대학 일학년 때 인문관 앞으로 그를 찾아온 적이 있다고 적은 메모도 있었다.

'너는 나를 보더니 조금 놀라고, 그리고 혼란스러운 표정을 지었어. 귀찮기도 하고 놀랍기도 한, 옛날에 지었던 표정 말이야. 확실한 건 반가워하지 않았다는 거지. 우린 졸업했잖아, 그러니까 난 자유야! 너는 그렇게 말하고 싶었을 거야. 나는 졸업하기 싫었다. 졸업하면 너와 만날 수 없게 되니까. 지킴이인 네가 없는 내 인생을 돌려받고 싶지 않았다.'

그런 일이 있었나. 그런 것 같기도 하고 아닌 것 같기도 하다. 그는 노트를 집어던졌다. 제기랄. 기억을 믿을 수 없다. 뒤죽박죽이다. 그들이 주장하는 그의 과거, 그의 친절……. 진회색 스웨이드 점퍼를 입고 책을 읽는 남자. 가끔씩 일어나서 덤벨을 하고 노트북을 열어 인터넷을 뒤적이는 남자. 성국이 남긴 책 열 권 중에서 그가 읽은 거라곤 딱 한 권뿐이었다. 조셉 캠벨의 『신화의 힘』. 언제 읽었는지 기억조차 희미하다. 필독서라고 누군가 권해서 마지못해 훑어봤었다. 나머지 책 중 절반은 제목조차 들어본 적이 없는 것들이다. 성국이가 아니었다면 평생 만져볼 일도 없는 책들. 그는 잊고 있었다. 자신이 철학을 전공했었다는 사실을. 학교 다닐 때도 착실한 학생은 아니었지만 페인트 회사 홍보부에 입사한 이

후로 철학책 같은 건 읽을 일도 없고 읽을 마음도 없었다.

그는 제일 크고 묵직한 검은색 하드커버 책을 집었다. 『108 Portraits』. 영화감독 구스 반 산트가 찍은 백여덟 명의 초상화가 수록된 사진집이었다. 딱딱한 표지를 넘기자 상반신을 클로즈업한 여자 얼굴이 나타났다. 그는 깜짝 놀란다. 그녀와 너무 닮았다. 작고 갸름한 얼굴, 침묵에 익숙한 입매, 질끈 동여맨 긴 머리, 민소매 밖으로 드러난 가는 팔과 주근깨. 부적의 느낌을 주는 밋밋한 목걸이까지. 그녀의 이미지를 그대로 옮겨놓은 것 같았다. 책의 말미에 있는 주인공들의 간단한 프로필을 확인한다. 그녀의 이름은 AMANDA PLUMMER, 뉴욕시티에서 1988년에 찍은 사진이다. 완전히 다른 장소에서 다른 시기를 산 사람끼리 이 정도의 유사성을 공유한다는 게 놀랍다. 다만 그 사진은 한 가지를 더 말해주고 있었다. 정면을 응시한 단호한 눈길은 그 누구도 필요로 하지 않을 것 같은 단독자의 삶에 길들여진 사람의 것이었다. 사진을 보는 순간 그는 지독한 외로움이 목을 조르는 것 같은 통증을 느꼈다. 완전히 버림받았다는 소외감이었다. 격정을 누를 길 없어 사진집을 한 장씩 넘기는 일에 열중했다. 각기 다른 표정을 지닌 다양한 나이와 인종과 성별의 얼굴을 대면했다. 그와 무관한 그들의 태연한 표정이 위로가 되었다.

"세상은 원래 그런 거야. 아무 일 없었던 것처럼 흘러가는 게 인생이지. 그만 징징거려."

그렇게 말하는 것 같았다. 멍이나 흉터가 있는 얼굴, 자연스럽거나 부자연스러운 손의 위치, 불행의 그림자가 덮친 얼굴, 심지어 가난과 사치, 취향이나 인생역정마저 얼굴에 뚜렷하게 나타났다. 성국은 이 얼굴들을 보면서 무슨 생각을 했을까. 그는 성국이 어떤 사람이었는지 알 것 같았다. 모든 얼굴들에서 자신의 얼굴을 찾아내지 않았을까. 인간이라는 짐승은 무엇에서도 결국 자신을 발견하려는 속성을 지녔으니. 책을 읽다 줄을 긋는 문장도 대개는 새로운 통찰을 가르쳐주는 내용보다는 자기 속에 이미 있던, 자기가 동의할 수 있는 주장들이다. 자기랑 똑같은 생각을 하는 사람이 존재한다는 사실을 확인하기 위해 독서를 한다. 인간이 고독의 유전자를 타고났다는 사실을 부정하기에는 불리한 증거들이 너무 많다.

마지막 사진은 사진작가 자신의 얼굴이었다. 진지한 표정을 지은 얼핏 짐 캐리처럼 보이는 감독의 얼굴은 짐작보다 젊었다. 다양한 배경을 가진 인물들을 비슷한 비중으로 다루고 그렇게 보이도록 찍는 능력에 힘입어 그는 현재의 위치에 올랐을 것이다. 모든 인생의 무게는 차이가 없다고 말하고 있다. 그가 아는 몇몇 배우들의 젊은 시절 얼굴도 있었다. 머리카락으로 얼굴을 반쯤 가린 사춘기 소녀 같은 리버 피닉스의 눈이 그를 노려본다. 초상화의 특성일 테지만 얼굴의 주름이나 점, 눈빛이나 입매가 적나라했다. 어쩌면 그녀의 몸도 그랬을 것이다. 그가 안았을 때 느끼지 못했던 객관적인 표정을 가졌을 게 틀림없다. 진심으로 그녀의 누드가 주는 객관적인 느낌이 궁금했다. 실물보다 사진이 전하는 진실이 따로 있을지도, 지금 상황의 단서를 찾을 수 있을지도 모른다. 그녀 방에 걸려 있는 뒷모습 누드 말고 다른 것들도 보여 달라고 할 걸 그랬다. 한 번만 더 그녀의 몸을 보고 싶다. 그러면 그녀에 관한 중요한 정보를 발견할 수 있을 것 같았고 이렇게 어처구니없게 걷어차일 일도 없을 것 같았다. 그의 생각은 그녀의 몸을 중심으로 해서 흘러간다. 난 너무 육체적인 인간인가. 그래서 그녀가 떠났나? 그는 아무 말이나 자꾸 중얼댔다.

5

'실체가 없다.'

어디서 튀어나왔는지 알 수 없는 그 말이 그의 머리에 박혀 떠나질 않았다. 무엇이 실체인가. 그는 자신이 여태껏 풍문으로 세상을 살아왔다고 느낀다. 그녀는 그것을 알고 있었을 것이다. 그녀가 그에게 했던 모든 부정적인 말들을 추적하기 시작했다. 지나가는 말로라도 싫은 기색을 보인 날들을 돌아보는 일은 결코 유쾌하지 않았다. 그는 언제나 거리낌 없이 그녀의 옷차림을 타박했고 눈 밑의 다크서클을 놀렸고 걸음걸이까지 트집 잡았다. 진심으로 싫어했는지는 알 수 없다. 그건 버릇에 가까웠다. 화제가 빈곤할 때 상대를 놀리는, 마음에도 없는 험담들을 늘어놓았다. 그때마다 그녀는 얼굴을 붉히거나 말문이 막힌 듯 표정이 딱딱하게 굳었다.

어느 날 카페에서 여종업원이 탁자에 잔을 내려놓다가 새로 사입은 그의 바지에 커피를 흘린 적이 있었다. 연애 초기라 그녀에게 잘 보이려고 엄청 신경을 쓰던 때였다. 그는 종업원에게 있는 대로 화를 내고도 분이 풀이지 않아 계속 투덜거렸다.

"아르바이트 시작한 지 얼마 안 돼서 그래요."

그녀는 손수건을 물에 적셔서 얼룩을 살살 닦아주었다. 상황이 수습된 뒤에도 그는 씩씩거리며 종업원을 몇 번이나 흘겨보았다.

"아니, 내가 괜히 화를 내는 거야? 서비스업 종사자로서의 기본이 안 돼 있잖아."

그가 그녀의 커피에 설탕을 넣어주려 하자 그녀는 괜찮다며 손으로 잔을 막았다. 오 분쯤 말없이 앉아 있던 그녀가 그의 눈을 똑바로 마주보며 말했다.

"말을 왜 그렇게 무섭게 해요? 그러다 주위에 아무도 남아나지 않겠어요."

그는 턱을 목 쪽으로 당기며 눈살을 모았다.

"내가 외로운 늙은이가 될까봐 걱정돼? 걱정 마. 그렇더라도 널 귀찮게 하진 않을 테니까."

"그런 뜻이 아니란 걸 알잖아요. 내 손 잡을 때처럼 가만가만…… 그러면 안 돼요? 닭싸움하듯이 그러지 말고. 숨 좀 천천히 쉬고. 뭐가 그렇게 급해요. 잔뜩 겁먹은 사람처럼."

그녀는 평소와 달리 길게 자신의 의견을 말했다. 그는 뭐라고 더 화를 냈던 것 같다. 그때부터였다. 그는 화를 낼 때마다 그녀 눈치를 보았다. 이상한 꿈도 자주 꾸었다. 꿈속에서 장님이 되어 두 손만 더듬거리며 움직였다. 예전에도 그런 꿈을 꾼 적이 있었다. 우성국의 지킴이였을 때 밤마다 누가 자신의 목을 조르는 꿈을 꾸었다. 어떤 놈이 그의 뒷목을 눌러 그를 쓰러뜨린 뒤였다. 큰 손바닥이 그의 눈을 가리고 그를 가격해 쓰러뜨리는 꿈을 반복해서 꾸었다. 몇십 명, 몇백 명의 사람들이 동시에 그를 향해 손가락질을 했다. 그는 재빨리 삭제하는 것으로 불길한 꿈에 대항했다. 그때부터 두 손을 꼭 쥐는 버릇이 생겼다. 그러고 보니 언제나 그랬다. 자신의 손이든 남의 손이든 가까이 오면 목을 조르거나 무릎을 꺾는 상상을 했다. 그래서 그들이 원하는 걸 얼른 들어주고 빨리 되돌려 보냈다. 그녀 말이 사실이었다. 그는 겁이 났다. 항상 누군가 자신을 공격해온다는 공포를 떨쳐버릴 수가 없었다. 지킴이가 필요한 건 성국이만이 아니었다.

죽어도 연락 같은 건 하지 않으려고 했다. 그런데 그는 믿을 수 없을 정도로 편안한 마음이 되어 그녀의 전화번호를 눌렀다. 열 번쯤 신호가 갔다. 받지 않았다. 끊고 오 분쯤 전화기를 들고 가만히 생각에 잠겼다. 사실은 아무 생각도 하지 않았다. 그는 그녀가 시킨 대로 잠시 모든 걸 멈추었다. 눈을 감고 숨을 골랐다. 눈동자를 천천히 굴리며 그녀를 생각했다. 숨소리가 들릴 듯 그녀가 가까이서 느껴졌다. 아직도 1번을 고수하고 있는 단축키를 한 번 더 눌렀다. 세 번, 네 번 신호음에 이어 그녀의 목소리가 들렸다.

"여보세요."

그는 전화기를 다른 손으로 바꿔들었다. 큼큼, 목소리를 가다듬는다. 언젠가 어떤 여자로부터 듣기 싫다고 지적받았던 소리. 아무렇지도 않았던 게 싫어지는 건 관계의 위험신호라고 그는 대꾸했다. 지겨워진 거겠지. 그러니 이제 절정에서 내려오는 일만 남았다고. 그는 보통 거기까지만 여자를 사귀었다. 준수한 외모도 연애를 가볍게 여기는 데 한몫했다.

"얘기를 좀 더 해야 하잖아."

그 자신을 향한 것인지 그녀를 향한 것인지 모를 말을 했다. 그동안 한 번도 그의 입에서 빠져나온 적 없는 차분하고 다정한 말투였다. 무슨 말이라도 좋아. 얘기를 좀 하자. 거의 사정하듯 말했다. 전화기 너머로 그녀의 깊은 한숨소리가 들렸다. 침묵은 길게 이어졌다. 헤어진 건 확실하다. 전화로 이렇게 오래 말을 안 하는 무례함을 보일 수 있는 사이가 된 것이다. 침묵이 현실을 가르쳐준다. 이것조차 그런대로 편하다고 그는 생각한다. 아무 말이나 해서 비위를 맞추려고 하거나 엇나가기보다 할 말이 없음을 고스란히 드러내는 게 더 낫다. 중요한 것을 너무 늦게 깨달았다.

"그날 일 생각나요?"

모노드라마 여주인공의 어조다. 그의 눈앞에 수많은 그날들이 지나간다. 그중 한 날에 생각이 멎는다. 최근의 어느 날. 분명 마음에 지워지지 않고 남은, 나쁜 예감을 동반한 날.

"난 당신의 음식 먹는 태도를 지적했고 당신은 인상을 찌푸렸어요. 이해해요. 그건 사실 좀 곤란한 거잖아요. 아무리 친해도 노골적으로 상대의 문제점을 지적하는 거. 당신은 내 손가락이 가리키는 어질러진 식탁이 창피했을 거예요. 밥그릇 주변에 널려 있는 생선뼈와, 헤집어진 김치, 말을 하면서 수저를 흔드는 버릇. 더는 참을 수 없었어요. 입을 벌리고 큰 소리를 내면서 밥을 먹는 당신. 그래서 일 년 만에 말한 거예요. 미안해, 조심할게, 딱 두 마디면 될 일을 당신은 버럭 화를 냈잖아요. 까다롭게 굴지 말라면서. 나는 밥그릇에 시선을 떨어뜨리고 다시는 얘기하지 않았어요. 식탁을 치우고 커피를 끓이는 동안 당신도 나도 입을 닫고 있었죠. 당신이 설거지를 하다 나를 한 번 돌아본 게 전부예요."

그녀는 잠시 말을 끊고 숨을 몰아쉬었다. 그는 전화기를 귀에 바짝 갖다 댔다. 참을성을 발휘해 최대한 대꾸를 자제했다.

"내가 식탁에 커피 잔을 내려놓고 설탕 그릇을 찾고 있는데 당신이 나한테 다가왔어요. 달콤한 게 그렇게 좋아? 물으면서 내 어깨와 팔을 쓰다듬었죠. 마치 우리한테 아무 일도 없었다는 듯이. 그게 당신의 방식이에요. 아마 당신은 몰랐을 거예요. 언제나 해야 할 말을 다 하지 못하게 내 입을 막았어요. 내가 뭘 원하는지 깊이 생각해본 적 있나요? 그만해, 알았어, 됐어. 그리고는 약간의 침묵을 견딘 후 내게 손을 내밀었어요. 믿을 수 없을 만큼 부드럽고 섬세한 손길로 나를 어루만지죠. 당신이 해야 할 일을 손에게 시키고 숨어버려요. 이제 그 손이 싫어졌어요. 다시는 당신 손이 내 몸에 닿는 걸 원치 않아요."

나의 방식이라고? 그럼 이건 너의 방식이냐. 느닷없이 상대의 입을 콱 틀어막아 아무 말도 못하게 하는 것. 이때껏 참고 기다렸으니 나더러 순순히 결론을 받아들이라는 통보. 그는 그렇게 말하고 싶었다. 그러나 밀랍으로 봉한 것처럼 말문이 막혀 간신히 한마디 했다.

"그래도 이건 좀 억울한데. 너한테만은 착한 남자가 되려고 최선을 다했어."

"알아요. 하지만 당신은 친절한 남자였지 착한 남자는 아니었어요. 가끔은 친절마저도 버렸구요."

전화는 끊어졌다. 다시는 울리지 않을 전화. 그녀가 진짜 하고 싶은 말을 다 했다고 느껴지지 않았다. 그동안 그가 버렸던 수많은 여자들을 대신해서 그녀가 그를 벌주고 있는 것만 같았다. 그는 고개를 젓는다. 자신의 눈앞에 보이는 그 무엇도 믿을 수 없었다. 자신의 손을 내려다보았다. 믿을 수 없게 말짱한 손을.

늙은 여자 되기의 아름다움

이경재(문학평론가)

1. 일상의 잔잔하지만 아름다운 무늬

　최옥정은 2001년 『한국소설』에 「기억의 집」을 발표하며 등단했다. 허균문학상, 구상문학상 젊은작가상을 수상하며 실력을 인정받았고, 소설집 『식물의 내부』, 『스물다섯 개의 포옹』을 출간했고, 장편소설 『안녕, 추파춥스 키드』, 『위험중독자들』, 『매창』을 발표했다. 최옥정의 작품 세계는 무엇보다도 인물의 내면세계를 집요하게 파고드는 특징을 보여준다. 이를테면 『매창』은 임진왜란을 주요한 배경으로 삼고 있지만, 작가가 관심을 기울이는 것은 매창이란 인물의 삶과 그 내면의 드라마이다. 임진왜란이라는 대사건이 아우르는 여러 가지 국제적·역사적 문제는 별다른 주목의 대상이 되지 못한다. 이번 소설집 『늙은 여자를 만났다』에서도 장삼이사들의 내면에 대한 탐구는 지속되고 있으며, 특히 소소한 일상의 세목들에 대한 조명은 매우 강렬하다고 할 수 있다.

이번 소설집에 수록된 「분명한 이웃」의 주인공은 "원전사고가 나고 비행기가 추락하고 연쇄살인이 일어"나지만 "그런 일에는 놀라지 않는다"고 말한다. 대신 "반찬을 죽어도 만들기 싫을 때 반찬 없이 밥만 먹어도 먹을 만하고 심지어 맛있기까지 하다는 사실"에 신기해하며, "한 공기의 물을 넣었을 때와 한 컵의 물을 넣었을 때의 밥맛이 전혀 다르다는 것"에 놀란다. 이러한 '나'의 고백은 이번 소설집을 창조해 낸 작가적 특성에 연결 지을 수도 있을 것이다. 최옥정이 관심을 갖는 것은 각종 미디어에서 24시간 볼 수 있는 사회적 사건·사고가 아니라 우리가 쉽게 지나치지만 삶의 진실을 담고 있는 파편화된 일상의 단면들이다. 「일요일의 달팽이」는 자전거를 '너'라는 청자로 설정하여 일상의 이모저모를 발화하는 것만으로도 밀도 있는 한 편의 소설로 완성될 정도이다.

소설은 다양한 색깔과 기능을 지니고 있다. 시대의 총체적 진실을 알려주는 것도 소설의 기능일 수 있다면, 언어와 상상력의 결합을 통해 새로운 아름다움의 성채를 쌓는 것도 소설의 본업일 수 있다. 또한 소설은 삶의 자세와 기본적인 태도를 성찰하게 이끌어 갈 수도 있으며, 시대의 급소를 곧바로 가격하는 정치적 기능을 수행할 수도 있다. 이번 소설집 『늙은 여자를 만났다』에 수록된 작품들은 종래의 소설과는 조금 거리를 두고 있는 작품들이 대부분이다. 독자들은 이번 작품집을 통해 작가가 현미경적 시선으로 수놓은 일상의 다양한 무늬를 찬찬히 살펴보는 재미를 느낄 수 있을 것이다.

2. 허방의 기원

이번 소설집을 일관하는 사유의 지평이 있다면, 그것은 삶의 근거 없음 혹은 의미 없음에 대한 수용적 믿음이라고 할 수 있다. 이 시대를 살아가는 이라면, 그가 어디에 살든 무엇을 하든 허공을 걷는 존재일 수밖에 없다. 최옥정의 소설에서 인간은 온전한 삶의 의미나 목적 없이 생존을 이어갈 뿐이다.

이러한 허공 위의 삶은 무엇보다도 인간에게 제일 처음 존재의 정체성과 안정감을 부여하는 가정의 파탄에서부터 비롯된다. 「늙은 여자를 만났다」는 모든 권위와 의미의 입법자인 아버지로 인한 상처가 얼마나 심각한 것인지를 보여주는 작품이다. '나'는 평생 아버지에게 결박된 삶을 살았다. 아버지와의 세월은 "당신 때문에 나는 어떤 것은 할 수 없었고, 어떤 것은 해야만 했다. 거기 나는 없었다. 우리 사이에 남은 건 서로 죽을 때까지 지울 수 없는 고통을 차곡차곡 쌓아온 세월뿐이다"라고 이야기되는 것이다. '나'는 아버지 때문에 "그동안 발바닥에 본드를 붙인 것처럼 붙박여 살" 수밖에 없었다. 이런 상황에서 "사랑? 그럴 만한 여유도 시간도 마음도 없었다. 나는 평생 한 사람의 자장 안에서 벗어나지 못했다"는 말처럼, '나'는 자기만의 새로운 인간관계를 전혀 만들지 못한다.

「늙은 여자를 만났다」에서는 아버지가 '나'를 꽁꽁 얽어맨 모습이 구체적으로 표현되지는 않는다. 대신 그 고통의 원인과 결과의 끔찍함을 다양한 이미지의 파편적인 나열을 통해 축조해 나갈 뿐이다. 일테면 "그중 한 조각을 집어 자해를 시도하는 엄마랑 아버지가 엎치락뒤치락 하는 동안 방바닥은 온통 피와 깨진 유리로 뒤덮였다", "나는 보이지 않았다", "몸집이 큰 남자가 긴 머리카락을 손아귀에 움켜쥐고 녹슨 전지가위로 마구 잘랐다. 꿈속의 나는 언제나 어린 소녀였다", "아버지는 참새의 꼬리 부분을 잡고 날개부터 씹어 먹기 시작했다"와 같은 문장을 통해 아버지로부터 받은 폭력의 정도를 유추해 볼 수 있을 따름이다.

이제 '나'는 아버지의 유골을 들고 체코까지 간다. 이것은 "당신을 여기에 두고 나는 혼자 돌아갈 것이다"라는 문장에서 알 수 있듯이, 아버지에게서 벗어나서 고유한 자기만의 삶을 찾으려는 시도에 해당한다. "동화책에서 본 성과 집을 그대로 재현해놓은 듯 아름다운 나라"에서 "세상과 분리되어 자기네들끼리만 공유하는 가치관이나 생활방식으로 사는 집시들의 당당한 모습"을 보고 싶은 것이다. 그러나 "집시 여자를 만나 발바닥에 못이 박힌 채 살았던 한 남자 얘기를 하고 싶다는 건 한갓 망상"에 불과하다는 것이 밝혀진다.

이러한 실패는 무엇보다 '나' 자신이 아버지로부터 온전히 벗어날 준비가 충분히 이루어지지 못했기 때문에 발생한 것이다. 모든 주체(subject)는 신민(subject)이듯이, '나' 역시 그동안 아버지를 통해서만 자신의 존재근거를 확보해왔기 때문에 이는 당연한 일이라고 할 수 있다. '나'는 자신을 결박한 아버지를 떠나보낸 것에, "악몽과 불안과 조바심을 물려준 사람이 떠났다는 사실에 처음에는 안도"하지만, 다음에는 "서러웠고 지금은……. 지금은 막 세상에 태어난 것처럼 막막하다. 손에 든 지도를 누가 빼앗은 것처럼 넋이 나가 서 있다"고 고백을 하는 것이다. 이 작품의 마지막 장면은 늙은 여자에게서 배운 슬픔을 불러오는 제스처(반지를 세 바퀴 돌리는 것)을 취하는 것이다. '나'의 홀로서기는 결코 쉽지 않을 것이며, 엄밀한 의미에서는 불가능할지도 모른다.

「소년은 죽지 않는다」는 혼자 사는 열세 살 소년의 하루를 찬찬히 따라가는 소설이다. 「소년은 죽지 않는다」에서 소년의 유일한 보호자인 할머니는 중풍으로 쓰러져 지금 노인병원에 입원해 있다. 엄마는 메일로 "너를 사랑하다. 미정아"라는 말을 하는 남자를 따라 일 년 전 집을 나갔다. 가출하는 날 어머니는 "나를 모욕하는 것이라면 태양도 쳐부수겠어"라는 말을 하는데, 이것은 가출 이전의 삶이 모욕으로 점철되어 있었다는 것을 알려준다. 아버지가 "부하를 다루듯이" 아무한테나 "명령조로 말하는 게 버릇"인 사람이라는 점을 고려할 때, 어머니가 받았을 상처는 충분히 짐작 가능하다.

소년에게는 "세상이 어떻게 돌아가는지 가르쳐줄 어른이 없기 때문에" 오늘 무슨 일이 있었는지 정도는 알아서 챙겨야 한다. 소년은 학교에서도 동네에서도 자신이 지금 혼자 집에 남겨졌다는 사실을 감추기 위해 애쓴다. 지금 집에는 먹을 음식조차 떨어져 "몸이 녹아 없어지는 것 같은 허기"에 시달린다. 산불이 난 뉴스를 보며, 소년이 차라리 우리 동네에 불이 났기를 바라는 것도 무리가 아니다. 소년은 "세상에 중요한 게 별로 없다는 건 확실히 알겠다"라는 말처럼 아무것도 바라지 않는다. 따뜻한 보호와 지도 속에서 꿈을 키워야 할 소년이 아무것도 바라는 게 없는 어둠 속의 존재가 되도록 하는데 가장 큰 역할을 한 사람은 다름 아닌 아버지이다. 이 작품에는 아버지의 부정적인 성격이 여러 대목에서 상세하게 묘사된다.

아버지는 엄마랑 외출할 시간도 마음도 없었다. 엄마와 싸울 시간밖에 없다. 가족이 스트레스 해소용 펀치인 줄 안다. 아버지는 어떤 일에도 따지지 않는 여자가 필요했다.(149쪽)

어릴 때 잘못을 저지르면 아버지는 나를 몇 시간씩 어두운 방에 가두었다.(151~152쪽)

아버지가 있었으면 새로 바뀐 아나운서에 대해 한마디 했을 것이다. 저렇게 눈 끝이 올라가고 입술이 얇은 여자는 말이 많아. 볼에 살 붙은 거 봐라. 어지간히 고집 세게 생겼다. 어떤 여자든지 보기만 하면 한눈에 트집거리를 찾아낸다. 나한테 말을 걸고 싶어 하면서도 즐거운 대화로 이어진 적이 없다. 왜 여자랑 잘 해보려고 노력은 안 하고 욕하고 싸울 줄밖에 모를까. 나까지 기분이 나빠져서 장단을 맞춰줄 맘이 안 생긴다. 따지고 보면 진짜 불쌍한 사람은 아버지다. 고생해서 돈 벌어다 주면서도 자기편 하나 없이 대화법도 모르고 친구 사귀기 불리한 성격은 고루 갖췄다. 나를 대하는 태도도 무지막지하긴 마찬가지다.

"아버지라고 불러라."

내가 기억하는 아버지의 첫 번째 말이다. 네 살쯤이었던 것 같다. 아빠라고 부르면 그 큰 손이 사정없이 날아왔다.(155~156쪽)

아버지와 사느니 차라리 혼자 사는 게 낫다. 걸핏하면 주먹이나 방석, 책, 찻잔이 허공을 날아다니게 하는 사람과 억센 사투리에 귀가 따가운 동네에서 사는 건 나도 엄마 못지않게 싫어한다.(157쪽)

아버지는 권위적이며 철저하게 자기중심적이다. 그렇기에 타인의 감정 따위는 고려하지 못한다. 이러한 아버지가 걸핏하면 폭력을 휘두르는 것은 너무나 당연한 일이다. 학교에서는 담임선생님이 아버지와 동일한 역할을 수행한다. 담임선생 당나귀는 "소동이 일어나면 아무나 한 명을 희생양 삼아 족치면 그만"인 것이 당나귀의 교육방식일 정도로 폭력적이다. "학생이란 죄에, 학교란 교도소에, 선생이란 교도관의 말에 따라, 교실이란 감옥에 가서, 공부란 벌을 받는다"라는 낙서가 모든 아이들에 의해 공유되고 공감되는 상황인 것이다.

이 작품에서는 위층에 사는 할아버지와 열세 살의 어린 소년이 동일시되고 있다. 둘 다 혼자지내며 고립된 생활을 하는 것이다. 나아가 할아버지가 기르는 새장 속의 새도 고립이라는 측면에서 이들과 동일시된다. 마지막에 할아버지는 혼자서 죽고, "새는 자지러질 듯 두어 번 더 울고 나서 숨을 죽"인다. 그렇다면 제목처럼 소년만 죽지 않고 살아난 것일까? 그러나 소년이 한 번도 온전하게 태어난 적이 없었다는 것을 고려한다면, '소년은 죽지 않는다'라는 제목은 어떠한 희망도 떠올릴 수 없는 지독한 반어라고 할 수 있다.

「늙은 여자를 만났다」와 「소년은 죽지 않는다」는 서로 짝을 이루는 작품이다. 두 작품은 아버지의 성격이 다르기는 하지만, 모두 아버지라는 괴물로 인해 자신의 존재근거를 잃어버린 왜소한 인간의 불우한 초상을 그려내고 있는 것이다. 아버지의 문제를 직접적으로 드러내는 작품이 「소년은 죽지 않는다」라면, 「늙은 여자를 만났다」는 여러 가지 이미지와 분위기를 통해 아버지의 실재를 드러내는데 초점을 맞춘 작품이다.

「분명한 이웃」과 「헬로」는 엇나간 부부관계가 인간을 어떻게 허방 위로 내모는지를 보여주는 작품들이다. 「분명한 이웃」에서 아내는 "돈을 벌고 돈을 내는 사람"이기 때문에 '나'와의 관계에서 '갑'이다. 공무원인 아내에게 '나'는 등단은 했지만 밥벌이도 못하는 "고급룸펜일 뿐"이다. "당장 육 개월 후 거지가 된다는 것이 확실하다 해도 육 개월 동안 마음 편히 지낼 수 있는 인간이 나"이고, 바로 "그 점 때문에 아내에게 버림받"는다. 아내가 '나'를 버린 건 "내가 돈을 못 버는 작가라서가 아니라 작가로서의 정체성이 없어서일지도 모"르며, '나'는 "가짜 목표라도 정하고 거짓으로라도 부지런한 척 해야" 했던 것이다.

이러한 부부관계의 파탄을 아내의 잘못으로만 돌릴 수는 없다. 오히려 '나'는 수동적인 방식으로 자유를 강렬하게 지향하고 있었으며, 이것이야말로 관계의 파탄을 만들어낸 주요한 이유이기 때문이다. '나'는 스무 살이 될 무렵, 건너편 아파트에서 "결혼하고 직장 다니고 아이 키우는 한 남자와 여자가 저 속에서 어른의 삶"을 사는 것을 보고서는, "아득하게 멀지만 언젠가는 내 손아귀에 잡힐, 아니 내 목을 움켜쥘 것들의 기미를 직관적으로 감지했던 것"이다.

"내 목을 움켜쥘 것들"이라는 표현에서 알 수 있듯이, '나'는 이미 오래전부터 그 평범한 삶을 부정적으로 바라보고 있었음을 알 수 있다. '나'에게는 돈 벌 기회가 없었던 것도 아니다. 다만 그러한 기회를 스스로 거절했을 뿐이다. 아내가 주는 용돈은 넉넉했고, "불편함이 없는데 생활을 바꿀 이유가 없었"던 것이다. '나'는 나쁘게 말하자면 "의욕도 추진력도 지속적으로 유지되지 않"는 사람이며, "점점 더 아무것도 안 하는 사람, 룸펜의 면모"를 완성해간다.

「헬로」는 "메마를 대로 메마른 중년 부부의 삶"을 민낯 그대로 보여주는 작품이다. '나'의 집은 "필요 이상 점잔을 빼며 약점을 은폐하려는 남편과, 트집 잡아 봤자 득 될 일 없다고 지레 포기한 내가 평화롭게 공존하는 집"이다. 그것은 비유컨대 "실제로는 깨끗이 청소되어 있고 인테리어에도 신경을 썼지만 벽지를 뜯어내면 벽 한 귀퉁이가 헐고 곰팡이 냄새가 온방에 퍼질 것 같은 집"이다. 이런 관계 속에서 '나'가 "저 아래 까마득한 세상을 내려다보며 한 발을 허공에 내딛고 싶은 충동과 싸우"며 사는 것은 당연한 일이다.

'나'는 이전에 동거를 하기도 했으며, 새롭게 관계를 맺고 있는 그를 따라 영화 촬영 현장에 간다. 그가 쓴 영화의 시나리오는 '나'의 부부관계를 바탕으로 만들어진 것이기에, 그 영화 촬영 현장은 '나'의 삶이 시현되는 현장이라고 할 수 있다. '나'를 연기하고 있는 여배우의 사소한 버릇(일테면 코를 찡긋하거나 뺨을 손으로 문지르는 버릇)은 '나'의 버릇이기도 할 정도이다. 세 장짜리 단편영화 시나리오 〈메리 크리스마스〉의 내용은 라캉의 실재계에 해당한다고 할 정도로 '메마를 대로 메마른 나의 삶'을 그대로 실연한다. 모든 사람이 평화와 축복을 누릴 크리스마스를 맞이하여 남편은 아내에게 저녁 약속에 가자고 제안하지만 아내는 이를 거절한다. 남편이 나가자마자 아내는 폰섹스를 하고 딸은 혼자 그림을 그린다. 밤에 잠자리에 들었던 남편은 아내 몰래 일어나 거실로 나온다. 남편은 불도 켜지 않은 채 〈동물의 왕국〉을 보며 자위를 하고, 딸은 해맑은 얼굴로 그 장면을 훔쳐본다.

이러한 삶이란 그야말로 허방 위의 삶이고, 언제 추락과 죽음으로 이어질지 알 수 없는 삶이다.[1] 마지막은 건너편 베란다의 남자를 향해 수화로 헬로라는 메시지를 보내는 것이다. 그러나 허방 위의 존재들이 서로 소통과 교감을 나눈다는 것은 애당초 불가능한 일이다. 그렇기에 "손가락은 정확하게 움직이지만 시선을 집중해서 표정을 읽어야 할 사람은 너무 멀리 있다"는 마지막 문장은 당연한 귀결이라고 볼 수 있다.

「당신의 손은 당신의 입보다 가깝고」는 타인을 배려하지 않고 자기만 생각하는 현대인의 이기적 초상을 그려낸 작품이다. "잦은 야근에다 과잉 충성"하며, 상사의 말이 "지상명령이라는 표정"을

---

1) "반지하 셋방에서 몇 년째 실업자로 지내고 있는 서른세 살의 남자"인 그도 뚜렷한 의미의 중심이 부재한 삶을 살기는 마찬가지이다. 그는 "변화를 믿지 않"으며, "하루하루가 그저 때워야 하는 빈 시간, 써서 없애야 하는 소모품"에 불과하다.

지을 줄도 아는 그는 회사에서 시쳇말로 '잘 나가는 사람'이다. "자신의 유능함이 그들의 열등함을 부각시키기 때문에 시기의 대상이 되는 건 당연하다고 생각"하는 그에게 어디를 가도 친구가 없는 것은 당연하다. 그는 카페에서 여종업원의 작은 실수에도 말을 험하게 하는 사람이다.

여자 친구는 이러한 그에게 "당신 손이 싫어요"라는 말을 남기고 떠나간다. 이별을 선언하는 순간 그녀는 "깊은 환멸, 존재에 대한 멸시 같은, 상대에게 치명상을 입히는 냉소"를 보여주었기에 그가 받은 충격은 더욱 크다. 작품의 마지막에는 그녀가 그토록 싫어한 손의 의미가 비교적 상세하게 진술된다.

"난 당신의 음식 먹는 태도를 지적했고 당신은 인상을 찌푸렸어요. 이해해요. 그건 사실 좀 곤란한 거잖아요. 아무리 친해도 노골적으로 상대의 문제점을 지적하는 거. 당신은 내 손가락이 가리키는 어질러진 식탁이 창피했을 거예요. 밥그릇 주변에 널려 있는 생선뼈와, 헤집어진 김치, 말을 하면서 수저를 흔드는 버릇. 더는 참을 수 없었어요. 입을 벌리고 큰 소리를 내면서 밥을 먹는 당신. 그래서 일 년 만에 말한 거예요. 미안해, 조심할게, 딱 두 마디면 될 일을 당신은 버럭 화를 냈잖아요. 까다롭게 굴지 말라면서. 나는 밥그릇에 시선을 떨어뜨리고 다시는 얘기하지 않았어요. 식탁을 치우고 커피를 끓이는 동안 당신도 나도 입을 닫고 있었죠. 당신이 설거지를 하다 나를 한번 돌아본 게 전부예요."

그녀는 잠시 말을 끊고 숨을 몰아쉬었다. 그는 전화기를 귀에 바짝 갖다 댔다. 참을성을 발휘해 최대한 대꾸를 자제했다.

"내가 식탁에 커피 잔을 내려놓고 설탕그릇을 찾고 있는데 당신이 나한테 다가왔어요. 달콤한 게 그렇게 좋아? 물으면서 내 어깨와 팔을 쓰다듬었죠. 마치 우리한테 아무 일도 없었다는 듯이. 그게 당신의 방식이에요. 아마 당신은 몰랐을 거예요. 언제나 해야 할 말을 다 하지 못하게 내 입을 막았어요. 내가 뭘 원하는지 깊이 생각해본 적 있나요? 그만해, 알았어, 됐어. 그리고는 약간의 침묵을 견딘 후 내게 손을 내밀었어요. 믿을 수 없을 만큼 부드럽고 섬세한 손길로 나를 어루만지죠. 당신이 해야 할 일을 손에게 시키고 숨어버려요. 이제 그 손이 싫어졌어요. 다시는 당신 손이 내 몸에 닿는 걸 원치 않아요."(262~263쪽)

누드모델인 그녀의 몸은 구석구석이 모두 아름다웠다. 그는 그녀의 간절한 호소를 무시하고, 오직 자신의 손으로 그녀의 육체만을 탐해왔던 것이다. 이 작품에서 '당신의 손'은 자기의 이기적인 욕망을 채우려는 모습에 '당신의 입'은 타인의 마음을 쓰다듬으려는 윤리적 태도에 해당한다.

그런 그에게도 자신을 위한 '손'이 아닌 타인을 위한 '손'을 가졌던 시절이 있었다. 그는 고등학교 시절 왕따인 성국의 짝이었던 적이 있는데, 성국을 구하기 위해서 위험 속에 자신을 던지기도 했던 것이다. 자살한 성국의 일기에는 자신을 구해주던 그의 모습이 다음처럼 기록되어 있다.

애들이 너를 곤죽으로 만든 건 아닐까, 혼자 먼저 도망친 내가 죽이고 싶게 한심했다. 그때 저 앞에서 네가 손으로 교문을 가리키면서 뛰어왔다. (중략) 내 어깨에 얹은 네 손은 떨고 있었다. 파닥거리는 뜨거운 손이 내 어깨를 힘주어 잡았다. 넌 남자답고 당당했는데 네 손을 보고 있으면 쩔쩔맨다는 느낌이 들었어. 잠시도 손을 가만히 놔두지 못하고 꼼지락대잖아. 몇 분 후 너는 그 손으로 내 등을 툭 치며 내리라고 했어. 내 기억은 거기까지다. 너의 손과 놀란 표정, 고르지 못한 숨소리, 멀리서 우리한테 보내는 애들의 야유. 십 년도 더 지났는데 어제 일처럼 선명하다. (253~254쪽)

성국이의 어깨에 얹었던 손은 그의 일반적인 손과는 매우 다른 성격의 것이었음이 분명하다. 성국의 유서에도 창고에서 집단 구타를 당하고 있을 때, 마침 그 앞을 지나던 그가 창고로 뛰어 들어와 애들과 대신 싸우면서 성국한테 도망가라고 했던 것이 자신이 살면서 받았던 "가장 큰 친절"이라고 쓰여 있다. 무엇이 타인을 향해 펼치던 손을 자신의 욕망만을 위한 손으로 바꾸어 놓은 것일까? 친절하게도 「당신의 손은 당신의 입보다 가깝고」에는 그 이유가 제시되어 있다. 그가 그렇게 공격적으로 세상을 사는 것은 "잔뜩 겁먹은 사람"이었기 때문이다. "항상 누군가 자신을 공격해온다는 공포를 떨쳐버릴 수가 없었"기에 그는 누구보다 공격적이며 이기적으로 살 수밖에 없었던 것이다.

3. 늙은 여자를 찾아서

「늙은 여자를 만났다」와 「소년은 죽지 않는다」의 자식들은 문제적인 아버지로 인해 온전한 삶을 살지 못한다면, 「분명한 이웃」과 「헬로」의 어른들은 엇나간 부부관계로 인해 온전한 삶을 살지 못한다. 「당신의 손은 당신의 입보다 가깝고」의 그는 세상의 공격적인 분위기로 인하여 이기적인 인격의 소유자가 된다. 이러한 상황에서 인물들은 '늙은 여자'를 통해 나름의 구원을 시도한다. 이 지점이야말로 이번 소설집의 가장 고유한 특성이라고 할 수 있다.

「늙은 여자를 만났다」에서 아버지의 유골을 두고 오기 위해 간 체코에서 늙은 여자를 만난다. 늙은 여자는 큰 나무로 성장하는데 수천 년이 걸리는 주목의 씨앗을 심은 화분을 '나'에게 보여준다. '나'는 그 화분을 보며, "내가 노파에게 배울 것이 있다면 포기하지 않고 자신을 불태울 연료를 만드는 끈질김이다. 아버지는 세상과 싸울 칼도 없었고 자신의 에너지를 태울 불도 없었다."고 생각한다. 허방 위의 힘겨운 삶에서 '나'는 늙은 여자를 통해 삶의 진실을 한 자락 배우는 것이다.

「분명한 이웃」에서는 아내와 헤어지고 혼자 사는 '나'가 새로 이사 온 동네에서 만난 그를 통해 살아가는 힘을 다시 얻게 된다. '나'의 단골식당에서 만난 그는 혼자 사먹는 밥 한 끼도 "종교의식 같은 경건함"으로 대하고, 응급환자도 침착하게 다룰 줄 아는 믿음직한 사람이다. 그는 1960년대에 건설된 사 층짜리 스카이아파트를 비롯하여 동네의 여기저기를 '나'에게 가르쳐준다. 그가 최종적으로 가르쳐주는 동네의 장소는 다름 아닌 정릉이다. 흥미롭게도 정릉은 이 작품에서 "육백 살 여인이 사는 큰 집"으로 의미부여된다. 그리고 '육백 살 여인의 집'은 다음처럼 그에게 커다란 삶의 위로와 의미가 있는 성소聖所로 그려진다.

"그때 왈칵 눈물이 쏟아지는 거예요. 나보다 육백 살도 더 먹은 여인이 거기서 오래도록 누군가를 기다리고 있었다는 생각이 들었어요. 그도 아니면 뭐든 다 알 것 같은 나이 먹은 여자 앞에서 울고 싶어 이곳을 그렇게 많이 지나다닌 건가. 그 느낌을 뭐라고 해야 할지. 어차피 옆에 아무도 없어서 나는 마음 놓고 울었어요. 한참을 울고 났는데 몸살을 앓고 난 것처럼 몸이 가벼운 거예요. 그리고 집에 돌아와 진짜 오랜만에 깊은 잠을 잤어요."(63쪽)

정확히 "육백 살 여인이 사는 큰 집"이 그에게 어떠한 의미를 주었는지는 알 수 없으나, '나'는 그의 말을 송두리째 알아듣는다.

그리고 다음의 인용문처럼 새로운 삶의 의욕으로 다시 자신을 채운다.

나는 그의 말을 송두리째 알아들었다. 그 기분을 속속들이 알 것 같았다. 내가 고등학교를 졸업하고 책을 버릴 때, 이혼하고 단출한 짐만 챙겨 나올 때 그랬었다. 스무 살 때처럼 가난했지만 힘이 났다. 내가 쓸 만한 사람일지도 모른다는 생각을 절반쯤 되찾았다. 나머지 절반이 설령 공포일지언정 그때만큼은 뭔가 할 수 있을 것 같았다. 나는 절망 앞에서 강해지는 사람이었다. 나는 살아남는 일밖에 없을 때 악착같아지는 사람이었다. 언젠가는 나도 이 남자처럼 뭔가를 선택하고 더 늦기 전에 움직여볼 날이 올 것이다. 그렇게 믿고 싶었다. 내일은 아침 일찍 정릉에 가자. 육백 살 먹은 여인이 사는 큰 집이 궁금했다.(63~64쪽)

'늙은 여자'는 아버지나 '젊은 여자'에 상처받은 인물들에게 커다란 위안이 되고, 나아가 세상을 살아갈 진실의 등불이 되어주는 것이다. 이것은 요즘 크게 주목받고 있는 페미니즘적인 인식의 코드와는 그 결을 달리하는 것으로서 최옥정 작가의 고유한 인장에 해당한다고 볼 수 있다. 그러고 보면 「소년은 죽지 않는다」에서도 소년의 유일한 보호자는 할머니였다. 할머니는 중풍으로 쓰러져 노인병원에 입원해 있는 상황에서도, 혼자 된 소년에게 전화를 걸어 안부를 묻는 유일한 인물이었다.

4. 알아듣기 쉬운 외국어

「나일라」는 해외에 입양된 나일라(한국명 오선미)가 자신의 엄마를 만나는 이야기로서, 지금까지 살펴본 이번 소설집의 특징이 모두 응축된 작품이다. 허공에 뜬 뿌리 없는 존재(입양아), 그 존재 없음의 기원으로서의 가족(친부모와 양부모), 상상적 해결로서의 '늙은 여자'(친모 만나기), 그러나 해결될 수 없는 잔여로서의 실재(해소되지 않는 삶의 허방)라는 최옥정 소설의 기본적인 규칙이 그대로 응축되어 있는 것이다.

주인공인 나일라는 한국에서 태어나 미국에 입양된 인물로서, 보통의 미국인과는 구별되는 외모로 인해 과거에 결박될 수밖에 없다. 나일라와 마찬가지로 입양아인 신시아는 우울증을 앓다가 스물세 살에 혼자 아이를 낳고서는, 그 아이가 자신과 닮았다는 이유만으로도 무척이나 행복해한다. "백인 양부모도, 친척도, 이웃도 신시아와 다르게 생겼"던 것이다. 또 한 명의 입양아인 제레미는 생부를 만나기 위해 한국까지 왔지만, 생부가 만남을 거절하자 "I am ending my pain. Loneliness kills me."라는 두 줄의 유서를 남기고 자살한다. 이러한 허방 위의 삶은 나일라 역시도 마찬가지이며, 그러한 사정은 다음의 인용에 잘 나타나 있다.

진실을 털어놓자면 그녀의 인생은 온전히 과거로만 이루어졌다. 그것도 아주 짧은, 인생 최초의 몇 달. 줄곧 돌아보며 곱씹어온 과거는 그녀에게 현재를 겪지 못하게 했다. 현재와 사이좋게 지낼 수 없도록 길을 막았다. 미래를 향해 뻗은 손을 치우라고 했다. 모든 과거의 시간들은 풍부한 은유와 상징들로 가득하다. 미로와 수수께끼와 퍼즐이 풀릴 때를 기다리고 있다. 입양서류 파일에 적힌 그녀의 과거는 이제 죽었다. 그녀는 그것을 안다. 알지만 버리지 못한다. 단 몇 줄에 불과한 과거는 그녀의 몸이 되었다. 살과 피와 뼈를 이룬 이 몸이 그녀 과거의 현신이다. 어찌할 수 없는 진실. 검은 머리와 갈색 피부.(74~75쪽)

과거가 "그녀의 몸"과 하나가 되어버렸기(incorporation) 때문에 그녀가 과거로부터 벗어나는 방법은 없다. 나일라의 직업이 "기록하는 일"인 것도 과거에 속박된 그녀와 잘 어울린다. 나일라는 "자신이 살아온 시간이 사라지는 것이 두려운 나머지 카메라를 몸에 붙이고 다니면서 눈에 걸리는 건 전부 사진으로 기록"하는 것이다. 과거와 한 몸이 된 나일라가 현재와 조화롭게 지낸다는 것은 불가능하다. 나일라는 "양엄마와도 세상과도 무관해지는 전략"을 택했으며, 그것은 "스스로를 소외"시키는 길이기도 하다.

나일라가 찾고 싶은 것은 자신의 존재근거일 것이다. 나일라는 "왜? 라는 질문" 때문에 한국에 왔는데, 그 질문에는 여러 가지가 포함된다. 나일라는 자신의 정체성과 자신의 존재근거를 확인하고 싶어 하는 것이다. 이러한 특성은 해외 입양아들 모두에게 해당하는 욕망이기도 하다. 미국인 양부모의 눈빛에는 "장래를 걱정하는 진심 어린 부모의 눈빛이라기엔 그녀가 겪는 고통에 대한 안타까움이 결여되어 있었"고, 그 눈빛을 알고 있다는 이유만으로 해외 입양아들인 그렉과 제레미와 나일라는 친구가 될 수 있다. 그러나 한국에 간다고 해서 존재의 근거를 확보하는 것이 쉽게 이루어지는 것은 아니다. 나일라가 "가는 곳마다 한국말과 검은 머리칼의 사람들과 마주쳐도 자신과 그들이 같은 종족이라는 생각은 들지 않았다"고 생각하는 것에서 알 수 있듯이, 한국 역시도 나일라에게는 엄연한 타국인 것이다.

홀트 재단에서 나일라는 드디어 스무 살에 자신을 낳아준 어머니를 만난다. "이때껏 그녀의 출생은 성장을 방해해왔"던 가장 핵심적인 이유였다. 그렇다면 이제 나일라는 엄마를 만나고 '왜? 라는 질문에 해답을 얻을 수 있을까? 그리하여 과거가 아닌 현재에, 저곳이 아닌 이곳에 충실한 삶을 살 수 있을까? 동시에 자신의 존재근거를 확인할 수 있을까? 다음의 인용문에는 희망의 가능성이 조금 엿보인다.

나는 옳았어요. 한 번만 만나면 충분할 거라고 생각했거든요. 이거였군요. 사람들이 평생 가지고 사는 것, 제레미가 그토록 원했던 것, 내가 한 번도 가져본 적 없는 것, 엄마랑 딸. 당신은 나를 좋아하지 않고 만남조차 망설였는데, 곧 자리에서 일어나 떠날 건데 이상하게 보호받는 느

낌이 들어요. 이런 기분은 처음이에요. 당신한테 이 마음을 받으러 왔나 봐요.(98쪽)

단 한 번의 만남에서 나일라는 "이상하게 보호받는 느낌"을 처음으로 느낀다. 그러나 「나일라」는 단순한 해피엔딩으로 끝나지는 않는다. 마지막에 두 모녀는 미소를 교환하지만, 나일라는 "생모의 미소"를 "다른 한국인의 것보다는 알아듣기 쉬운 외국어"로 받아들이기 때문이다. '알아듣기 쉬운 외국어'라는 표현에는 나일라가 평생 짊어져야 할 치유 (불)가능성과 소통 (불)가능성이 오롯하게 아로새겨져 있다.

5. 이대로 모든 것이 완벽하여 너무나 좋구나.

「감쪽같은 저녁」은 이번 소설집에서 가장 밝은 색조의 작품이다. 이 작품의 한복판에는 도마뱀이 기어 다니고 있다. 태국에서 직장생활을 하던 '나'는 곧 실직하고 "어차피 망한 거 당분간 여기서 놀다" 가자는 심정으로 피피섬에서 지내게 된다. 그곳에서 '나'는 도마뱀을 만나 함께 지낸다. 피피섬에서 '나'는 처음으로 "내 인생을 내 마음대로 하고 있다는 감정"을 느끼며, "아무런 목적도 없이 그냥" 지낸다. 이러한 긍정적인 모습은 도마뱀의 이미지와 깊이 연관되어 있다.

'나'는 도마뱀 모양의 냉장고 자석 두 개를 가지고 귀국한다. 이후 모든 일은 이전과 달리 잘 풀려나간다. 번듯한 회사는 아니지만 다시 취직을 하고, 회사의 여직원과 달콤한 연애도 하는 것이다. 여직원과의 관계 속에서 '나'는 "작은 새가 푸득거리는 느낌"과 "눈 오는 날 마시는 코코아 맛"을 체험하기도 한다. 그러나 냉장고의 도마뱀 자석이 없어지자 "기분이 나빴다. 밤새워 한 방학숙제를 잃어버린 기분이었다"고 할 정도로 불안에 빠진다. 여기서 주목할 것은 "그녀가 왔다 간 날마다 도마뱀이 없어졌다. 더 정확히 말하면 그녀가 왔다 간 다음 도마뱀이 사라진 것을 발견했다"는 문장이다. 이것은 그토록 달콤한 그녀가 도마뱀의 분실과 관련되어 있으며, 그녀가 도마뱀과는 거리가 먼 존재임을 보여주기 때문이다. '나'는 "온몸으로 벽의 표면을 밀고 다니며 적당한 거리에서 나를 봐주는 존재"가 필요했던 것이지만, 그녀는 이러한 모습과는 거리가 멀었던 것이다.

그녀의 모습은 '나'에게는 트라우마와도 같은 어머니의 모습과 연결된다. "신경질적이고 사납고 참을성 없는 어머니"와 살면서 아버지가 어떤 인생을 보내는지 '나'는 매일 생중계로 보았던 것이다. '내'가 예쁜 여자만 보면 사족을 못 쓰는 남자 부류에서 살짝 비켜 있게 된 것도 "어머니 덕분"이다. 이런 '내'가 "적어도 내 말을 끝까지 들어주는 여자, 못마땅해도 삼 초쯤은 생각해 보고 화를 내는 여자"를 '이상형'으로 생각하는 것은 당연한 일이다.

「감쪽같은 저녁」에서 도마뱀으로부터 배운 삶의 진리는 아무래도 도마뱀의 "감쪽같이 꼬리를 자르는 모습"에 있을 것이다. 도마뱀의 가장 큰 특징은 감쪽같이 꼬리를 잘라낼 수 있다는 것이다. 사실 우리가 집착하는 것들은 우리 삶의 본질과는 무관한 꼬리 정도에 불과한 것인지도 모른다. 이 꼬리를 '감쪽같이' 잘라낼 수 있느냐 없느냐에 인생의 행복은 좌우되는 것이다. '나'의 아버지는 자신이 말을 하면 도마뱀의 꼬리처럼 어머니한테 붙잡혀 잘리고 말 것이라는 것을 알기에, 스스로 꼬리를 잘라버렸다. 그것은 "신경질적이고 사납고 참을성 없는 어머니"와의 결혼생활을 견뎌내는 아버지의 자구책이었을 것이다.

도마뱀으로부터 배운 삶의 진리가 있기에, 그토록 사랑했던 그녀도 도마뱀 꼬리에 불과하게 된다. 이제 '나'는 아버지에게도(「늙은 여자를 만났다」와 「소년은 죽지 않는다」), 아내나 남편에게도(「분명한 이웃」과 「헬로」), 생모에게도(「나일라」) 결박되지 않은 채 온전히 '지금-이곳'에 충실할 수 있다. '나'를 구속하는 모든 것은 사실 꼬리에 불과하다는 것을 깨달은 것이다. "지금 그녀와 헤어져도 곧 잊고 또 새로운 사람을 만날 것이다. 여태 그래왔던 것처럼. 살기 위해 몸뚱이 대신 꼬리 하나를 떼어낸 셈이니까"라는 말에는 '내'가 깨달은 도마뱀의 지혜가 오롯이 아로새겨져 있다. 「감쪽같은 저녁」은 다음과 같은 대긍정의 철학으로 끝난다.

어떤 일이 기다리고 있든 내 인생에 속지 말자고 다짐한다. 좋은 것, 나쁜 것을 따로 정하지 말자. 그래야 인생에 휘둘리지 않는다. 어차피 일어날 일은 다 일어난다. 놀랄 준비를 하고 기다리는 사람은 항상 놀라게 되어 있다. 누군가의 죽음은 충격이지만 나도 느리게 죽어가고 있다는 걸로 비기면 된다. 실연도 실직도 그 순간만 엄청나다. 중요한 게 하나 빠져나간 내 인생에 죽을 것처럼 힘들어하다가 곧 적응한다. 나빠진 것도 좋아진 것도 아니다. 이 한 잔의 와인은 그렇게 새로 시작되는 내 인생에 대한 축배다. 도마뱀을 기다리지 않는다. 이번에는 도마뱀이 나를 찾아올 차례다.(227~228쪽)

당나라 시대 임제선사가 말한 '수처작주 입처개진隨處作主 立處皆眞'의 진리가 쉽게 풀이되어 있는 위의 인용문에서 허방을 걷는 자의 불안과 고통은 더 이상 찾아보기 힘들다. 그러한 불안과 고통이 사라진 자리에는 오직 "이대로 모든 것이 완벽하여 너무나 좋구나"라는 오도송이 힘차게 울려 퍼지고 있을 뿐이다. 그러고 보면 「늙은 여자를 만났다」에서 체코까지 가서야 '늙은 여자'를 만났던 주인공은 「감쪽같은 저녁」에 와서는 스스로 '늙은 여자'의 경지가 되고 있다. 그녀와 사귀던 일 년 동안 '나'는 요리사 수준으로 다양한 요리를 선보였고, 어머니가 해준 음식을 먹고 자라지 못한 그녀는 '나'에게 "자기가 꼭 내 엄마 같다."는 말까지 해주었던 것이다. '늙은 여자'는 찾는 것이 아니라, 우리 스스로가 되어야만 하는 존재였던 것이다. 늘 그렇듯이 희망은 언제나 우리 안에서 온다.

작가의 말

첫 번째 창작집을 낸 지 십 년이 넘었다. 나의 주인공들은 여전히 거리를 서성이고 가끔씩 멀리 떠난다. 할 말을 다 못하거나 엉뚱한 말을 한다. 조금도 현명해지지 않고 약간은 기가 죽은 채 십 년을 보냈다. 자세히 살펴보면 달라진 점이 있다. 침묵을 두려워하지 않고 서투름을 부끄러워하지 않고 자기 자리에서 전보다 당당해졌다. 우물쭈물하는 느낌을 준다면 그건 인생이 자신에게 준 것들을 잘 쓰지 못했다는 자책감 혹은 미안함 때문일 것이다.

여기까지 올 수 있어서 다행이다. 나는 포기를 모르는 사람이다. 시작했으면 죽이 되든 밥이 되든 붙들고 매달린다. 실패가 실패인 줄도 모르고 좌절을 좌절로 받아들이지도 않는다. 그런 아둔함이 나를 이끌었다. 소설가는 눈과 귀가 밝아야 하지만 그렇다고 약삭빠를 것까진 없다. 고맙다, 소설들아. 내게로 와줘서.

이 책을 돌아가신 아버지가 봤으면 좋았겠다. 아버지는 내 책을 읽지 않는다. 아무 책도 안 읽는다. 그래도 딱 한 번 내가 상을 받을 때 말했다. 너 그동안 참 수고 많았다. 백 퍼센트 진심이 담긴 목소리였다. 나는 진심에 약한 인간이다. 언제나 진심 앞에 고꾸라지곤 했었지. 이번에도 아버지가 수고했다고 말해주었으면. 그리고 이제 그만 아버지가 내 곁을 떠났으면 좋겠다.

오래 기다린 책이 간신히 세상에 나오는 것은 기쁜 일일까, 안타까운 일일까. 거기에 붙이는 짧은 글 하나 쓰기가 참 힘들다. 햇살은 눈이 부셔 내 눈을 멀게 하고 마음은 깜깜해진다. 이 글은 밤에 써야 한다. 옆에 아무도 없고 누구도 부를 사람 없고 오로지 어둠과 침묵과 고독만 있는 곳에서. 그런 곳이 어디일까. 단 한 줄의 글이라도 나를 기댈 것이 하나도 없는 곳에서 써야 한다고 느낀다. 그렇다. 나는 느낀다. 깊게 느낀다. 이 느낌을 버릴 수가 없다. 내가 마지막까지 가지고 갈 것은 바로 이 느낌들이겠지. 죽을 때까지 죽지 않는 느낌. 정신이 죽고 마음이 죽고 마침내 육체가 죽는 순간에야 이 느낌도 사라질 것이다. 사랑이나 미움이나 고독 같은 감정이 사라지고 뜨겁다 차갑다 아프다 밝다 어둡다는 감각만으로 세상과 이별한다. 가볍겠지. 그건 어찌 보면 다행이다. 다 사라지고 팔뚝에 돋은 소름만 남는 삶이란.

2017년 겨울
최옥정